Belo FUNERAL

JAMIE McGUIRE

Belo FUNERAL

Irmãos Maddox - Livro 5

Tradução
Cláudia Mello Belhassof

1ª edição

Rio de Janeiro-RJ / Campinas-SP, 2017

VERUS
EDITORA

Editora executiva: Raïssa Castro
Coordenação editorial: Ana Paula Gomes
Copidesque: Maria Lúcia A. Maier
Revisão: Raquel de Sena Rodrigues Tersi
Capa e projeto gráfico: André S. Tavares da Silva

Título original: *A Beautiful Funeral*

ISBN: 978-85-7686-582-7

Verus Editora Ltda.
Rua Benedicto Aristides Ribeiro, 41, Jd. Santa Genebra II, Campinas/SP, 13084-753
Fone/Fax: (19) 3249-0001 | www.veruseditora.com.br

CIP-BRASIL. CATALOGAÇÃO NA FONTE
SINDICATO NACIONAL DOS EDITORES DE LIVROS, RJ

M429b

McGuire, Jamie
Belo funeral / Jamie McGuire ; tradução Cláudia Mello Belhassof. --
1. ed. -- Campinas, SP : Verus, 2017.
23 cm. (Irmãos Maddox ; 5)

Tradução de: A Beautiful Funeral
ISBN 978-85-7686-582-7

1. Romance americano. I. Belhassof, Cláudia Mello. II. Título III. Série.

17-39677 CDD: 813
CDU: 821.111(73)-3

Revisado conforme o novo acordo ortográfico

Para Lisa Hadley
Seu rosto sorridente e seu espírito generoso são um lembrete do motivo para eu fazer o que faço

1

Thomas

Eu estava sentado na pequena e fria poltrona no quarto de hospital de Liis. As paredes marrons e azuis e a decoração minimalista me lembravam mais um hotel da rede Aloft que uma ala da maternidade. Minha futura esposa parecia confortável e linda, segurando o corpinho encolhido de Stella contra o peito, na mesma cama em que dera à luz nossa filha. Pela primeira vez em dezessete horas, eu descansei. Meus ombros se afundaram, e soltei um longo suspiro. Dormir pouco ou nada nunca me incomodou, mas ver a mulher que eu amo mais que tudo sentir tanta dor durante tanto tempo estava cobrando seu preço.

Liis estava visivelmente exausta. Dava para ver suas olheiras roxas e, apesar de ela estar mais linda do que nunca, eu me sentia dividido entre me oferecer para pegar Stella e esperar que ela me pedisse isso.

Stella estava dormindo nos braços da mãe, a poucos passos de distância. Ver as duas abraçadas serenamente era, ao mesmo tempo, reconfortante e preocupante. Stella era uma nova vida que tínhamos criado, uma combinação perfeita de duas pessoas que um dia foram desconhecidas. Agora ela teria os próprios pensamentos, os próprios sentimentos e, por ser nossa filha, as próprias opiniões fortes. Pensei na vida que ela teria enquanto a observava ali, deitada, sugando preguiçosamente o peito de Liis.

Por fim, minha impaciência venceu.

— Liis — comecei.

Como se soubesse, Stella parou de mamar e sua cabeça caiu para trás, com a boca aberta. Liis sorriu e posicionou a bebê no ombro, com cuidado.

— Eu posso fazer isso — falei.

Ela sorriu, dando tapinhas delicados nas costas de Stella e acariciando-a a intervalos. O corpo da bebê se sacudiu quando um arroto quase inaudível rompeu o silêncio do quarto escuro de hospital.

Meus ombros caíram. Liis deu uma risadinha sem som e encostou os lábios nos fios de cabelo macios e escuros da nossa filha.

— Você vai ter que se desgrudar dela em algum momento — falei baixinho. Eu só tinha segurado minha filha no colo durante poucos minutos antes de eles a levarem para registrar o peso, as medidas e fazer o teste do pezinho. Depois disso, eles a devolveram para Liis por mais meia hora, antes de levá-la para o primeiro banho.

— Vai ficar mais fácil, né? Dividir as tarefas? — perguntou Liis, meio que brincando.

— Espero que não — respondi com um sorriso cansado. — Eu sei que você acabou de recebê-la de volta, mas posso trocar a fralda dela e fazê-la dormir de novo.

Liis pensou na minha oferta e fez que sim com a cabeça. Sempre uma negociadora.

Eu me levantei novamente, atravessando o quarto para recuperar minha filha. Enquanto eu a carregava até o bercinho transparente, a respiração de Liis se acalmou. Até seu arquivo pessoal no FBI declarava que ela sempre teve um talento especial para fechar os olhos quando podia, especialmente algumas horas antes de uma missão. Sua cabeça caiu para o lado. Ela mergulhou na inconsciência segundos depois de finalmente concordar em me deixar assumir o comando.

Liis ficava mais confortável quando estava no controle, mas, por mais que resistisse, eu sabia que ela confiava em mim. Eu era o único em quem ela podia confiar totalmente, sobretudo agora que seu coração morava do lado de fora do corpo, na forma do serzinho perfeito que tinha acabado de completar nossa família. Tinham sido necessários quase dez anos de insinuações e persuasão para fazê-la concordar em sequer considerar um pedido de casamento. Liis era casada com o FBI e, até saber que Stella estava a caminho, não era aberta a infidelidades.

Stella olhou para mim, os olhos azuis me observando com assombro. Ela acordou quando a peguei no colo e agora analisava meu rosto com curiosidade, enquanto eu a limpava e a envolvia numa fralda nova. Tentando não franzir o nariz, eu a enrolei delicadamente numa manta bege macia e confessei como estávamos felizes com sua chegada. Para um ser perfeito, Stella certamente fazia uma bagunça bem nojenta.

Ela esticou o pescoço e eu sorri, apoiando-a em meus braços nus. Minha jaqueta esportiva, camisa social branca e gravata estavam penduradas na poltrona reclinável. Calça e camiseta branca não eram roupas adequadas para o escritório, mas cuidar de alguém menor do que eu me fez sentir com onze anos de novo, secando rostos e limpando bundas, mal conseguindo manter limpas minha camiseta e minha calça jeans rasgada. Eu mal podia esperar para chegar em casa, tomar um banho e me aninhar nas duas mulheres da minha vida, usando calça de moletom, minha camiseta preferida dos Rolling Stones e a barba por fazer há três dias.

No corredor, ouvi uma breve discussão, depois uma leve comoção do lado de fora da porta. Vozes sussurradas sibilaram, descontentes e persistentes. Dei um passo para ficar entre Liis e a porta, depois virei, posicionando-me entre quem estava do lado de fora e minha filha.

Uma enfermeira empurrou a porta, parecendo desgrenhada e um pouco trêmula.

— Está tudo bem? — perguntei, continuando em alerta. Pelo canto do olho, percebi que Liis estava acordada e pronta para reagir.

— Hum, claro — respondeu a enfermeira, parando quando percebeu nossa postura. — Está tudo bem aqui dentro?

— O que foi esse barulho aí fora? — perguntou Liis.

— Ah — disse a enfermeira, calçando um par de luvas enquanto parava ao lado da cama de Liis. — É uma briga para entrar no seu quarto. Esses agentes aí fora não brincam em serviço.

Liis relaxou, e eu fui até a poltrona reclinável de balanço perto de sua cama e puxei a coberta de Stella para verificar se ela estava bem.

— O diretor quer que eu volte com urgência ao trabalho — disse Liis, se ajeitando de volta no travesseiro.

— Nada disso — discordei.

Na verdade, se o diretor conseguisse o que queria, Liis teria dado à luz no escritório. Estávamos no fim do nosso maior caso, e Liis era a tradutora e analista mais confiável de Quantico. Eu tinha sido o chefe do caso durante onze anos, mais da metade do meu tempo no FBI. Meu irmão mais novo, Travis, tinha trabalhado como agente infiltrado, mas, quando a merda bateu no ventilador e a mulher dele foi ameaçada, Travis executou Benny e alguns de seus homens. Abby entregou todas as informações que tinha sobre o pai, Mick — outro peão de Benny —, nos aproximando mais do que nunca de finalmente fechar o caso. O subchefe na cadeia de comando de Benny, seu filho mais velho, Angelo Carlisi, estava prestes a ser pego, e todo mundo queria que a investigação fosse encerrada com sucesso.

Liis e eu tínhamos passado horas no escritório do diretor, explicando nossa posição em relação à nossa nova família. O risco era muito mais alto, o que nos deixava ainda mais ávidos pela conclusão da missão.

— Eu levo a Stella pro trabalho. O diretor pode trocar as fraldas — brincou Liis.

— Ele pode aceitar a oferta — falei com um sorriso forçado.

A enfermeira não estava achando graça.

— Existe alguma chance de os agentes lá fora... sei lá... olharem para a minha cara e lembrarem de mim uma hora depois? As revistas estão ficando irritantes.

Liis e eu trocamos olhares, mas não respondemos. Entendíamos a frustração dela, mas não era só o diretor que sabia que nós éramos responsáveis por levar à justiça metade das famílias do crime organizado de Las Vegas. A morte de Benny tinha deixado todo mundo nervoso. Éramos os principais agentes no caso, com um bebê a caminho, e um dos homens de Benny estava sob custódia e muito perto de testemunhar. Eles já tinham tentado nos atingir duas vezes, de modo que o FBI não ia se arriscar. Tínhamos agentes seguindo cada movimento nosso desde que a barriga de Liis ficou visível.

— A Stella vai precisar se acostumar a ser filha de dois agentes especiais — falei, me impulsionando com os dedos dos pés. A cadeira de balanço foi para trás e depois para a frente, um movimento delicado realçado por um rangido num ritmo sonolento. Lembranças de embalar Travis quando ele era pequeno, ainda de fraldas, me vieram à mente. Seu cabelo desgrenhado, as pernas finas e a boca melada — um sinal claro de que o vovô tinha ido nos visitar. Ele levava uns cinco pirulitos no bolso e ia embora com um só. As crianças se acabavam nos doces, e o meu pai estava caído de bêbado no quarto enquanto eu impedia que os meninos fossem brincar na rua. Deixei de ser criança quando minha mãe morreu.

A enfermeira assentiu, mas dava para ver pela sua expressão que ela ainda não entendia. Antes de sair, ela olhou de relance para Stella, com pena refletida nos olhos. Plantei os pés no chão, parando a cadeira. A bebê reclamou, e dei tapinhas em suas costas enquanto mergulhava fundo em pensamentos. Stella era amada antes mesmo de nascer, e havia um quarto de bebê novinho e uma estante cheia de livros esperando por ela em casa. O fato de que alguém pudesse sentir pena da nossa filha nunca tinha me passado pela cabeça. Éramos totalmente capazes de sobreviver a tudo o que o FBI colocasse em nosso caminho, mas agora eu me perguntava como isso afetaria Stella.

— Você ligou pro seu pai? — perguntou Liis.

— Liguei.

— E pro resto do pessoal?

— Pedi para o meu pai esperar um dia. Eu não queria passar o dia todo no telefone.

Liis se recostou e fechou os olhos.

— Acho que, como filha única, não penso em coisas desse tipo — murmurou ela, antes de cochilar.

Joguei um pano grosso sobre o ombro e apoiei a cabeça de Stella enquanto a posicionava em meu peito. Empurrei os pés de novo, e a poltrona reclinável balançou para a frente e para trás. O rangido rítmico fez meus olhos parecerem mais pesados, e percebi Liis respirando mais profundamente.

Encostei o rosto no cabelo macio de Stella. Ela era tão inocente e vulnerável, e Liis conhecia, tanto quanto eu, os perigos do mundo para o qual a trouxemos. Era nossa responsabilidade mantê-la em segurança.

Olhei para minha namorada adormecida e depois para minha jaqueta esportiva que cobria meu coldre de ombro. Duas Sig Sauer 9 mm básicas estavam escondidas, prontas para qualquer coisa. Eu sabia que Liis também tinha uma escondida na bolsa de maternidade de Stella. Continuei balançando, recostando a cabeça e tentando deixar os músculos tensos do pescoço relaxarem. Mesmo depois que Stella se acalmou e eu a coloquei no bercinho, não consegui impedir meus ouvidos de catalogarem todos os sons do corredor — a máquina de refrigerante, os elevadores, as enfermeiras verificando os pacientes de outros quartos. Bebês chorando, os agentes murmurando e o ar-condicionado começando a funcionar. Diferentemente de Liis, mesmo querendo dormir, eu não conseguia.

Estendi a mão para a jarra de água de Liis e servi um pouco no copo. Eu dormiria quando ela acordasse. Havia muita coisa em risco. Nem os agentes lá fora poderiam proteger Stella com tanto ardor, por isso um de nós tinha que ficar acordado o tempo todo.

Gotas de chuva batiam na janela conforme eu verificava pela terceira vez a bolsa de maternidade e preparava a cadeirinha da bebê para o carro enquanto Liis assinava os documentos de alta. A enfermeira nos observava com uma curiosidade cautelosa, provavelmente depois de ouvir fofocas sobre os agentes armados parados do lado de fora do nosso quarto a noite toda e sobre o novo par de agentes designado para nos acompanhar até em casa naquela manhã.

Liis aninhava Stella em um braço enquanto assinava os diversos documentos. Ela era mãe havia menos de quarenta e oito horas e já era especialista. Sorri para Liis, até ela fazer sinal para eu pegar Stella. Fui até ela, tentando não demonstrar empolgação por ser minha vez de segurar aquele serzinho minúsculo e macio que tínhamos criado.

Peguei Stella nos braços e fui até a cadeirinha que estava no chão, a poucos passos dali.

— Merda — sibilei, tentando manobrar a bebê embaixo da trava e colocá-la no pequeno espaço como uma peça de quebra-cabeça. Stella não se mexeu enquanto eu lutava com os arreios de cinco pontos e mexia no acolchoado que cobria as alças de ombro e o travesseiro embaixo de sua cabeça.

— Thomas — disse Liis com uma risadinha. — Está perfeito. Se não estivesse confortável, ela te avisaria.

— Tem certeza? — perguntei, olhando para Liis. A cada momento importante de nosso relacionamento, eu continuava surpreso porque, bem quando eu achava que ela não poderia ficar mais bonita, ela ficava. O dia em que fomos morar juntos em San Diego, o dia em que ela me contou que teríamos Stella, o dia em que eu finalmente me mudei para a Virgínia, e todos os dias em que eu notava que sua barriga estava um pouco mais redonda e as bochechas um pouco mais cheias. Eu me sentia um trapaceiro por, de alguma forma, convencê-la a se casar comigo. Enquanto ela estava em trabalho de parto, depois quando ela deu à luz, e agora, sentada e parecendo cansada, mas gloriosamente feliz sob o sol da manhã, a mãe da minha filha estava, de novo, mais bonita do que nunca.

Liis soltou uma risada.

— O que foi?

— Você sabe. — Eu me levantei, levando cuidadosamente a cadeirinha comigo. — Pronta?

Depois que Liis concordou, a enfermeira empurrou a cadeira de rodas até a lateral da cama. Liis se levantou, descontente por ser paparicada enquanto trocava para seu próximo meio de transporte, mas era política do hospital, e Liis sempre gostou de escolher as próprias batalhas.

Vestindo uma blusa social azul e uma calça de grávida cinza, Liis deixou a enfermeira empurrá-la até a porta. Eu a abri e fiz um sinal de positivo com a cabeça para as agentes Brubaker e Hyde.

Liis não conseguiu evitar o sorriso convencido ao ver que as duas agentes eram mulheres.

— Você sabe o que estou pensando, né? — ela me perguntou.

— Que mulheres são melhores motoristas e melhores com uma arma, por isso você está feliz com nossas acompanhantes?

— Correto — ela respondeu.

Brubaker também sorriu.

Depois que prendi Stella na cadeirinha e ajudei Liis a se acomodar no banco traseiro de nosso Suburban, sentei ao volante, sinalizando para as agentes avançarem. Brubaker seguiu na frente, num Tahoe preto, e Hyde atrás, num veículo idêntico. Revirei os olhos.

— Elas estão tentando anunciar nossa saída ou acham que a máfia é idiota?

— Não sei — respondeu Liis, inclinando-se para a frente para olhar pelo espelho retrovisor lateral.

— Tudo certo? — perguntei.

— Por enquanto.

— O que foi? — indaguei, vendo a preocupação nos olhos dela.

— Ainda não sei também.

Estendi a mão para trás, para dar um tapinha em seu joelho.

— Vai dar tudo certo, mamãe.

Ela inclinou o pescoço.

— Por favor, não vamos ser aquele tipo de casal que se chama de papai e mamãe, né?

Franzi o cenho.

— E de que outro jeito a Stella vai aprender a nos chamar?

Liis suspirou, uma rara concessão.

— Tudo bem. Só... faz isso perto dela, mas não em público.

— Sim, senhora — falei com um sorriso divertido.

Ela se recostou, parecendo relaxada, mas eu sabia que não era bem assim. Ela continuava a se inclinar de vez em quando para observar o espelho retrovisor e, depois, Stella.

— Como ela está? — perguntei.

— Precisamos de um daqueles espelhos que ficam em cima da cadeirinha para você poder vê-la pelo retrovisor — disse Liis. — E se um de nós estiver sozinho com ela no carro? Vamos ter que descobrir um jeito de ver se ela está bem.

— Estou fazendo uma anotação mental agora mesmo — garanti a ela.

Ela fechou os olhos por meio segundo, antes de eles se abrirem de novo para olhar pelo espelho lateral. Deu mais uma olhada e, instantaneamente, se transformou de mãe de primeira viagem em agente do FBI.

— Sedã branco, quatro carros atrás. Pista da esquerda.

Olhei para trás.

— Certo. — Encostei no rádio em minha lapela. — Estamos sendo seguidos. Sedã branco. Pista da esquerda.

— Entendido — disse Hyde.

Brubaker passou uma comunicação pelo rádio, e mal dirigimos três quilômetros antes de receber a notícia de que mais veículos estavam a caminho. Pouco antes de eles chegarem à cena, o sedã pegou uma saída.

— Peça para alguém seguir o carro — disse Liis.

— Não se preocupe — falei, tentando continuar calmo. — Eles estão cuidando de tudo.

Ela engoliu em seco, se esforçando para continuar tranquila. Ter uma filha era uma questão extra de segurança que não conseguimos planejar. Eu sabia que parte dela queria seguir o sedã, pegá-los, interrogá-los e trancá-los longe da nossa nova e frágil família. Por mais urgente que fosse seu compromisso com a profissão, sua necessidade de proteger a filha era mais forte.

Dirigimos os quinze minutos restantes até nossa casa sem problemas, mas não conseguimos curtir a viagem como outros pais recentes fariam. Enquanto soltávamos a cadeirinha, as agentes ficaram de guarda. Hyde e Brubaker olhavam ao redor, falando de vez em quando nos pequenos rádios no ouvido, enquanto Liis e eu levávamos nossa filha até a varanda. Acenamos para os vizinhos e subimos os degraus até a porta da frente. Procurei as chaves e encostei uma delas na fechadura.

Hyde tocou delicadamente meu antebraço.

— Senhor, eu gostaria de dar uma olhada antes, se não se importar.

— Claro — falei, dando um passo para o lado.

Apenas dois dias antes, seria eu quem vasculharia a casa. Eu deixaria Liis com as agentes enquanto verificava cada cômodo, armário, atrás de cada porta e embaixo de cada cama antes de deixar minha namorada grávida entrar. Mas, agora, meu lugar era ao lado dela, protegendo nossa filha. Tudo tinha mudado em menos de quarenta e oito horas.

Hyde destrancou a porta e sacou a arma. Ela segurava a Glock como se fosse uma extensão do braço, andando pela sala da frente de maneira tão discreta que era impossível ouvir seus passos.

— Eu era boa assim? — perguntou Liis.

— Melhor — respondi.

— Não mente pra mim, Maddox.

— Nunca, agente Lindy.

Depois de alguns minutos, Hyde voltou, guardando a arma no coldre.

— Tudo certo, senhor.

— Obrigado — falei, seguindo Liis para dentro de casa.

Ela respirou fundo enquanto atravessava a porta, já se sentindo mais calma. Carreguei a cadeirinha de Stella até o quarto de bebê e a coloquei delicadamente no chão. Liis tinha decorado o quarto em tons de cinza, cinza-azulado, bege e coral, sem um laço ou uma bailarina à vista. Ela estava determinada a manter Stella o mais neutra possível em termos de gênero, antes mesmo de ela nascer. Uma cadeira de balanço marfim estofada ficava no canto perto do berço, com uma almofada quadrada de raposa delineada em azul no centro.

Soltei o cinto de segurança de Stella, ergui seu corpo frágil nos braços e a coloquei de costas no berço. Ela parecia tão miúda dentro dos limites de sua cama nova.

Tudo era novo — o carpete, o tapete no estilo Santa Fé, o desenho doze por dezoito de uma raposa na mesa lateral, as cortinas, a pintura nas paredes. Até aquele momento, o quarto tinha estado lindo e imaculado, mas vazio. Agora, estava cheio do nosso amor pela bebê, a quem o quarto pertencia.

Depois de encarar Stella por um instante, Liis e eu trocamos olhares.

— E agora? — sussurrou ela.

Ajustei a câmera do quarto e fiz sinal para Liis me seguir até o corredor. Dei de ombros.

Ela também.

— O que isso — ela deu de ombros novamente. — significa?

— Significa que eu não sei. Eu estava esperando uma confusão daquelas quando chegássemos em casa. Você sabe... todas aquelas coisas terríveis que vemos nos filmes.

Liis sorriu e se apoiou no batente da porta.

— Ela é perfeita, não é?

— Vou guardar meu julgamento até as duas da manhã ou até a primeira vez que ela fizer cocô na minha mão.

Liis me deu uma cotovelada de brincadeira. Beijei sua têmpora.

— Acho que vou deitar um pouco — disse ela, estendendo a mão para o monitor.

Eu o peguei em cima da cômoda primeiro.

— Pode deixar comigo. Você descansa.

Ela se ergueu na ponta dos pés, beijou o canto da minha boca e tocou meu rosto.

— Estou tão feliz, Thomas. Nunca pensei que podia me sentir assim. É até difícil de explicar.

Sorri para ela.

— Não precisa explicar. Eu sei exatamente como você se sente.

Liis cambaleou pelo corredor até o nosso quarto, deixando a porta entreaberta.

Ri para mim mesmo enquanto seguia para a cozinha, abrindo a lava-louça para tirar os pratos, algo que Liis tinha acabado de começar a fazer quando a bolsa estourou.

Meu celular zumbiu no bolso da calça e eu o levei ao ouvido.

— Maddox.

Escutei, fui até a janela e movi a cortina para o lado. Meu coração afundou.

— Você não está falando sério — comentei. Ouvi enquanto o diretor me dava instruções que fizeram meu sangue gelar. — O plano é deixar eles me darem um tiro?

— Eles atiraram no Travis.

— O quê? Ele está bem? — perguntei, os pelos da minha nuca se arrepiando.

— Pegou de raspão no ombro. Ele está um pouco machucado. Jogaram o carro dele pra fora da estrada. — O diretor pigarreou, desconfortável por ter que dizer as palavras seguintes. — Era pra acertar a Abby.

Engoli em seco a bile que subiu pela garganta.

— Como você sabe?

— O Travis estava dirigindo o SUV dela. Havia fotos de todos os alvos sensíveis no veículo do atirador, incluindo a Abby.

— *Alvos sensíveis* quer dizer...

— Os membros da sua família, Thomas. Sinto muito.

Soltei a respiração, tentando continuar calmo. Se eles tinham fotos, os Carlisi tinham descoberto Travis fazia algum tempo. Eles estavam observando a minha família, perto o suficiente para fotografar. Isso explicava o interrogatório de Travis em Vegas. O que pensamos que era Travis estragando o disfarce e levando a um sequestro improvisado e a uma surra enquanto eles tentavam obter mais informações, na verdade, tinha sido planejado.

— Eles foram localizados?

O diretor fez uma pausa.

— O SUV do Travis atingiu uma árvore, em alta velocidade. Eles voltaram para terminar o serviço, mas não saíram ilesos. A família Carlisi agora tem três homens a menos. Bobby, o Peixe. Nikko, a Mula. E Vito Carlisi.

— O filho do Benny. Isso significa que os Carlisi só têm mais dois possíveis sucessores. — Benny tinha sete filhos, mas só três homens. O mais velho, Angelo, era seu subchefe, com os outros dois na fila esperando o cargo. Benny era da velha guarda e tinha passado para seus filhos e sua família do crime organizado a noção de que apenas homens poderiam herdar seu império ilícito. Minha esperança era de que tudo o que Benny havia construído desabasse, se seus atentados os deixassem sem nenhum subchefe com o sobrenome Carlisi.

— O Travis cuidou de tudo — disse o diretor.

— Claro que sim. — Meus músculos relaxaram. O que poderia ter sido um caos completo, na verdade, estava tendendo a nosso favor. Eu deveria saber. Depois que alguém dá um golpe em Travis, ele sempre garante que não aconteça de novo. Mesmo sendo três dos melhores assassinos da família Carlisi.

— O mais novo dos Carlisi, Vincenzo, e dois soldados foram ligados a um Nissan Altima prata. Eles estão indo na sua direção agora. E provavelmente já sabem da morte do Vito.

— Vindo pra cá? Agora? — perguntei, olhando para o quarto de Stella. — E as balas perdidas? Vamos deixar os caras passarem na frente da minha casa, com minha mulher e minha filha aqui dentro? Parece loucura, senhor.

— Você consegue pensar em outro plano nos próximos oito minutos?

Franzi o cenho.

— Não.

— Hyde vai proteger a Liis e a Stella nos fundos da casa com coletes. É a nossa única chance. A decisão é sua, claro, mas...

— Entendido, diretor.

— Tem certeza?

— Você está certo. Não tem outro jeito. Vai nos fazer ganhar tempo.

— Obrigado, agente Maddox.

— Obrigado, diretor.

A porta do quarto se abriu com um rangido e, em minha visão periférica, vi Liis apoiada no batente, com o celular no ouvido. Eles também tinham ligado para ela.

— Mas nós acabamos... Não é possível que eles saibam... — Ela suspirou. — Entendo. Claro, e concordo, mas... tudo bem. Eu entendo, diretor. — Ela olhou para mim com lágrimas nos olhos, pigarreando antes de falar de novo. — Pode considerar feito.

O celular caiu de sua mão e seus olhos perderam o foco. Corri pela sala para segurá-la em meus braços. Eu queria ser delicado, mas sabia que a estava segurando com muita força.

— Não acredito que isso está acontecendo — disse ela, a voz abafada em meu peito. Seus dedos se enterraram em minhas costas.

— Se tivesse outro jeito... — comecei.

— O Travis está bem? — ela perguntou. Liis já tinha recebido um resumo, eu tinha certeza, mas precisava escutar da minha boca. Eu não ia aliviar a situação só porque ela havia acabado de dar à luz, e ela sabia disso.

— Está um pouco machucado. E eles estão com três imbecis a menos.

Ela soltou uma risada e levantou o queixo, os olhos arregalados e vidrados com a percepção.

— Vou ter que contar a eles, né? Vai ter que ser eu.

Hesitei, sentimentos conflitantes girando dentro de mim. Eu não queria forçá-la a fazer isso. Minhas sobrancelhas se aproximaram.

— Os Carlisi simplesmente vão mandar mais homens, Liis. Eu sei que é um tiro no escuro... mas você vai ter que fazer isso.

Ela balançou a cabeça.

— Não consigo. Eu...

Trinquei os dentes, tentando manter a calma e ser forte por ela. Envolvi seu rosto em minhas mãos.

— Vai dar tudo certo. Você consegue, sim.

Seu peito afundou, e ela soltou a respiração.

— Como eu posso fazer isso com eles? — Ela levou a mão à testa, balançando a cabeça, sem acreditar.

— Faremos o que temos que fazer. Como sempre.

Liis olhou para o quarto de bebê.

— Mas, desta vez, há muito mais coisas em risco.

Verifiquei o relógio de pulso e suspirei.

— Tenho que fazer as malas e dar uns telefonemas.

Ela pressionou os lábios e assentiu.

— Vou te ajudar.

Stella começou a se agitar, e eu quase perdi a cabeça.

— Isso é demais. Não é certo deixar você sozinha com ela. Ela mal tem um dia de idade, e vocês aqui, sozinhas...

Ela me abraçou.

— Não vou estar sozinha.

Apertei os braços ao redor dela, respirando em seu cabelo, memorizando a maciez de sua pele.

— Não posso... não posso me despedir dela — falei. Meu coração tinha sido partido mais de uma vez, mas isso era tortura. Eu já estava apaixonado pela menininha no berço, e deixá-la seria a coisa mais difícil que eu poderia fazer.

— Então não se despede.

Assenti e me esgueirei para o quarto da bebê, observando Stella respirar com facilidade, enrolada e sonhando feliz com o que recém-nascidos sonham — os batimentos cardíacos de Liis, minha voz abafada. Eu me inclinei e pressionei os lábios em seu cabelo farto e escuro.

— Te vejo em breve, meu amor. Papai te ama.

Atravessei o quarto e me abaixei para pegar o colete, vestindo-o enquanto ela me observava com uma expressão sofrida, depois enfiei algumas roupas e produtos de higiene numa sacola e levantei o celular, digitando o número de Trenton. Tentei manter a voz casual enquanto dizia a ele para nos esperar mais cedo que o planejado. Em menos de cinco minutos, eu estava pronto.

— Quem está lá fora? — Liis perguntou quando desliguei o celular.

— Dustin Johns e Canton — respondi, vestindo um casaco leve.

— Brent Canton?

Quando assenti, ela suspirou, aliviada. Eram os melhores atiradores de elite do FBI.

— É bom eles não errarem — ela soltou.

— Eles não vão errar — falei. Eu esperava que não. Eu estava colocando a minha vida nas mãos deles. Peguei Liis nos braços, abracei-a com força e pressionei os lábios nos dela, esperando que não fosse a última vez. — Vou te pedir em casamento quando a gente se vir de novo, e dessa vez você vai aceitar.

— Então dá um jeito de a gente se ver de novo — disse ela.

Hyde abriu a porta da frente.

— Trinta segundos, senhor.

Anuí, peguei as chaves do carro e olhei novamente para Liis, antes de fechar a porta e sair.

2

Taylor

— Se anima, cara. Aposto que ela vai estar em casa quando o turno acabar — disse Jubal, me vendo dobrar as roupas lavadas.

— Você disse isso em todos os turnos desde que ela foi embora — resmunguei, sacudindo um par de calças cargo azul-marinho desbotadas.

Quando Falyn lavava as roupas, conseguia mantê-las como novas durante meses. Eu fazia o jantar e recolhia o lixo; ela lavava as roupas e a louça. Formávamos um time para cuidar das crianças. Ter Hollis e Hadley com quatro meses de diferença era bem parecido com ter gêmeos. Um de nós segurava as pernas descontroladas e pegava os lenços umedecidos, enquanto o outro limpava e colocava uma fralda nova. Eu levava Hollis para o futebol, e ela levava Hadley para o vôlei. Durante nove anos, trabalhamos como uma máquina bem azeitada. Nós até aperfeiçoamos as brigas. Raiva, negociação, sexo para fazer as pazes. Agora que ela tinha ido embora, eu não tinha ninguém com quem dividir as tarefas, nenhuma criança para fazer malabarismo, nenhum jantar para quatro. Eu estava lavando a minha roupa havia dois meses — desde que ela se mudara de volta para Colorado Springs com as crianças —, e minhas calças já estavam uma merda. Mais um motivo para sentir saudade dela.

Dobrei as calças num cabide e o pendurei dentro do armário. Eu não ia para as montanhas escavar barreiras contra incêndios havia quatro anos. Estar em casa durante apenas seis meses por ano tinha cobrado um preço do nosso casamento, por isso aposentei meu pulaski e aceitei um emprego em tempo integral no corpo de bombeiros da cidade.

No fim, não importou. Falyn não estava feliz.

— As crianças estão gostando da nova escola? — perguntou Jubal.

— Não.

Ele suspirou.

— Fiquei me perguntando se seria difícil pro Hollis. E surpreso por você deixar a Falyn levá-lo.

— Separar os dois? Não — falei, balançando a cabeça. — Além do mais, ela é mãe dele. Sempre foi. Não seria certo falar da questão biológica agora.

Jubal assentiu.

— Verdade. — Deu um tapinha no meu ombro. — Você é um bom homem, Taylor.

Franzi o cenho.

— Não sou bom o suficiente.

Meu celular tocou. Olhei para a tela, e Jubal fez um sinal de positivo com a cabeça, já sabendo que eu precisava de privacidade. Ele voltou para a sala de estar e eu deslizei o polegar no visor, levando o aparelho ao ouvido.

— Oi, amor — falei.

— Oi. — Falyn ficava desconfortável com termos carinhosos, como se eu não devesse me importar com ela só porque ela tinha me deixado.

A verdade é que eu tentei gritar. Tentei ficar com raiva. Implorei, apelei e até tive ataques, mas tudo isso só a afastou ainda mais. Agora, eu ouvia mais e perdia menos a calma. Uma coisa que meus irmãos tinham aprendido desde cedo. E eles ainda estavam casados.

— Eu estava pensando em você agora mesmo — falei.

— Ah, é? — perguntou ela. — Eu liguei porque... o Hollis não está muito bem. Ele se meteu numa briga hoje.

— Briga de socos? Ele está bem?

— Claro que sim. Você o ensinou a se defender. Mas ele está diferente. Está com raiva. Graças a Deus foi o último dia de aula antes das férias de verão, senão ele teria sido suspenso. Ainda pode ser. Taylor, eu acho... — Ela suspirou, parecendo tão perdida quanto eu. Era ao mesmo tempo doloroso e um alívio não estar sozinho nessa. — Acho que eu errei.

Prendi a respiração, na esperança de que ela finalmente dissesse que estava voltando para casa. Não importava o motivo. Depois que Falyn voltasse, eu poderia ajeitar as coisas.

— Eu estava pensando se... talvez...

— Sim? Quer dizer, sim. Não importa o que seja.

Ela fez outra pausa. Esses momentos intermediários eram parecidos com morrer mil vezes. A voz dela dizia tudo. Ela sabia, quando ligou, que minha esperança aumentaria, mas essa conversa era sobre as crianças, não sobre mim. Não sobre nós.

— Acho que você não se importaria de me ajudar a encontrar uma casa alugada em Estes, não é? Você tem mais contatos lá para procurar casas do que eu. Vai ser difícil encontrar um apartamento de três quartos. As crianças estão crescidas para dividir um quarto.

Sentei na cama, sentindo que o ar tinha sido arrancado de mim.

— Você não poderia simplesmente... voltar pra nossa casa? O quarto das crianças está pronto. Elas já conhecem tudo. Eu adoraria se você voltasse. Eu quero que você volte. Encare como se você tivesse um apartamento pra vocês. Eu durmo no sofá.

O outro lado da linha ficou em silêncio durante muito tempo.

— Não posso, Taylor. — Ela parecia cansada. Sua voz estava mais profunda do que o normal, áspera.

Eu já tinha implorado, e isso só daria início a mais uma briga. A questão agora eram nossos filhos. Eu tinha que deixar nós dois de lado.

— Falyn... volta pra nossa casa com as crianças. Eu encontro um apartamento pra mim.

— Não. Fui eu que saí. Eu encontro um lugar.

— Baby — comecei. Dava para sentir seu desconforto pelo telefone. — Falyn. A casa é sua. Vou avisar à escola que eles voltam no próximo ano.

— Sério? — perguntou ela, a voz falhando.

— Sim — respondi, massageando a nuca. — Não faz sentido eu morar naquela casa enorme sozinho, e você e as crianças ficarem espremidas num apartamento.

— Obrigada. — Ela fungou. — As crianças vão ficar muito felizes.

— Que bom. — Forcei um sorriso, sem saber muito bem por quê. Ela não podia me ver. — Que bom, fico feliz.

Ela soltou um suspiro de alívio, e sons de fricção no telefone me fizeram imaginar que estava secando as lágrimas.

— Tudo bem, então. Eu vou, hum... vou começar a fazer as malas.

— Precisa de ajuda? Deixa eu te ajudar. — O apartamento que ela encontrara em Colorado Springs era mobiliado, de modo que não haveria móveis pesados, mas eu estava desesperado para voltar à nossa máquina bem azeitada.

— Não, a gente se ajeita. Não temos muita coisa. Nada muito pesado.

— Falyn. Pelo menos me deixa ajudar a fazer a mala das crianças. Não vejo os dois há duas semanas.

Ela pensou no assunto por um instante, fungando mais uma vez. Eu a imaginei pesando os prós e os contras. Ela precisava pensar por mais tempo em suas decisões agora, e só as tomava depois de ter mais informações — algo que eu também tive que começar a fazer. Eu meio que esperava que ela dissesse que ia pensar e me ligar, mas ela respondeu:

— Tudo bem.

— Tudo bem?

— Eu estava pensando em contar às crianças hoje à noite. Você quer estar aqui quando eu contar? Não sei se vai ser confuso pra eles...

— Eu vou para aí — falei sem hesitar. Algumas coisas exigiam menos reflexão que outras.

Desligamos e engoli o nó que se formara em minha garganta. Não tive coragem de dizer a ela o que eu queria. Eu me agarrava à esperança de que, depois que ela voltasse, pudéssemos realmente começar a trabalhar no que tinha dado errado. Dessa vez, eu prometeria não forçar muito a barra nem ir rápido demais — ia mostrar a ela que eu tinha mudado.

Segurei o telefone com as duas mãos e o levei à testa, cantando em silêncio para me conter e não estragar tudo. Nada era mais assustador que ser seu próprio inimigo. Mesmo quando eu queria fazer a coisa certa, era uma batalha. Eu sempre tinha vivido de acordo com as minhas emoções, e as pessoas próximas de mim sofriam com o meu jeito de reagir. Elas viam a pressão aumentar e a descarga acontecer, mesmo que só durasse alguns segundos, sob a forma de um acesso de fúria. Depois de anos — e eu não tinha aprendido, nem crescido, nem feito um esforço para superar isso —, o perdão vinha com menos facilidade para Falyn, e eu não podia culpá-la.

— Já desligou? — perguntou Jubal. Levantei a cabeça e fiz que sim, me esforçando para disfarçar o sofrimento. — O comandante quer falar com você.

Sequei o nariz com o punho e me levantei, respirando fundo. Meus músculos estavam tensos. Eu sabia o que estava por vir. O comandante tinha estado em reuniões a manhã toda com os outros comandantes de turno, o chefe e o conselho municipal — tudo sobre mim.

— Taylor? — disse Jubal quando passei por ele.

— Sim? — Virei para encará-lo, irritado. Ele tinha interrompido minha preparação emocional para o que ia acontecer no escritório do comandante.

— Você precisa pegar esse gênio ruim e suavizá-lo um pouco antes de entrar lá. Você já está encrencado demais, e definitivamente não vai conseguir a Falyn de volta se não tiver um emprego.

— Não importa. Nada dá certo pra mim desde que ela foi embora.

Jubal fez uma careta, sem se impressionar com a minha autopiedade descarada.

— Se você parar de passar tanto tempo tentando achar um culpado, pode ser que consiga liberar sua mente e seu coração pra pensar numa solução.

Pensei nas palavras dele e assenti, respirando fundo. Jubal estava certo, como sempre.

O comandante estava ao telefone quando bati à porta e entrei. Ele levantou o dedo indicador, depois me orientou a sentar numa das duas poltronas laranja posicionadas diante de sua mesa.

Fiz o que ele mandou, entrelaçando os dedos sobre a barriga e balançando os joelhos. Aquele escritório não tinha mudado muito desde que ele assumira; as mesmas fotos penduradas nas paredes e tachinhas em diversos quadros de cortiça prendiam cartazes com informações pela sala. O revestimento de madeira entregava a idade do prédio, assim como o carpete manchado e os móveis gastos. As únicas coisas diferentes eram uma foto emoldurada sobre a mesa, o homem sentado do outro lado dela e a placa com o nome diante dele:

COMANDANTE TYLER MADDOX

— Você ligou? — perguntei quando ele desligou o telefone.

Peguei a foto em que estávamos todos os irmãos com nosso pai, lado a lado, nossos braços nos ombros uns dos outros, felizes. Thomas quase parecia deslocado sem tatuagens, com o cabelo mais comprido e mais claro e os olhos verdes, diferentes dos olhos castanhos do restante de nós.

— Qualquer pessoa que olhe para essa foto deve achar que o Tommy é filho do leiteiro. Só quem conhece a família percebe que ele se parece com a mamãe.

Tyler deu um risinho.

— Eu sei que você já me falou uma vez, mas me conta de novo, Taylor. Me diz que você não sabia quem ele era quando partiu pra cima.

Tentei não ficar na defensiva, mas mentir era difícil quando ele estava me pedindo para explicar por que eu tinha nocauteado o filho do prefeito por passar a mão na bunda da minha mulher num bar. Tyler sabia tão bem quanto eu que ele teria feito a mesma coisa. Os irmãos Maddox não paravam para perguntar a importância de alguém antes de colocá-lo em seu devido lugar.

— O prefeito se mudou pra cá há poucos anos — respondi. — Como eu podia saber quem é o filho babaca dele?

Tyler não alterou a expressão.

— Isso não é só um erro grave, Taylor. Não sei como vou livrar a sua cara dessa vez.

Eu me inclinei para a frente, apoiando os cotovelos nos joelhos.

— Dessa vez? Você fala como se tivesse passado a vida toda livrando a minha cara. Acho que foi uma troca entre nós dois.

Os ombros de Tyler desabaram.

— Tudo bem, então é a minha vez, mas você me tirou da jogada. Estou de mãos atadas.

— Talvez aquele imbecil não devesse ter agarrado a bunda da minha mulher.

Tyler se recostou, bufando de impaciência.

— Ele tropeçou.

Trinquei os dentes e apertei com força os braços da poltrona, tentando me impedir de voar no pescoço do meu irmão por cima da mesa.

— Não repete as mentiras daquele babaca do caralho, Tyler. Eu vi com meus próprios olhos, e metade da equipe também viu. Jubal, Zeke, Docinho, Judeu, Gato e Porter colocaram o emprego em risco pra me defender. Eles sabiam que o prefeito queria que eles mentissem nos depoimentos.

Tyler me olhou furioso por um minuto, mas sua expressão se suavizou.

— Eu sei. Sinto muito.

— E aí...? Estou ferrado? — perguntei.

— Nós dois estamos.

Minhas sobrancelhas se aproximaram.

— Como assim? Eles não podem fazer isso, porra. Como eles podem fazer isso?

— *Eles* não fizeram isso. Eu entreguei meu pedido de demissão hoje de manhã. Parece que é o último dia pra nós dois.

Meu peito pareceu pesado, e soltei a respiração, sem acreditar.

— Você está brincando comigo, caralho?

Tyler balançou a cabeça.

— Nós começamos juntos. Vamos sair juntos, certo?

Balancei a cabeça, sentindo lágrimas queimarem meus olhos. Eu me lembrei de como Tyler ficou orgulhoso quando recebeu a notícia de sua promoção, como Ellie ficou orgulhosa, como todos nós estávamos felizes quando comemoramos naquela noite. Ele era o melhor homem para o emprego. Cuidava dos caras como cuidava de mim.

— Você não merece isso. Você trabalhou muito para chegar aonde chegou.

Tyler se levantou e contornou a mesa. Estendeu a mão e, quando a peguei, ele me puxou para cima.

— É só um posto. Você é meu irmão.

Em seguida ele me abraçou, e eu apoiei a testa em seu ombro. Fiquei tenso, impedindo que todo o sofrimento e a dor que eu sentia desde que Falyn fora embora e por perder o emprego — além da minha culpa por Tyler também perder o dele — saíssem de mim numa enxurrada descontrolada de emoções.

— Acho que agora podemos parar de mentir pro papai e realmente virar corretores de seguros. — Ele envolveu o braço ao redor do meu pescoço e esfregou o nó dos dedos no topo da minha cabeça. — Vem. A gente vai ficar bem. Vamos dar a notícia pros caras.

— Ei, hum... — comecei. — Vou ter que encontrar alguma coisa rápido.

— Por quê?

— A Falyn está voltando com as crianças.

A boca de Tyler se abriu, e ele deu um passo para trás, socando meu braço com a lateral do punho.

— Está falando sério, irmão? Isso é demais!

Troquei o peso do corpo, cruzando os braços.

— As crianças não estão felizes lá. Falei pra ela ficar com a casa.

— Ah.

— Isso quer dizer que estou procurando um apartamento.

Ele fez uma careta.

— Essa notícia não é tão boa quanto eu pensava.

— Pois é...

Tyler colocou a mão no meu ombro.

— Quer ficar comigo e com a Ellie?

— Não — respondi. — Mas obrigado.

— Vocês dois se amam. Vão dar um jeito.

Olhei para baixo, com arrepios percorrendo todo o meu corpo.

— Se ela me ama, por que me deixou?

Isso fez Tyler parar, e ele apertou os dedos em minha pele.

— Nós somos um bando de loucos, porra. As mulheres têm que ter culhões pra amar a gente. E... às vezes é necessário perder alguém pra ter coragem de crescer e virar a pessoa que elas merecem.

Meu peito se afundou e soltei a respiração, como se Tyler tivesse acabado de me socar. Ouvir esse tipo de verdade era como aceitar meus próprios erros.

— Só... não conta pra ninguém que ela está voltando — pedi. — Quero tentar me entender com ela antes que o filho do prefeito descubra. Babaca arrogante...

— Ele não pode roubar a sua mulher, Taylor. Ela não quer esse cara.

Fiz uma careta.

— Ela também não me quer.

— Isso é mentira, e você sabe. Todos nós repensamos as coisas em algum momento e percebemos que as nossas mulheres estavam ficando cansadas das nossas merdas. Nós nos corrigimos e tudo ficou bem. Você só se atrasou um pouquinho.

— Algo assim — resmunguei enquanto seguíamos para a sala de estar.

Paramos perto da fileira mais próxima de poltronas reclináveis. Todos os assentos estavam ocupados pelos caras do nosso turno. Todos tinham sido bombeiros de elite como nós, esperando o alarme soar para poder ter um gostinho da adrenalina e da sensação de poder que vinha de lutar contra algo imbatível e cruel — e vencer.

Tyler olhou para mim e fez um sinal com a cabeça na direção da equipe. Trinquei os dentes e olhei para o chão; a vergonha e a sensação de ter decepcionado minha família de bombeiros eram insuportáveis.

Jubal se ajeitou na poltrona, com os olhos cheios de reconhecimento.

— Mentira. Eu não acredito.

— Eu... — Antes de conseguir terminar, o alarme soou em todos os alto-falantes do prédio. Esperamos a atendente, Sonja, nos dizer a localização e a natureza do incêndio para o qual estávamos sendo chamados.

— Alarme no Armazém Hickory, na North Lincoln Avenue, 200. Possibilidade de ocupantes.

— Lá dentro? — perguntei. — Está vazio há anos.

— Puta merda — disse Jubal. — Não está, não. A família Hickory sublocou para a Móveis Marquis há uns cinco anos. Está cheio de estoque.

— Vamos precisar da escada e dos dois carros maiores. Deixem o menor à disposição! — disse Tyler, dando um tapinha em minhas costas. — Vem comigo. Essa é a última.

Minhas sobrancelhas se aproximaram.

— Falei pra Falyn que ia encontrá-la em Springs hoje à noite para ajudar a fazer a mala das crianças.

Ele deu um sorrisinho compreensivo.

— Sem problema. Conserta essa merda e para de choramingar, tá?

Sorri com o coração partido, observando meu irmão gêmeo pegar o capacete, a jaqueta e as chaves de comandante, antes de correr até a área da ambulância, onde sua caminhonete estava estacionada.

Os outros caras seguiram atrás dele até os carros e a ambulância, e eu fiquei parado, sozinho, sentindo o maxilar tenso. Alguma coisa não parecia certa.

— Que merda, Tyler — sussurrei, correndo para me preparar. Coloquei o uniforme, peguei o capacete e abri a porta bem quando Tyler estava dando ré.

Ele franziu o cenho enquanto eu puxava o cinto de segurança.

— O que você está fazendo, babaca? Vai pegar a sua mulher.

— Essa é a última — falei, me recostando e fazendo cara de paisagem.

Ele pisou fundo no acelerador, liderando a equipe até a periferia da cidade com tanta rapidez que o som assustador das nossas sirenes ficava para trás. No rádio, falava com os outros superiores a caminho e com a atendente sobre bloquear a entrada e a saída do prédio. Todos nós sabíamos que o incêndio no armazém poderia ser infernal, e vi um tremor de nervosismo nos olhos do meu irmão. Ele estava com a mesma sensação ruim que eu.

Os freios da caminhonete de Tyler guincharam, e os pneus mergulharam no cascalho quando ele diminuiu a velocidade na frente do armazém. A parte sul da estrutura avultante de três andares estava quase engolida pelas chamas. Abri a janela do carona e, mesmo a trinta metros de distância, dava para sentir o calor no rosto. As chamas fustigavam o céu, alçando seus dedos cintilantes e disformes enquanto devoravam e digeriam o aço e a madeira que tinham sobrevivido a cinco gerações no exaustivo clima do Colorado.

Tyler se inclinou para a frente, pressionando o peito no volante para ver melhor. Então gritou por cima do barulho do monstro laranja que rugia:

— É uma piranha gigante! — Em seguida mandou um rádio para a atendente, pedindo o bloqueio das ruas que davam no armazém. A pressão constante da água já seria um problema, e não precisávamos de carros passando por cima das mangueiras.

Pela primeira vez antes de um incêndio, uma sensação sinistra me dominou.

— Estou com uma sensação ruim, Tyler.

Ele soltou a respiração.

— Dá um tempo, irmão. Você é malvado demais pra morrer.

Olhei para o fogo.

— Espero que sim. Faz três meses que eu não abraço a minha mulher.

3

Tyler

— Vai queimar durante dias — falei, puxando a maçaneta da porta.

— É melhor eu ligar para a Falyn — disse Taylor. — Pra avisar que eu não vou hoje à noite.

Nós dois saímos da caminhonete e ficamos parados um de cada lado do capô. Apontei para ele.

— Não se atreva. Nós vamos conter essa piranha faminta, depois você vai fazer as malas da minha sobrinha e do meu sobrinho e trazer a sua família pra casa.

Taylor olhou para o relógio de pulso enquanto corria até o Carro Nove.

— Tenho duas horas!

Olhei para o armazém e gritei para o meu irmão:

— Ela não vai sair por vontade própria, mas podemos ganhar dela!

Jubal e Docinho já estavam atacando o fogo, arrastando a mangueira pelo piso principal, enquanto Zeke e Gato estavam do lado de fora como reforço. Jubal tinha levado uma câmera de infravermelho para localizar o fogo e qualquer pessoa que pudesse estar lá dentro.

— Espere um pouco, Escada Dois — disse Tyler no rádio. — Vamos evacuar o prédio antes de começar a jogar vapor.

A voz do Judeu veio pelo alto-falante:

— Entendido.

— Vamos precisar de ventilação — disse Jubal pela frequência do rádio.

Gesticulei para Taylor para atender à solicitação de Jubal.

— Entendido, Jubal. — Abaixei o rádio. — Me dá ventilação vertical, Taylor. Com todos aqueles móveis lá dentro como combustível... — Deixei a frase morrer, perturbado.

— Temos um alto risco de uma ignição súbita — disse Taylor, terminando minha frase.

— Então vamos dar um jeito de ventilar tudo muito bem — falei. O combustível do fogo, sejam hidrocarbonetos ou vegetação natural, como madeira, solta gases a certa temperatura. Quando esses gases se incendeiam por causa do ar superaquecido, uma área pode entrar em combustão espontânea, um fenômeno que significaria a morte de todos os bombeiros nos arredores. Além de um armazém cheio de explosivos ou de pneus, milhares de móveis eram um adversário temível para qualquer corpo de bombeiros, e eu sabia que meu último incêndio seria meu maior desafio como comandante.

Observei meu irmão se afastar e senti o estômago apertar.

— Taylor! — Ele parou. — Espera. Fica de olho aqui fora. Eu faço isso.

— Mas... — ele começou.

— Já falei que eu faço! — rosnei. Peguei um machado no Carro Nove antes de ir até a escada para abrir um buraco no telhado. Fiz um sinal para Porter me seguir até o caminhão da escada. — Pega um serrote! — gritei para ele.

Ele franziu o cenho, confuso, porque um comandante de turno estava correndo em direção a uma escada em vez de permanecer em solo para vigiar.

Subimos na plataforma e eu acenei para o operador, avisando que estávamos prontos. As engrenagens reclamaram conforme a escada subia quase quinze metros. Conforme o vento batia, o calor atingia meu rosto e brasas cintilantes flutuavam ao nosso redor. Uma dor nostálgica no peito me obrigou a gravar aquele momento, porque eu ia sentir falta daquilo. Eu adorava carros de bombeiro desde que era menino, e não tinha certeza de como seria minha vida sem sentir a emoção de entrar correndo num prédio em chamas enquanto todo mundo saía desesperado.

Porter fechou os olhos e engoliu em seco. Mesmo sob o equipamento enorme, dava para ver que ele respirava com dificuldade.

— Você não tem medo de altura, tem, Porter?

Ele balançou a cabeça, as bochechas ainda gordas de juventude. Recém-saído da faculdade, ele se juntara à Estação de Estes Park havia apenas quatro meses. Ainda nem tínhamos pensado num apelido para ele.

— Não, senhor — respondeu ele. — Quer dizer, sim, senhor, mas vou fazer o serviço.

Bati a mão no topo de seu capacete.

— Acabei de pensar num apelido pra você, Porter.

Seu rosto se iluminou.

— É?

— Ratel.

Ele pareceu confuso.

— Você sabe o que é um ratel, Porter? Eles comem cobras. E não dão a mínima.

Um sorriso largo se espalhou em seu rosto, mas ele voltou rapidamente à realidade quando a escada parou de repente.

— Nossa vez — falei, saltando para a borda do telhado. Bati com o machado no chão antes de colocar todo o meu peso num ponto, para garantir que o telhado não desabaria.

— Como parece? — perguntou Porter.

— Estável — respondi, descendo com cuidado. Depois de mais alguns testes com o machado, acenei para Porter se aproximar, desenhando um círculo imaginário no ar, em cima do espaço que eu queria que ele cortasse. — Aqui!

Porter concordou com a cabeça e ligou a motosserra. As chamas já estavam lambendo as bordas do telhado, e o calor estava quase insuportável.

— Não temos muito tempo — rugi. — Termine logo.

Porter cortou a fina camada superior das telhas e a próxima, de isolamento. Então a fumaça subiu pelo buraco, e Porter deu um passo para trás, fugindo do calor intenso.

Chamei Taylor pelo rádio.

— Está aberta. Vamos descer.

— Bom trabalho — disse Taylor.

Porter e eu voltamos para a plataforma, e me comuniquei por rádio com o operador para nos descer. Assim que chegamos no meio do caminho, o telhado estalou com um *crack* tão alto que parecia que o prédio estava se partindo ao meio. Uma baforada de fumaça preta e densa e algumas brasas explodiram pela abertura que tínhamos acabado de criar.

A voz de Taylor soou de novo pelo rádio.

— Pra trás, todo mundo. Temos... sim, está se espalhando! Saiam daí imediatamente!

Faltando quase dois metros, saltei da plataforma, correndo para longe do armazém que desmoronava, e fui em direção ao meu irmão. Gritei no rádio:

— Saiam! Está caindo!

Jubal e Docinho saíram em disparada pela entrada principal pouco antes de as junções de cimento dos tijolos começarem a ceder. Uma grande parte da parede da frente desabou, lançando uma nuvem de poeira, fumaça e escombros.

Agarrei Taylor pela jaqueta.

— Você não tem tempo pra isso. Leve a minha caminhonete.

— Tem certeza? — perguntou ele.

Dei um tapinha na lateral de seu capacete.

— Sai daqui. A gente cuida disso.

Analisei o rosto dele, observando Taylor se debater entre ficar para proteger o irmão mais novo ou salvar a própria família.

Depois de vários segundos, ele correu até a minha caminhonete, tirou o uniforme e o jogou no banco traseiro antes de deslizar para trás do volante. Eu tinha deixado as chaves na ignição, ciente de que ele sairia mais cedo.

Meu foco se alternava entre Taylor indo embora e os escombros em chamas. Apontei para diferentes áreas, cuspindo ordens para meus homens e falando no rádio. O fogo estava ficando mais quente, e a fumaça, mais escura. Não estávamos nem perto de controlá-lo. Dava para ver Taylor indeciso, sentado no banco do motorista. Eu sabia que ele achava errado me deixar sozinho, mas, pouco antes de ele abrir a porta para voltar para até mim, apontei para ele e gritei:

— Sai daqui, porra! Agora!

Taylor

O suor pingava da minha testa, e eu o sequei com o pulso. Ainda dava para sentir o calor do fogo no meu rosto e o peso da fumaça nos meus pulmões. Tossi e estendi a mão para virar a chave na ignição. Precisei de todas as minhas forças para colocar marcha à ré e me afastar de meu irmão, mas ele estava certo. Falyn e as crianças vinham em primeiro lugar.

Dirigir a caminhonete do comandante foi vantajoso quando passei por duas viaturas de polícia a pelo menos trinta quilômetros por hora acima do limite de velocidade permitido. Quando finalmente cheguei à estação, corri para deixar as chaves de Tyler na mesa dele e pegar as chaves da minha caminhonete, minha carteira e o celular, antes de voltar à estrada em direção a Colorado Springs. A nuvem de fumaça do armazém se assomava no espelho retrovisor enquanto eu saía de Estes Park. Disquei o número de Tyler, mas tocou quatro vezes antes de cair na caixa postal. Não consegui afastar a sensação sinistra que tive enquanto observava meu irmão sair comigo para o incêndio no armazém. Já tínhamos combatido incêndios separados, mas dessa vez parecia diferente. Fiquei assustado com aquela sensação que tive na caminhonete com Tyler, e, quanto mais eu me afastava, mais parecia errado.

Eu me concentrei em Falyn e nas crianças. Pensar na reação de entusiasmo de Hollis e Hadley era uma distração fácil. A combinação entre imaginar minha família junta de novo e a intuição que tive em relação ao fogo colocou em foco a noite em que Falyn me deixou.

Nós quase não fomos. *Merda, eu queria que não tivéssemos ido.* A babá tinha dado bolo, e, se Ellie não tivesse ligado para Falyn no último minuto, simplesmente teríamos ficado em casa. O que pensamos que era um golpe de sorte acabou sendo a pior noite da minha vida. Já tinha se passado mais de um ano desde a última vez em que saíramos juntos;

fazia mais tempo ainda que Falyn não interagia com outros homens além dos meus companheiros de turno. Meu ciúme nunca tinha estado verdadeiramente sob controle, de modo que, quando um cara mais novo se aproximou da minha mulher, trôpego depois de beber o dia todo e sorrindo para ela como se soubesse que ia levá-la para casa, não consegui agir racionalmente. Falyn tentou colocar algum juízo na minha cabeça, o que só me deixou com mais raiva. Quando ele tropeçou e agarrou a bunda dela, eu já estava bem além da racionalidade. Então fui para cima. Dei uma surra no cara. Ele foi para o hospital, e eu, para a cadeia.

O prefeito deu um jeito de me fazer passar o fim de semana inteiro numa cela. Tyler e os caras tentaram pagar minha fiança várias vezes, sem sucesso. Falyn não atendia meus telefonemas, e, quando finalmente fui para casa, ela havia feito as malas das crianças e ido embora.

Agarrei o volante. Ele gemeu sob a pressão dos meus dedos, me trazendo de volta ao presente. O medo e o desespero que senti ao voltar para a casa vazia ainda eram vívidos. O pânico que senti depois do nosso primeiro telefonema, ao reconhecer que eu não podia culpá-la, implorar ou exigir que ela voltasse para casa, voltou à tona. O amor era algo apavorante — abrir nosso coração para a outra pessoa proteger ou pisotear. Minha felicidade dependia do perdão de Falyn, e eu ainda não sabia se ela estava disposta a fazer isso.

Meu celular tocou, e eu apertei o botão no volante. A tela me revelou quem era, mas fui pego de surpresa, preocupado com a possibilidade de ela me dizer que tinha mudado de ideia.

— Falyn?

— Papai? — disse Hadley.

— Oi, minha florzinha! Como foi o último dia na escola?

— Uma droga.

— De novo?

— Eu me meti em encrenca. — Ela parecia decepcionada consigo mesma, e eu imaginei lágrimas quentes escorrendo pelas bochechas gorduchas. Ela ia começar o ensino intermediário no próximo ano, e eu sabia que espicharia uns dez centímetros a qualquer momento. Ela já era mais alta que Hollis, mas ele a ultrapassaria no ensino médio. Eu não gostava do fato de ela crescer tão rápido, mas pelo menos ela estaria de volta a Estes com os amigos.

Ela fungou.

— O Hollis se meteu numa briga hoje.

— Não se preocupe, Hadley. Vai melhorar. Eu prometo, tá bom? Daqui a muito pouco tempo. O papai vai dar um jeito nisso.

— Como?

— Você vai ver. Chame a mamãe no telefone.

— Alô? — disse Falyn. Eu tinha certeza de que a conversa com a escola sobre as crianças não tinha sido fácil.

— Chego aí em menos de uma hora — falei.

— Sério? — ela perguntou, já parecendo mais alegre.

Sorri.

— Sim, sério. Eu disse que estaria aí, não disse?

— É, mas... eu vi as notícias sobre o incêndio. Achei que você estaria lá.

Pensei em contar a ela que não haveria mais incêndios, mas decidi que não era o momento certo.

— Eu estava. Mas saí.

— Antes de ser controlado?

— Faltava pouco. — Quase ouvi Falyn sorrindo, e um calor percorreu meu corpo. Eu tinha ganhado vários pontos por colocá-la em primeiro lugar, apesar de sempre achar que fazia isso trabalhando muito e ganhando um bom dinheiro. Ela claramente precisava que eu provasse algo mais.

— Eu... Obrigada, Taylor. Isso realmente... significa muito.

Franzi o cenho, me perguntando por que ela se esforçava tanto para não me amar. As coisas que ela dissera enquanto eu estava sendo preso me atingiram tão profundamente que eu não sabia se conseguiria me recuperar, quando sua partida já era agonia suficiente. Ela poderia ter me amarrado à cama e colocado fogo na casa, e ainda assim eu a amaria. Eu não entendia por que ela estava fingindo, mas talvez ela não estivesse. Talvez ela *não* me amasse mais. Afastei a emoção da voz antes de falar:

— Você já está arrumando as coisas?

— O que deu para fazer sem as crianças perceberem. Eu não quero estragar a surpresa antes de você chegar.

— Ótimo. Chego aí daqui a pouco, ba... Falyn — falei, me corrigindo.

— Até daqui a pouco — disse ela, sem emoção: sem desprezo nem amor. Nada.

Eu não tinha certeza do que faria se não conseguíssemos acertar as coisas. Ela era tudo para mim. Falyn era minha vida praticamente desde crianças. Ela era a única vida que eu queria. Quando ela foi embora, fiquei arrasado, mas ainda havia esperança. Essa esperança me motivava. As luzes do painel se acenderam pouco depois de a última fagulha de luz do dia deslizar atrás das montanhas. Uma placa à direita dizia "Bem-vindo a Colorado Springs", e eu me remexi, nervoso, no assento. Eu ainda me agarrava à esperança de que aquele fim de semana fosse nosso recomeço, e não nosso fim.

4

Trenton

Esperei do lado de fora, enquanto Camille tentava não chorar. Todo mês era um ciclo infinito de esperança e desolação, e, depois de quase oito anos de casamento, ela estava ficando desesperada.

A iluminação estava fraca. Ela gostava do escuro quando sua alma parecia negra, por isso eu tinha fechado as cortinas depois que se passaram os três minutos, e ela não disse nada. Agora, não havia mais nada a fazer, além de esperá-la, escutá-la e abraçá-la.

Morávamos numa pequena casa de dois quartos, a apenas seis quarteirões do meu pai e de Olive. O quarto, como o restante da casa, era claro e decorado de maneira minimalista, com objetos de arte interessantes ou com meus desenhos. Tínhamos repintado as paredes e trocado o carpete, mas a casa era mais velha que nós. Apesar de ter sido uma barganha na época, os consertos tinham virado um poço sem fundo de gastos. O aquecedor, o ar-condicionado central e grande parte do sistema hidráulico eram novos. Em certo ponto, tivemos que arrancar o carpete novo — mas molhado — para quebrar o chão e chegar até os canos para trocá-los. Os últimos dez anos tinham sido difíceis, mas agora morávamos numa casa seminova, apesar de termos esvaziado nossa poupança quatro vezes para isso. Estávamos bem, finalmente, e nenhum de nós sabia o que fazer com isso além de dar o próximo passo. A infertilidade não era algo que pudéssemos consertar, e isso deixava Camille arrasada.

— Baby — falei, batendo à porta com os nós dos dedos. — Me deixa entrar.

— Só... só me dá um segundo — disse ela, fungando.

Apoiei a testa na porta.

— Você não pode continuar fazendo isso consigo mesma. Acho que talvez...

— Eu não vou desistir! — disse ela, irritada.

— Não. Talvez tentar um caminho diferente.

— Não podemos pagar por um caminho diferente — disse ela, com um tom de voz ainda mais baixo do que costumava ter. Ela não queria fazer com que eu me sentisse pior do que já estava.

— Vou pensar em alguma coisa.

Depois de alguns instantes de silêncio, a porta fez um clique e Camille a abriu. Seus olhos estavam vidrados, e manchas vermelhas marcavam seu rosto. Ela nunca esteve mais bonita, e tudo o que eu queria era abraçá-la, mas ela não me deixava. Em vez disso, fingia que seu coração não estava partido para impedir que eu sofresse como ela — não importava quantas vezes eu lhe dissesse que não havia problema nenhum em chorar.

Toquei seu rosto, mas ela se afastou, o falso sorriso desaparecendo apenas por tempo suficiente para beijar a palma da minha mão.

— Eu sei que vai. Só preciso viver o meu luto.

— Você pode viver o seu luto aqui fora, baby doll.

Ela balançou a cabeça.

— Não posso, não. Eu precisava de um momento sozinha.

— Porque você se preocupa comigo — repreendi.

Ela deu de ombros, o falso sorriso se transformando em um de verdade.

— Eu tentei mudar, mas não consigo.

Eu a puxei para o peito, abraçando-a com força.

— Eu não quero que você mude. Eu amo a minha mulher do jeito que ela é.

— Camille? — chamou Olive, do outro lado da porta. Seu cabelo loiro-platinado repartido ao meio caía em ondas em volta do rosto e chegava até a cintura, fazendo sua tristeza parecer mais pesada ainda. Seus olhos verdes e redondos cintilavam, sentindo cada decepção, cada obstáculo com a mesma profundidade que nós, porque ela também fazia parte da família. Por acaso e por laços de sangue, quer ela soubesse ou não.

Quando a vi apoiar as feições delicadas do rosto oval no batente da porta, me lembrei de ter ficado quase arrasado com a verdade: Olive, minha vizinha e amiga desde que aprendera a andar, era adotada, e, de algum jeito, sua mãe biológica tinha se apaixonado pelo meu irmão Taylor, a quase mil e quinhentos quilômetros de distância, em Colorado Springs. Por acaso, eu tinha ajudado a criar minha sobrinha e me envolvido na vida dela ainda mais que meu irmão e minha cunhada.

Camille olhou para Olive e soltou uma risadinha, se afastando de mim enquanto lambia os dedos e limpava o rímel manchado sob os olhos. Seu cabelo estava mais comprido do que jamais estivera desde que era menina, chegando até o meio das costas, e tinha o mesmo tom do de Olive, com um pedaço raspado pouco acima da orelha só para deixá-lo "moderno". Eu tinha acabado de retocar a tatuagem em seus dedos — sua primeira tattoo, que eu tinha feito nela. Dizia "Baby Doll", o apelido que eu tinha lhe dado no início do relacionamento e que permaneceu. Por mais que tentasse parecer fora dos padrões, Camille era de uma beleza clássica. O apelido tinha tudo a ver com ela, tanto na época quanto agora.

— Estou bem — disse Camille, soltando um suspiro. — Estamos bem.

Em seguida foi até a porta para dar um abraço rápido em Olive e apertou o lenço azul-marinho dobrado que usava na cabeça. Ela fungou, a dor visivelmente diminuindo e desaparecendo. Minha mulher era foda.

— Cami — comecei.

— Estou bem. Vamos tentar de novo no mês que vem. Como está o papai?

— Está bem. Falando sem parar. Está ficando mais difícil fazê-lo sair comigo. O Tommy e a Liis vão trazer a bebezinha... — Deixei a frase morrer, esperando a inevitável dor nos olhos de Camille.

Ela se aproximou, pegou meu rosto nas mãos e me beijou.

— Por que você está me olhando desse jeito? Você realmente acha que isso me incomoda?

— Talvez... talvez se você tivesse casado com ele... você já teria o seu bebê.

— Eu não quero um bebê meu. Quero o *nosso* bebê. Seu e meu. Se não for assim, não quero nada.

Sorri, sentindo um nó se apertar em minha garganta.

— É?

— É. — Ela sorriu, a voz parecendo relaxada e feliz. Ela ainda tinha esperança.

Toquei a pequena cicatriz em sua testa, aquela que nunca me deixava esquecer como estive perto de perdê-la. Ela fechou os olhos, e eu beijei a linha branca irregular.

Meu celular tocou e me afastei para pegá-lo na mesinha de cabeceira.

— Oi, pai.

— Você escutou? — perguntou ele, com a voz um pouco rouca.

— O quê? Que você está com uma voz horrível? Você ficou doente nas últimas duas horas?

Ele pigarreou algumas vezes e deu uma risadinha.

— Não, não... Cada centímetro meu está mais velho que a terra. Como está a Cami? Grávida?

— Não — respondi, esfregando a nuca.

— Ainda não. Mas vai acontecer. Por que vocês não vêm jantar aqui? Traz a Olive.

Olhei para as minhas meninas, que já estavam fazendo que sim com a cabeça.

— Tá. Vamos adorar, pai. Obrigado.

— Frango frito hoje à noite.

— Diz pra ele não começar sem mim — Camille pediu.

— Pai...

— Eu escutei. Vou bater e temperar a carne e colocar as batatas no forno.

Camille fez uma careta.

— Tudo bem. Chegamos daqui a pouco.

Ela se apressou, tentando sair porta afora antes de meu pai chegar até o forno. Ele tinha deixado o fogão aceso mais de uma vez, caído mais de uma vez e não parecia preocupado com isso. Camille passava quase todo seu tempo livre tentando ajudá-lo a evitar acidentes.

— Posso dirigir? — perguntou Olive.

Eu me encolhi.

Ela sorriu de um jeito travesso. Resmunguei, já sabendo o que ela estava prestes a dizer.

— Pufavô, Tent? — ela choramingou.

Fiz uma careta. Quando Olive tirou a carteira de motorista, eu prometi que a deixaria dirigir comigo quando fizesse dezoito anos, e o aniversário dela tinha sido meses atrás. Era hábito dizer não. Eu nunca tinha batido o carro, nem quando era adolescente. Os dois acidentes em que me envolvi foram horríveis, e ambos com mulheres que eu amava muito atrás do volante.

— Merda, tudo bem — xinguei.

Camille esticou o punho fechado, e Olive deu um soquinho nele.

— Você trouxe a habilitação? — perguntou Camille.

Olive respondeu mostrando uma pequena carteira de couro marrom.

— Minha identidade estudantil da Eastern também está aqui.

— Viva! — disse Camille, batendo palmas. — Que emocionante! — Ela me olhou com um falso pedido de desculpa nos olhos. — Você prometeu.

— Depois não diz que eu não avisei — resmunguei, jogando as chaves para Olive.

Ela as pegou no ar e deu uma risadinha, correndo até a porta e saindo para a entrada de carros, onde a caminhonete de Camille estava parada. Enquanto eu andava pela calçada de lajotas, vi Olive entrar e puxar o cinto de segurança sobre o peito, prendendo-o e segurando o volante com as duas mãos.

— Ah, para. Você não dá azar. — Camille abriu a porta do passageiro de sua Toyota Tacoma cabine dupla e depois a porta traseira. Prendeu o cinto de segurança enquanto eu sentava ao lado de Olive. Em seguida conectou o bluetooth do celular à caminhonete, escolhendo a música com cuidado. Quando começou a tocar, Olive virou a chave na ignição e deu ré. Uma nova energia se instalou à nossa volta. Camille massageou meus ombros por um segundo no ritmo que saía dos alto-falantes.

— Talvez devêssemos cortar o barulho e deixar a Olive se concentrar — falei.

A massagem de Camille se transformou num golpe brincalhão de caratê.

— Barulho?

Se eu não tivesse visto, jamais saberia que ela estava chorando no banheiro dez minutos atrás. Ela se recuperava mais rápido a cada vez, mas parte de mim se perguntava se aquilo era real ou se ela estava apenas ficando melhor em esconder.

Assim que paramos na frente da casa do meu pai, percebi nuvens carregadas se formando no céu, a oeste da cidade. Thomas e Liis chegariam de avião com a bebê em breve, e verifiquei a previsão do tempo para os próximos sete dias no celular — algo que não teria me ocorrido fazer dez anos antes. Engraçado como o tempo e a experiência reprogramam completamente o cérebro para pensar em algo além de você mesmo.

Meu pai não estava aguardando na varanda como sempre fazia, o que levou Camille a xingar.

— Que droga, Jim Maddox! — disse ela, me apressando para abrir a porta. Então saiu cambaleando para o gramado, correu até a varanda, subiu os degraus aos pulos e abriu com violência a frágil porta de tela.

Olive estacionou e jogou as chaves para mim, acenando.

— Vou dar um pulo na casa ao lado pra avisar a minha mãe que eu vou jantar com o vovô!

Fiz que sim com a cabeça, sentindo um nó na garganta. Todos os netos chamavam meu pai de "vovô", e eu adorava o fato de Olive também fazer isso, apesar de ela não saber que estava certa.

Segui Camille até dentro de casa, me perguntando o que encontraríamos. A tinta da varanda estava descascando, e fiz uma anotação mental para trazer a lixadeira da próxima vez. A porta de tela estava caindo, e acrescentei isso à lista também. Meus pais compraram a casa quando se casaram, e era quase impossível convencê-lo a nos deixar fazer mudanças ou reformas. Os móveis e o carpete eram os mesmos, até a pintura. Minha mãe tinha decorado a casa, e ele não queria deixar ninguém contrariar os desejos dela, apesar de ela ter morrido quase trinta anos atrás. Assim como meu pai, a casa estava envelhecendo tanto que estava ficando doente e, em alguns casos, perigosa, de modo que, nos últimos meses, Camille e eu tínhamos decidido começar a consertar as coisas sem pedir permissão.

Ao final do corredor, que dava para a cozinha, vi Camille correndo em direção ao meu pai com as mãos estendidas.

Ele estava inclinado, colocando no forno as batatas cobertas de papel-alumínio.

— Pai! — gritou Camille. — Deixa eu fazer isso!

Ele as colocou lá dentro e fechou a porta do forno, se levantando e virando para nos encarar com um sorriso.

Camille pegou um par de luvas térmicas na gaveta e jogou para ele.

— Por que você não usa as luvas que eu te dei? — Ela se aproximou, inspecionando suas mãos enfaixadas.

Ele beijou os dedos dela.

— Estou bem, mocinha.

— Você queimou muito as mãos da última vez — disse ela, escapando dele para inspecionar melhor os ferimentos por baixo das bandagens. — Por favor, use as luvas.

— Tudo bem — disse ele, dando um tapinha na mão dela. — Tudo bem, filha. Eu vou usar as luvas.

Camille começou a abrir as portas do armário para procurar o óleo, vendo que as coxas de frango já tinham sido mergulhadas na mistura especial de farinha do meu pai e estavam sobre toalhas de papel, perto da panela no fogão.

Ela acenou para nos dispensar.

— Vão embora. Eu cuido disso. Sim, pai, tenho certeza — disse ela, quando meu pai abriu a boca para falar.

Ele deu um risinho.

— Está bem, então. Hora do dominó.

— Você não cansa de perder? Jogamos dominó durante duas horas hoje à tarde.

— Jogamos? — ele perguntou e balançou a cabeça. — Não lembro nem de limpar a bunda, na maior parte do tempo.

Pisquei, surpreso por ele não lembrar, mas ele não pareceu preocupado.

— Cartas, então? — perguntou.

— Não, vamos jogar dominó. Eu te devo uma revanche, de qualquer maneira.

Um trovão soou ao longe quando sentamos à mesa. A porta da frente abriu e fechou, e Olive apareceu no fim do corredor, com as mãos nas laterais, pingando de tão molhada.

— Ai. Meu. Deus.

Caí na gargalhada.

— Já ouviu falar em guarda-chuva, Oó?

Ela revirou os olhos, batendo os pés com força até sentar na cadeira ao meu lado, na mesa de jantar.

— Você um dia vai parar de me chamar assim? Ninguém entende.

— Você entende — falei. — Como pode ser difícil? Suas iniciais são O.O. Juntas, o som é *oó*. Tipo bocó. E mocó. — Meu olhar foi para o teto. — Cobocó. Cocó. Rococó. Cocorocó. Posso continuar.

— Por favor, não — disse ela, pegando uma peça de dominó e virando-a nos dedos finos. Estava ficando cada vez mais difícil impressioná-la. Ela costumava achar que eu era deus.

— Ai! Droga! — gritou Camille na cozinha.

Empurrei minha cadeira, quase me levantando.

— Tudo bem, baby?

— Sim! — gritou ela, aparecendo com a jaqueta e as chaves na mão. — Acabou o óleo.

— Mas eu comprei na sexta-feira passada — falei, olhando para o meu pai.

— Ah. É verdade. Eu acabei com ele no domingo.

Franzi o cenho.

— A gente comeu sanduíche no almoço e pizza no jantar de domingo. Você não fez frango.

Ele espelhou minha expressão.

— Hum, droga, um dia desses.

— Vou dar um pulo no mercado. Precisa de mais alguma coisa? — perguntou Camille.

— Cami, está chovendo demais — falei, preocupado.

— Estou sabendo — disse ela, me beijando antes de sair porta afora.

Meu pai pegou os dominós na estante, e ficamos conversando amenidades. Ele fez algumas das mesmas perguntas que tinha me feito mais cedo, e comecei a me perguntar se ele estava esquecido o tempo todo e eu não tinha notado, ou se sua memória estava piorando. Ele tinha consulta marcada com o médico na próxima sexta-feira, e eu falaria desse assunto.

Meu celular zumbiu. Levei o aparelho ao ouvido.

— E aí, monte de porra!

— Isso só melhora — disse Thomas do outro lado da linha, sem se impressionar.

— Nossa Senhora da Bicicletinha, Trenton — fumegou meu pai, apontando com a cabeça para Olive.

Pisquei para ele. Chocá-lo com meus insultos tinha se tornado um esporte.

— Como estão a mamãe e a bebê? — perguntei.

— Estamos indo pra casa — Thomas respondeu. — Acho... acho que vamos mais cedo do que esperávamos.

— Está tudo bem? — perguntei, percebendo que o interesse do meu pai tinha sido despertado. Acenei para dispensá-lo, garantindo que não havia nada de errado.

— Sim... sim. Tem notícias do Trav?

— Não. Por quê?

Para mim, Thomas sempre foi um mistério, e as perguntas só se multiplicaram quando ele ficou adulto.

Meu pai me encarou, ao mesmo tempo paciente e impaciente, esperando uma explicação. Levantei o dedo.

— Só curiosidade.

— Você vai colocar uma recém-nascida no avião? Eu sabia que você era corajoso, irmão, mas... caramba.

— Achamos que o papai vai gostar de conhecê-la.

— Vai mesmo. O papai vai adorar conhecer a... — Me deu um branco.

— Stella — sussurrou Olive.

— Stella! — repeti. — O papai vai adorar conhecer a Stella. — Meu pai me deu um tapa na nuca. — Ai! O que foi que eu disse?

— Eu chego amanhã — disse Thomas, ignorando o circo do outro lado da linha.

— Amanhã? — falei, olhando para o meu pai. — Tão rápido assim?

— É. Diz pro papai não se preocupar. A gente arruma o quarto quando chegar aí.

— A Cami tem deixado o quarto de hóspedes arrumado. Ela sabia que vocês iam aparecer em algum momento com a bebê. Até comprou um curralzinho, ou sei lá o nome disso, pra ela.

— Ela comprou um chiqueirinho pra Stella? Sério? — Thomas perguntou. — Que gentileza. Como ela es... Foi muita gentileza dela.

— É — falei, de repente me sentindo constrangido. — A gente se vê amanhã, então.

— Manda um beijo pro papai — Thomas pediu.

— Pode deixar, pote de cocô.

Thomas desligou, e abri um sorriso largo para meu pai. As rugas entre seus olhos se aprofundaram.

— Eu devia ter batido mais em você — disse ele.

— É, devia mesmo. — Olhei para as peças de dominó. — E aí? Elas não vão se embaralhar sozinhas.

Eu me ajeitei na cadeira da mesa de jantar, o couro marrom-dourado fazendo barulho de pum embaixo do meu jeans. Apesar de eu ter saído de casa, Camille e eu visitávamos meu pai pelo menos uma vez por dia, normalmente mais. Travis visitava quando não estava viajando a trabalho. Olhei para a estante que ia quase até o teto, cheia de lembranças empoeiradas de pôquer e fotos autografadas dos nossos jogadores preferidos. Algumas teias de aranha tinham se formado. *Preciso subir ali e tirar o pó. Não quero que meu velho caia e quebre o quadril.*

— A Cami não disse nada sobre o teste de hoje — comentou meu pai, movendo as peças de dominó num círculo sobre a mesa.

— É — respondi, encarando as peças brancas retangulares enquanto giravam devagar sob as mãos do meu pai, entrando e saindo do conjunto. — É uma coisa mensal, agora. Acho que ela está cansada de falar sobre isso.

— É compreensível — disse meu pai. Ele deu uma olhada de esguelha para Olive, e eu sabia que estava escolhendo as palavras com cuidado. — Vocês já foram ao médico?

— Que nojo — disse Olive, apesar dos esforços dele. Ela não era mais criança.

— Ainda não. Acho que ela está com medo de ouvir que é algo permanente. Sinceramente, eu também. Pelo menos, por enquanto ainda temos esperança.

— Ainda existe esperança. Mesmo as piores circunstâncias têm um lado positivo. A vida não é linear, filho. Cada escolha que fazemos se ramifica para fora da linha que estamos seguindo. E na ponta desse ramo sempre tem outro ramo. É uma sucessão de telas em branco, mesmo depois de um desastre.

Olhei para ele.

— Foi assim que você se sentiu depois que a mamãe morreu?

Olive ofegou baixinho.

Meu pai ficou tenso e esperou um instante antes de falar.

— Um tempo depois de sua mãe morrer. Acho que todos nós sabemos que eu não fiz muita coisa logo depois.

Encostei no braço dele, e as peças pararam de girar.

— Você fez exatamente o que podia. Se eu perdesse a Cami... — Deixei a frase morrer, porque o pensamento me dava enjoo. — Não sei como você sobreviveu, pai, muito menos como segurou as pontas pra criar cinco filhos. E você conseguiu, sabe. Você segurou as pontas. Você é um ótimo pai.

Ele pigarreou, e as peças começaram a girar de novo. Fez uma pausa suficiente apenas para secar uma lágrima embaixo dos óculos.

— Bem, fico feliz. Você mereceu. Você é um ótimo filho.

Dei um tapinha no ombro dele, depois escolhemos nossas peças e as colocamos em pé, de costas umas para as outras. Eu estava com uma mão de merda.

— Sério, pai? Sério?

— Ah, para de reclamar e joga — disse ele, tentando parecer sério, mas seu sorrisinho o traiu. — Quer jogar, Olive?

Ela balançou a cabeça.

— Não, obrigada, vovô — disse, voltando a atenção para o celular.

— Ela provavelmente está jogando dominó nessa coisa — provocou meu pai.

— Pôquer — retrucou Olive.

Ele sorriu.

Virei para olhar nosso último retrato em família, tirado pouco antes de minha mãe descobrir que estava doente. Travis tinha acabado de fazer três anos.

— Você ainda sente saudade dela? Quer dizer... como antes?

— Todos os dias — respondeu ele, sem hesitar.

— Lembra quando ela fingia ser o monstro das cócegas? — perguntei.

Os cantos da boca de meu pai se curvaram para cima, e seu corpo começou a se sacudir com risadas incontroláveis.

— Era ridículo. Ela não sabia se era um alienígena ou um gorila.

— Ela era as duas coisas — falei.

— Ela perseguia vocês cinco por toda a casa, encolhida como uma macaca e transformando as mãos em braços de sucção alienígenas.

— E aí ela pegava a gente e fingia que comia nosso sovaco.

— Isso, sim, é amor. Vocês fediam como carcaças podres, num dia bom.

Soltei uma gargalhada alta.

— Era o único momento em que podíamos pular nos móveis e não levar uma surra.

Meu pai zombou de mim.

— Ela não precisava bater em vocês. O olhar era suficiente.

— Ah — falei, me lembrando. — O olhar. — E estremeci.

— É. Ela fazia parecer fácil, mas teve que colocar uma quantidade saudável de medo em vocês antes. Ela sabia que um dia todos vocês seriam maiores que ela.

— Eu sou? — perguntei. — Maior que ela?

— Ela era miúda. Do tamanho da Abby. Talvez nem isso.

— De onde veio o gigantismo do Travis, então? Você e o tio Jack parecem dois esquilos inchados.

Meu pai uivou de rir. Sua barriga se sacudia, fazendo a mesa balançar. Minhas peças todas caíram, e eu também cuspi uma gargalhada, sem conseguir controlar. Olive cobriu a boca, seus ombros tremendo. Assim que comecei a colocar as peças em pé de novo, um carro parou na frente de casa. O cascalho gemeu sob os pneus e o motor foi desligado. Um minuto depois, alguém bateu à porta.

— Eu atendo — disse Olive, empurrando a cadeira para trás.

— Ops — falei, me levantando. — A Cami voltou. É melhor eu ajudá-la com as compras.

— Bom menino — disse meu pai, com um aceno de cabeça e uma piscada.

Fui até o corredor e congelei. Olive estava segurando a porta aberta, me encarando com uma expressão pálida e preocupada. Atrás dela, na varanda, havia dois homens de terno e sobretudo encharcados.

— Pai? — gritei para a sala de jantar.

— Na verdade... — disse um dos homens — você é Trenton Maddox?

Engoli em seco.

— Sim. — Antes que um deles pudesse falar, todo o sangue sumiu do meu rosto. Tropecei para trás. — Pai? — chamei, dessa vez nervoso.

Meu pai colocou a mão no meu ombro.

— O que foi?

— Sr. Maddox — disse um dos homens, cumprimentando com a cabeça. — Sou o agente Blevins.

— Agente? — perguntei.

Ele continuou:

— Temos uma notícia lastimável.

Perdi o equilíbrio, apoiando as costas na parede com painel de madeira. Deslizei devagar até o chão. Olive desceu comigo, segurando minhas mãos e nos preparando para uma realidade alternativa e dolorosa. Ela me segurou com força, me ancorando ao presente, ao momento pouco antes de tudo desmoronar. Eu sabia, no fundo do meu coração, que não devia ter deixado Camille dirigir na chuva. Eu estava me sentindo esquisito havia vários dias, sabendo que algo ruim se aproximava.

— Não fala nada — rosnei.

Meu pai se ajoelhou devagar ao meu lado e colocou a mão em meu joelho.

— Agora segure as pontas. Vamos ouvir o que eles têm a dizer. — Ele olhou para cima. — Ela está bem?

Os agentes não responderam, e eu também olhei para cima. Eles estavam com a mesma expressão de Olive. Minha cabeça caiu para a frente. Uma explosão ferveu dentro de mim.

Uma sacola caiu, e um vidro se quebrou.

— Ai, meu Deus!

— Cami! — gritou Olive, soltando minhas mãos.

Eu a encarei sem acreditar, me atrapalhando até ficar de joelhos antes de jogar os braços ao redor de sua cintura. Meu pai soltou um suspiro de alívio.

— Ele está bem? — perguntou Camille, se afastando para me olhar melhor. — O que aconteceu?

Olive se levantou e segurou meu pai.

— Achei que você... Eles... — Deixei a voz morrer, ainda sem conseguir completar uma frase coerente.

— Você achou que eu o quê? — perguntou Camille, segurando os dois lados do meu rosto. Depois olhou para meu pai e Olive.

— Ele achou que esses dois tinham vindo aqui para nos dizer que você tinha... — Meu pai olhou para os agentes. — Por que vocês estão aqui, afinal? Qual é a notícia lastimável?

Os agentes se entreolharam, finalmente entendendo a minha reação.

— Sentimos muito, senhor. Viemos informar sobre o seu irmão. A agente Lindy pediu que a notícia fosse dada diretamente a você.

— A agente Lindy? — perguntei. — Você está falando da Liis? O que aconteceu com o meu irmão?

As sobrancelhas de meu pai se aproximaram.

— Trenton... chame os gêmeos aqui. Agora.

5

Travis

Abby estava parada na janela perto da porta da nossa casa em estilo provençal, espiando por trás das cortinas cinza finas que tinha comprado cinco anos antes para substituir as antigas, compradas três anos antes dessas. Tanta coisa mais tinha mudado além das cortinas nos últimos onze anos. Casamentos, nascimentos, mortes, marcos e verdades.

Tínhamos comemorado o nascimento de nossos gêmeos e chorado a morte do Totó. Ele era o guarda-costas dos gêmeos, seguindo-os para todo lado e dormindo primeiro no tapete entre os berços e depois entre as caminhas. O pelo ao redor de seus olhos começou a ficar grisalho, depois ele teve cada vez mais dificuldade para ficar de pé. Foi o segundo funeral ao qual eu compareci na vida. Nós o enterramos no nosso quintal, com a pereira-de-jardim como sua lápide.

Poucos meses antes, no nosso décimo primeiro aniversário de casamento, Abby tinha confessado saber que eu trabalhava para o FBI. Grávida do nosso terceiro filho, ela me entregara um envelope pardo cheio de datas e outras informações pertinentes sobre seu pai, Mick, e sobre Benny, o chefão da máfia que eu tinha acabado de matar com um tiro na cara por ameaçar a minha família.

O SUV da Abby costumava ficar estacionado na frente da minha caminhonete Dodge prata, mas não estava ali, e minha mulher não estava nada feliz com isso. Anos atrás, tínhamos trocado o Camry pelo Toyota 4Runner, que Abby dirigia até o local de seu trabalho como professora.

Ela sempre foi boa com números e tinha começado a dar aulas de matemática para o sexto ano logo depois de se formar.

A faculdade parecia ter acabado uma semana atrás. Em vez de dormitórios e apartamentos, tínhamos a hipoteca de um sobrado de quatro quartos, além das prestações de dois carros. A Harley tinha sido vendida antes da chegada dos gêmeos. A vida tinha acontecido enquanto eu estava distraído, e de repente éramos adultos tomando decisões, em vez de aceitar as de outras pessoas.

Abby colocou a mão na barriga redonda e se balançou para a frente e para trás para aliviar um pouco a dor na pélvis.

— Vai chover.

— Parece que sim.

— Você acabou de lavar a caminhonete.

— Eu vou com o seu carro. — E dei um sorrisinho.

Ela me olhou, furiosa.

— O meu está destruído.

Pressionei os lábios, tentando não sorrir. Meu ombro queimava no local em que o tiro havia passado de raspão e atravessado o banco do carro, e minha cabeça latejava por ter batido numa árvore no acostamento da estrada. Eu estava me recuperando da surra que havia levado dos capangas de Benny sob as ruas de Vegas, e agora tinha um novo olho roxo e um corte vertical de dois centímetros na sobrancelha esquerda. Tudo aconteceu quando eu saí para comprar sorvete, como qualquer marido que se preze, dirigindo o SUV da Abby enquanto recebia um comunicado da Val sobre o Thomas. Os Carlisi achavam que eu estava na Califórnia, por isso foram até lá primeiro, mas Val disse que era apenas uma questão de tempo até eles chegarem a Eakins. Foi aí que os primeiros tiros destruíram a janela do lado do passageiro.

Abby estava revoltada, mas preferiu ficar com raiva pelo carro, porque não podia ficar irritada com a situação. A raiva era mais fácil de processar que o medo. Mesmo depois de eliminada a ameaça, eu queria descarregar a arma em cada um deles quando vi as fotos no veículo que tinha me jogado para fora da estrada. Eles tinham fotos da minha mulher, dos meus filhos, dos meus sobrinhos e sobrinhas, dos meus irmãos e cunhadas.

Até de Shepley, America, seus filhos, minha tia e meu tio. Eles estavam planejando acabar com a família Maddox.

Mas escolheram a família errada.

— Eles vão substituir o seu carro — falei, tentando disfarçar a raiva crescente.

— Eles não podem substituir você — disse ela, virando-se com os braços cruzados e apoiados sobre a barriga. — Você vai?

— Encontrar a Liis no aeroporto?

— Você devia. Ela precisa ver o seu olho roxo e o corte na sua sobrancelha para saber que o perigo é real e se estendeu para o resto da família.

— Não posso te deixar sozinha aqui, Beija-Flor. — Suspirei. — Não percebi como a Lena era importante até ela ir embora.

Abby me lançou um sorriso compreensivo.

— Você sente falta dela, né? É a irmã mais nova que você nunca teve.

Sorri, mas não respondi. Abby já sabia a resposta. Lena era uma coisinha miúda, mais baixa que Abby. Tinha uma beleza exótica, tão letal quanto linda, escolhida a dedo pelo FBI para proteger nossos filhos antes de eles nascerem. Como meu cargo de agente infiltrado era atípico, já que Benny sabia quem eu era, onde morava e que eu tinha família, o FBI tomou precauções adicionais. Lena se adaptou rapidamente e foi uma enorme ajuda para uma mãe de primeira viagem com gêmeos, especialmente quando eu precisava viajar. Ela era como uma irmã para mim e para Abby, e adorava se unir a Abby contra mim. Como uma tia para as crianças, ela os acompanhava a parques, caminhadas ao ar livre, brincava de carrinho e boneca, além de ensinar português e italiano para eles. Até ensinou um pouco de defesa pessoal, algo que descobrimos que não era a melhor ideia para Jessica. Eu devia saber que minha filha não teria medo de usar seus conhecimentos se alguém implicasse com seu irmão na escola.

Dezoito meses atrás, o agente John Wren havia substituído Lena. Transferida de repente, não sabíamos para onde ela iria, só que estava nervosa enquanto fazia as malas e ficou arrasada porque não teve tempo de se despedir das crianças.

— Não estou sozinha — disse Abby, me trazendo de volta para o presente e apontando para a janela por sobre o ombro.

Eu não precisava de confirmação visual para saber que o agente Wren estava lá fora num carro preto, com mais dois agentes escondidos. Agora que sabíamos que toda a nossa família era um alvo, tínhamos que ficar vigilantes. Os Carlisi não eram conhecidos pela paciência; eles costumavam atacar ao menor sinal de fraqueza.

A partida súbita de Lena afetou profundamente as crianças. James começou a ter pesadelos, e Jessica ficou deprimida por meses. Abby insistiu que não fizéssemos as crianças passarem por esse tipo de angústia outra vez, por isso o FBI mandou um agente ao qual achamos que elas não se apegariam. Os gêmeos tinham idade suficiente para que nosso novo segurança não precisasse ser escolhido pela afinidade com crianças; em vez disso, foi escolhido por ser classificado como *hiperletal*. Até agora, Wren era o único agente que eu tinha conhecido com essa classificação.

— Ainda me sinto mal por ele ter que ficar lá fora nesse calor — comentou Abby.

— O carro dele tem ar-condicionado, e você estava certa. As crianças estavam se apegando, e ele também.

Por mais que Wren fosse indiferente, as crianças tinham se aproximado dele. Ficamos tão surpresos quanto ele na primeira vez em que Jessica quase o derrubou com um abraço. Todo dia eles ficavam animados quando o viam sentado em frente à escola e, conforme os dias se passavam, a aceitação e o amor dos dois por ele foram derrubando os muros do agente. Na verdade, isso só deixava Wren mais determinado a mantê-los a salvo, um efeito colateral positivo que nenhum de nós tinha previsto. Mas Abby não estava feliz com o estreitamento da ligação entre eles, por isso as regras mudaram. Eles tinham que manter distância e, pela segunda vez, as crianças ficaram arrasadas.

Abby assentiu e desviou o olhar da janela, se aproximando de mim. Em seguida olhou para a própria barriga.

— O que você acha de Sutton?

— Você já está falando de nomes? Sutton para um menino? — perguntei, tentando manter uma expressão neutra. A gravidez deixava minha mulher ainda mais imprevisível que o normal, mas eu simplesmente aceitava. Apontar isso a deixava mal-humorada.

Os olhos cinza de Abby se iluminaram, percebendo a verdade que eu não consegui esconder.

— Você não gosta? Eu sei que não começa com J, como os gêmeos, e isso é um lance dos Maddox, mas...

Franzi o nariz.

— Não é um lance dos Maddox.

— Os filhos do Taylor são Hollis e Hadley — disse ela. — Os do Shepley: Ezra, Eli, Emerson. Os Ts? Diane e Deana? James e Jack? Você vai mesmo negar?

— É uma coisa regional.

— Sua mãe e sua tia cresceram em Oklahoma.

— Viu? — falei. — Regional.

Abby pressionou os dedos nas costas, balançando até o sofá. Ajeitou o espaço e o corpo, mantendo o equilíbrio enquanto se abaixava até as almofadas.

— Tire essa coisa logo de dentro de mim — rosnou.

— Definitivamente não vamos chamá-lo de *essa coisa* — provoquei.

— Bom — ela começou, respirando com dificuldade. — Vamos ter que chamá-lo de alguma coisa.

Pensei por um instante. Tínhamos lido duas vezes quatro livros de bebê.

— Por que não Carter?

— Seu nome do meio? Na verdade eu estava tentando pensar em um primeiro nome que combinasse com Carter. Se esse fosse o primeiro nome, qual seria o do meio?

Dei de ombros.

— Travis.

— Carter Travis Maddox — disse ela, fazendo uma pausa para ficar confortável. Até mesmo se mover dificultava sua respiração. — Você não acha que seria confuso ter um Travis Carter e um Carter Travis na casa?

— Não. Bom, talvez, mas eu gosto do mesmo jeito.

— Eu também.

— É? — Fiquei radiante.

— Meio que combina com a nossa ideia de dar às crianças nomes inspirados em nós... James por causa do seu pai. Jessica por minha causa... mais ou menos.

Jessica James era o nome na identidade falsa da Abby. Era como ela entrava nos bares quando éramos calouros e, mais importante, era como ela jogava em Vegas. Eu me lembro de vê-la, encantado, enquanto ela disputava em pé de igualdade com lendas do pôquer, arrancando milhares de dólares deles, tudo para salvar o próprio pai de ser assassinado por causa de uma dívida com Benny Carlisi. Aquela viagem para Vegas, a luta valendo o saldo que Abby não tinha conseguido e o incêndio no Keaton Hall eram a tríade cósmica que tinha nos levado à situação atual. Eu era investigado por envolvimento num incêndio que ocorrera na faculdade e resultara na morte de dezenas de colegas de turma, e por acaso meu irmão estava investigando Benny. Quando ele soube que minha namorada era filha de um jogador fracassado de Vegas que tinha ligações com a família Carlisi, fui levado para o meio dos federais em troca de imunidade no processo do incêndio.

Fiquei aliviado porque, quando Abby descobriu que eu tinha atuado no FBI durante a maior parte do nosso casamento e mentido sobre isso, ela me ajudou a levar o caso Carlisi mais perto da conclusão, em vez de me abandonar. Consegui entregar anos de extratos bancários, e-mails, cartas e mensagens de texto que Abby tinha reunido hackeando a conta de e-mail e o celular de seu pai, tudo conectando os membros da família Carlisi a diversos crimes.

Abby pensou que com isso eu ficaria mais tempo em casa. Em vez disso, o FBI estava a mil, tentando encerrar o caso. Agora que Benny estava morto e seus homens estavam determinados a se vingar, estávamos todos correndo contra o relógio.

Abby sorriu, apoiando a cabeça nas almofadas do sofá. Seu cabelo estava mais curto que na faculdade. Seus cachos caramelo agora só roçavam os ombros. Ela ajeitou com os dedos o que chamava de franja lateral, mas os fios caíram de volta em seus olhos. Abby faria trinta anos em setembro. Por mais que ela fosse sábia aos dezenove, agora era quase clarividente. Eu tinha certeza de que isso só a tornava mais perigosa, mas ela estava do meu lado — graças a Deus. Suas curvas delicadas ocupavam a calça jeans de grávida, os seios explodindo na camiseta colorida, e dei uma risadinha pensando em quantas vezes eu tinha implorado a ela para ter mais um bebê — adorando desavergonhadamente as mudanças pelas quais seu corpo passava para carregar nossos filhos.

— O que foi? — disse ela, me pegando com os olhos em seus peitos... de novo. Será que um dia eu iria crescer? Se isso significasse ter que parar de apreciar como minha mulher era sexy, eu esperava que não.

Pigarreei.

— Eu queria encontrar a Liis no aeroporto, mas... — olhei para o relógio de pulso — ... preciso sair daqui a pouco pra pegar as crianças.

— Você devia ir. — Ela suspirou, se esforçando para respirar fundo.

— Não — falei, balançando a cabeça.

— Eu posso pegar as crianças na escola — disse ela. — O Wren está aqui. Ele pode dirigir, se isso te tranquiliza.

Franzi o cenho.

— Isso precisa acabar.

— Vai acabar — disse Abby, se levantando. Em seguida veio até mim, deslizou as mãos pelos meus bíceps e as colocou em minhas costas. Ela teve de se inclinar um pouco para aninhar a cabeça sob o meu queixo, encostando a bochecha em meu peito, mas nem seu toque suave conseguiu me animar. Nós dois sabíamos que o fim de um caso só significava o começo de outro. Abby era responsável pela virada no caso do pai. Mick Abernathy era um jogador fracassado que tinha influência na máfia de Las Vegas. Ela havia descoberto que eu estava trabalhando para o FBI e só queria ajudar a fechar um caso que me mantinha longe por tempo demais. Depois de entregar informações que colocariam o pai dela e o subchefe da máfia na cadeia, ela foi convidada para ser consultora ocasional do FBI. Eles ainda estavam esperando a resposta dela, e eu também.

Suas informações me permitiram subir rapidamente nos escalões. Nenhum emprego em Eakins pagaria o que eu estava ganhando no FBI. Se Abby aceitasse o cargo de consultora, poderia ficar em casa com as crianças. De qualquer maneira, ganharíamos um bom dinheiro.

— O papai está empolgado para conhecer a Stella — disse Abby.

— Acho que isso nunca muda. Não importa quantas crianças os filhos dele continuem gerando, não deve existir nada parecido com segurar um neto pela primeira vez.

Abby não achou graça.

— Acho que quem gera são as noras dele.

Eu a beijei na testa.

— *Touché.*

— Você devia ir ao aeroporto, Travis. Eu pego as crianças na escola com o Wren e te encontro na casa do papai. O Thomas ia querer que você fosse.

Minhas sobrancelhas se aproximaram. Ouvir o nome de Thomas no passado era perturbador.

— Dá um jeito do Wren ficar escondido. O papai sabe que tem alguma coisa acontecendo.

— Ele sabe, Trav. Sempre soube. Acho que desde o começo. Ele também sabe dos gêmeos.

— O que tem os gêmeos? — perguntei.

Ela simplesmente deu uma risadinha, balançando a cabeça.

— Vocês, Maddox, são péssimos mentirosos.

Meu rosto se contorceu de indignação.

— Ninguém está mentindo.

— Omissão é mentira — insistiu ela. — Inventar histórias também.

Quando fui recrutado para o FBI, com apenas vinte anos, também fui obrigado a não contar para minha mulher. Infelizmente para o FBI, Abby era esperta e teimosa demais para não perceber. Infelizmente para mim, meu pai era igualmente esperto, e era um trabalho em tempo integral esconder isso dele. Eu não sabia como Thomas tinha conseguido fazer isso durante mais de uma década. De acordo com Abby, não tinha. Ela tinha certeza de que meu pai também sabia o tempo todo.

Beijei a bochecha macia de Abby, ainda com um leve aroma de chocolate da manteiga de cacau que ela passava no corpo quando a barriga começava a aparecer. Isso me fez beijá-la de novo antes de ir para a caminhonete.

Usei o pequeno rádio preso na lapela da jaqueta esportiva para chamar o agente Wren.

— Indo para o aeroporto regional buscá-la.

— Tenho certeza que a agente Lindy vai ficar feliz ao ver um rosto conhecido, senhor.

Suspirei.

— Talvez sim. Talvez não. — Sentei atrás do volante, respirando fundo antes de virar a chave na ignição. Liis tinha atravessado metade do país com uma recém-nascida. Um funeral era o único motivo para ela se arriscar a isso, especialmente sabendo que a máfia estava determinada a puni-la, alvejando o único ponto fraco de Liis Lindy: as pessoas que ela amava. Não era mais suficiente ela estar cercada pelo FBI. Ela agora precisava da família Maddox. Ela sabia que protegeríamos Stella.

Mantive as mãos apertadas no volante até os portões do aeroporto regional aparecerem. Ninguém havia me seguido. O guarda no portão parecia alerta, mas relaxado. Mostrei minha identidade e ele me deixou continuar. Era improvável que alguém em Vegas tivesse descoberto que Liis estava vindo para o Illinois a tempo de chegar aqui antes dela.

Quando parei no terminal, vi o jatinho do FBI estacionado perto de um hangar. Estava lotado de ternos: homens e mulheres claramente armados e perigosos. No instante em que minha caminhonete virou a esquina, eles ficaram concentrados, me mandaram diminuir a velocidade, estacionar e mostrar as mãos.

Fiz o que eles ordenaram, mostrando meu distintivo. A maioria deles sabia quem eu era no instante em que pisei na pista.

— Travis! — Liis gritou atrás de uma parede de homens.

Corri até ela, empurrando agentes para o lado para chegar perto da minha cunhada. Seus olhos vermelhos estavam inchados e cansados.

— Ai, meu Deus, o seu rosto — disse ela, encostando delicadamente na pele roxa e inchada. Liis não era a pessoa mais afetuosa, mas desabou imediatamente nos meus braços. — Você veio — disse baixinho.

Afaguei seus cabelos escuros e compridos e beijei o topo de sua cabeça.

— É claro que eu vim.

— E a Abby? — perguntou ela, olhando para mim. — Está todo mundo bem? Nada suspeito?

— Está tudo bem. Estão todos querendo te ajudar com a bebê.

— Não durmo há três dias — disse Liis, seus olhos amendoados me encarando.

— Eu sei — falei, abraçando-a na lateral enquanto andávamos até a caminhonete. — Eu sei.

6

Shepley

Estendi as mãos diante de mim.

— Parem! Não! Não façam isso!

Meus filhos me encaravam com os olhos redondos cor de safira, tão sinceros quanto os de sua mãe, com cones de sorvete na mão. Ezra, Eli e Emerson estavam parados em nossa varanda, o rosto tão sujo quanto as camisetas. A mãe deles ia surtar se eles entrassem daquele jeito, e eles sabiam. Eu os tinha levado para dar uma volta, para ela poder ter um tempo em paz para limpar a casa do jeito que queria, sem nossos monstrinhos bagunçando atrás dela. Se eu os deixasse entrar, cobertos de uma gosma grudenta e leitosa, America mataria todos nós.

— Pessoal — falei, ainda com as mãos levantadas —, vou pegar a mangueira. Não. Se. Mexam. A mamãe está lá dentro. Sabem o que ela vai fazer se vocês entrarem em casa assim?

Eli olhou para Emerson com seu sorrisinho maligno característico.

— Estou falando sério — insisti, apontando para eles. As crianças deram risadinhas enquanto eu dava os dois passos que separavam a varanda da calçada e depois virava para o gramado, em direção à lateral do quintal, para pegar a torneira.

America e eu éramos filhos únicos, e queríamos mais do que um filho, todos próximos uns dos outros. Quando tivemos Emerson, decidimos que já era demais. Ezra era apenas um mês mais velho que os gêmeos de Travis e Abby. Eli veio dois anos depois. E Emerson dois anos depois dele. Diferentemente dos filhos de Travis e Taylor, os meus eram rápidos para dar um soco, mais altos do que todas as crianças da mesma turma na escola e inequivocamente tinham a obstinação dos Maddox. Ainda bem que eu tinha alguma experiência com isso.

Segurei e puxei o bico da mangueira retrátil, soltando-a enquanto seguia para a varanda. Assim que virei a esquina, soltei a mangueira e corri. A porta estava bem aberta, e os meninos tinham sumido.

— Merda! — rosnei, correndo em direção ao gritinho de America.

Ela estava na cozinha, já se movimentando em alta velocidade. Emerson estava sentado no balcão com os pés descalços dentro da pia, sob água corrente, enquanto America cegava Eli temporariamente, erguendo sua camiseta sobre a cabeça. E já ameaçava Ezra.

— Se você se mexer, que Deus me ajude! — alertou ela.

— Sim, senhora — disse Ezra, atipicamente parado perto da geladeira.

Os meninos não eram muito bons em me escutar, mas nenhum deles tinha coragem de testar a mãe quando ela estava de saco cheio. Ela também não tinha medo de deixar claro quando estávamos perto de atravessar essa linha.

— Me desculpa, amor — falei, pegando vários panos numa gaveta.

America estava desligada, distante de mim. Não havia tempo para pedidos de desculpa vazios — nem para ela aceitá-los. Ela estava concentrada na próxima coisa a fazer. Quando terminamos de limpar a última nojeira branca da boca e das mãos deles, os meninos já estavam correndo a mil para o quarto, e America estava sentada no chão, parecendo esgotada.

— Deus abençoe a Diane por manter seus primos vivos por tanto tempo — disse America.

Sentei ao lado dela, apoiando os antebraços nos joelhos dobrados.

— A casa está linda.

— Por enquanto — disse ela, se inclinando para me beijar. — Ainda estou questionando nossa decisão de reformar antes de eles irem para a faculdade.

Dei uma risadinha, que desapareceu no instante em que fiz força para me levantar, trazendo minha mulher comigo. Nós dois gememos, nossos

ossos começando a dar sinais de três décadas de desgaste. Tínhamos passado muito tempo naquele chão de cozinha, fazendo refeições, fazendo bebês e, depois, de quatro, trocando o linóleo por um piso mais novo. O teto chapiscado foi raspado, balcões de granito e novos carpetes e pisos foram instalados pela casa, todos os quartos, exceto os dos meninos, foram pintados, a iluminação foi trocada e os equipamentos, substituídos. As únicas coisas intocadas eram os armários de carvalho e os enfeites. Nossa casa era quase tão velha quanto nós, mas America gostava de personalidade e de transformar o velho em novo, em vez de morar num espaço que não precisava de nós.

Emerson entrou correndo e abraçou a mãe.

— Te amo, mamãe. — Em seguida disparou para longe na mesma velocidade em que apareceu, e ela mostrou a própria blusa, revelando uma mancha branca.

— Deixamos passar um pedaço — disse, exasperada. — Eu me pergunto quantos outros pedaços deixamos passar. Devíamos limpá-los de novo.

— Ele te ama, mamãe. Todos eles te amam.

Os olhos de America amoleceram quando ela olhou para mim.

— É por isso que eu deixo eles viverem.

Desde o instante em que duas linhas apareceram no teste de gravidez, America se apaixonou: mais do que amava os pais, mais do que amava Abby — mais do que amava a mim. Ela não se arrependia de colocar os meninos em primeiro lugar, até mesmo antes dela. Quando America me ajudava a lidar com Travis, meu colega de quarto e primo, nenhum de nós sabia ainda que ela estava praticando para ser mãe de meninos Maddox. O modo como ela conquistava o respeito deles e mantinha seu lado maternal carinhoso me lembrava quase diariamente minha tia Diane.

— Acampamento de verão? — perguntei. Eu era caça-talentos dos Chicago Bears e viajava boa parte do ano. America era uma santa. Nunca reclamava nem se ressentia por eu estar na estrada nem por continuar num emprego que eu adorava, mesmo que isso significasse muitas noites sozinha e cuidando dos nossos filhos sem a minha ajuda. Mesmo que ela reclamasse, eu ainda acharia que ela era uma santa. Às vezes, eu preferiria que ela reclamasse.

— Ah, sim. Pescar, acampar e acender fogueiras. Eles mal podem esperar. Ainda temos plano de saúde, né?

— Temos.

America suspirou, entrelaçando os dedos nos meus. Coberta de detergente, os dedos enrugados e com um bolo de poeira pendurado no rabo de cavalo loiro, ela era absurdamente linda. Senti uma pontada no estômago.

— Eu te amo — disse ela, e me apaixonei de novo.

Abri a boca para responder, mas meu celular tocou. Revirei os olhos e usei o dedo indicador e o polegar como pinças para tirá-lo do bolso da frente da calça cáqui.

— Alô?

— Oi, Shep. É, hum... é o Trent. Você está em casa?

— Estamos. O que aconteceu?

— Vocês deviam vir pra cá.

Fiz uma pausa, pego de surpresa pela resposta dele.

— A-agora?

— Agora — Trenton respondeu sem hesitar.

Mudei o peso do corpo de um pé para o outro, já desconfortável.

— É o Jim? — Como esperado, minha pergunta chamou a atenção de America. — Ele está bem?

— Ele está bem, sim. Só precisamos que vocês venham pra cá.

— Claro — falei, tentando afastar a preocupação da voz. Eu sabia que Jim andava meio desligado ultimamente e imaginei que ele poderia ter recebido uma notícia ruim do médico. — Chegamos aí em vinte minutos.

— Valeu, Shep — disse Trenton antes de desligar.

— É o Jim? — perguntou America.

Guardei o celular e dei de ombros.

— Não sei. Eles querem que a gente vá pra lá.

— Parece urgente — disse ela, analisando meu rosto em busca de pistas.

— Sinceramente não sei, amor. Vamos fazer os meninos entrarem no carro. Vinte minutos é uma previsão otimista.

— Eu consigo fazer isso — disse ela, indo em direção ao corredor. — Meninos! No carro! Agora!

Eu a observei desaparecer no quarto de Eli e Emerson, depois procurei minhas chaves e o celular durante um minuto antes de perceber que ambos estavam em meus bolsos. Xinguei baixinho até o quarto de Ezra, depois o incentivei a calçar os tênis para sairmos. Eu sabia que America tinha começado a limpar os quartos dos meninos antes de pensar no restante da casa, e o chão do quarto de Ezra já estava coberto de roupas, brinquedos e...

— Pedras? Sério? — perguntei.

— O James me deu. Ele ganhou num jogo de pôquer.

Disfarcei um sorriso, sabendo exatamente de onde James tinha herdado a habilidade no jogo.

— Amarre o cadarço. Vamos, camarada, temos que ir.

— Pra onde? — perguntou Ezra, em sua voz de homenzinho. Ele me lembrava o Thomas, sempre querendo saber os detalhes.

— Pra casa do vovô Jim — falei.

Os gêmeos de Travis e Abby tinham nascido um pouco antes da hora, o que fez com que fossem apenas um mês mais novos que Ezra. Mesmo sem a influência dos filhos de Travis chamando-o de vovô, meus filhos ainda assim teriam considerado Jim seu outro avô.

— Obaaaaaa! — gritou Ezra, calçando o tênis sem amarrar e correndo para a porta.

— Amarre os sapatos, Ezra! Ezra! — gritei atrás dele.

America já estava parada ao lado do carro, com a porta traseira aberta, se esticando por cima de Eli para prender Emerson à cadeirinha. Ezra entrou pelo outro lado, com os cadarços pendurados. America simplesmente fez um sinal com a cabeça em direção aos pés dele, e ele dobrou o joelho, seguindo as ordens.

— Como? — indaguei, indo para o meu lado do carro.

— Eles sabem exatamente com o que podem se safar — disse ela, abrindo a porta do passageiro. Em seguida prendeu o cinto de segurança e se recostou, aproveitando para relaxar nos poucos minutos que tinha no carro com as crianças presas. Mal ouvi suas próximas palavras, por causa do barulho da ignição. — Toda criança tem uma moeda de troca, amor. Eles também sabem que eu posso aniquilar a deles.

Dei uma risadinha, sabendo muito bem que ela estava falando sério. Eu tinha visto muitos aviões e carros de brinquedo empacotados, levados para instituições de caridade ou guardados até os meninos reconquistarem o direito de tê-los. America às vezes era combativa, mas estava certa. Um dia eles seriam maiores do que ela, e era importante ela estabelecer o respeito antes que isso acontecesse. Enquanto eu dirigia até a casa de Jim, pensei em como seria se Diane tivesse conseguido criar meus primos. Tudo que America fazia como mãe era exatamente do jeito que eu imaginava minha tia fazendo. Eu não tinha certeza de como uma filha única mantinha rédeas tão firmes sobre uma ninhada de meninos barulhentos, mas, a partir do instante em que ela trouxe Ezra ao mundo, de algum jeito America soube quando ser delicada e quando ser bruta.

Acionei a seta, esperando o tráfego no sentido contrário diminuir antes de virar à esquerda na entrada de carros de Jim. As duas faixas de cascalho ao redor de uma passarela de grama recém-cortada ficavam à esquerda da casa de Jim e eram longas, passando pela parte traseira da casa. Tantos carros já estavam estacionados que a traseira da minha minivan ficou mais de meio metro para fora, na rua. Felizmente, o carro estacionado na frente da casa de Jim manteria o fluxo de carros longe da van.

— Que diabos...? — disse America.

— Mãe — repreendeu Ezra. — Não fala *diabos*.

— *Vocês* não podem falar diabos — retrucou America.

— Você devia dar o exemplo.

Ela virou devagar, lançando um olhar mortal para ele. Ezra afundou no assento, já temendo pela própria vida.

Ninguém nos esperava na varanda. Alguma coisa estava errada. Soltei o cinto de segurança de Eli e Emerson e acompanhei o ritmo de America enquanto ela levava Ezra pela mão até a porta da frente. Bati duas vezes e abri a porta de tela, fazendo uma anotação mental para consertá-la antes que ela caísse. Trenton e Camille estavam ocupados tentando engravidar, e Travis tinha acabado de voltar para casa depois de trabalhar fora da cidade. Eu aparecia para ajudar quando e no que podia.

America pegou a minha mão, tão preocupada quanto eu enquanto entrávamos. Exceto pelo murmúrio baixo na cozinha, a casa estava em silêncio — o que era estranho, com tantas pessoas ali.

— Oi — falei quando Trenton apareceu. Ele estava com uma aparência de merda, e eu percebi que ele e Camille tinham chorado. Abby estava apoiada no balcão perto da geladeira, observando Trenton me contar a notícia que eu tinha ido ouvir. — Onde está o Jim? — perguntei.

Ele me abraçou rapidamente.

— Obrigado por vir tão rápido.

— Trenton — falei. — Me diz o que está acontecendo.

— É o Tommy — disse ele, com a voz trêmula.

— Ai, meu Deus. A bebê? — perguntou America.

Meu estômago afundou. Stella tinha apenas alguns dias de vida.

— Não — Trenton balançou a cabeça. — Não, ela está bem. Totalmente saudável. — Ele olhou para os meninos. — O James e a Jess estão lá em cima. Que tal vocês irem até lá?

Os três meninos se afastaram, e America agarrou o meu braço com as duas mãos, nos preparando para o que Trenton poderia dizer.

— O Tommy levou um tiro em frente à casa dele mais cedo. Pouco depois de eles levarem a Stella pra casa.

— Um tiro? — falei, me sentindo tonto e sem ar, enquanto tentava processar as palavras. — Mas ele está bem?

O rosto de Trenton desabou.

— É grave, Shep.

Eu estava ficando com raiva e não sabia bem por quê.

— Foi um carro passando ou...?

— Não temos certeza ainda. Os agentes receberam instruções para esperar a Liis antes de nos dar mais informações — respondeu Trenton.

America franziu o nariz.

— Agentes?

Trenton apontou por sobre o ombro para os homens de terno sentados à mesa de jantar.

— FBI.

Eu me inclinei para ver melhor e depois me endireitei.

— O que agentes do FBI estão fazendo aqui?

— Também não sabemos nada sobre isso. Acho que tem a ver com quem atirou no Tommy. Talvez eles estejam na lista dos dez mais procurados ou algo assim.

— Mas por que eles não querem te dar mais informações? Eles fizeram alguma pergunta? — indagou America.

— Não — respondeu Trenton.

America se aproximou de Abby, cujo corpo parecia inchado até o nariz.

— Você não acha essa situação esquisita? Cadê o Travis?

Abby encostou no braço de America, um sinal silencioso para ela ser paciente.

— Vai ficar tudo bem, Mare — disse. — Ele foi buscar a Liis no aeroporto.

— A Liis está aqui? Por que ela não está com o Thomas? — perguntei.

Antes que Abby pudesse responder, Jim veio mancando da sala de estar.

— Tio Jim — falei, abraçando-o.

Ele deu um tapinha nas minhas costas.

— Só estou esperando por alguma notícia. — Quando se afastou, ele parecia preocupado e triste, como se já soubesse o que estava por vir.

— Posso pegar alguma coisa pra você, pai? — perguntou Abby.

— Só vou tomar um café — Jim respondeu.

— Eu pego — disse Camille. — Vocês dois deviam estar descansando. — Ela se referia a Abby e Jim, mas eu também estava com vontade de sentar.

— Ela está certa. Coloque os pés pra cima — instruiu America.

Quando ela passou por mim, conduzindo Abby até a sala de estar, percebi a ausência do mesmo medo e desolação que pesavam no rosto de todas as outras pessoas ali — menos no de Abby. Normalmente, ela estaria interrogando aqueles agentes até obter respostas.

America anuiu, com um brilho de compreensão nos olhos. Eu me perguntei o que ela sabia e eu não. Os meninos berraram, e America correu até o pé da escada, olhando para cima enquanto gritava:

— Tem sangue?

— Não, senhora! — gritaram os três ao mesmo tempo.

Camille sorriu, encheu um copo com gelo e água e o entregou a Jim, antes de levá-lo de volta para sua poltrona.

— Isso não parece café — ele observou, com um sorriso forçado.

— Eu sei — Camille respondeu.

America e eu nos juntamos a todos, exceto Trenton, na sala de estar. Ele estava no corredor, ao telefone, tentando falar com os gêmeos no Colorado. America sentou no sofá, e eu me ajeitei no chão entre suas pernas, tentando não gemer quando ela começou a massagear meus ombros em círculos com os polegares.

Trenton entrou, mostrando o celular.

— Os gêmeos conseguiram um voo pra amanhã de manhã. Vou buscá-los no aeroporto.

— Eu te sigo na van — falei.

Os dedos de America pressionaram ainda mais meus músculos doloridos.

— Quando vamos ter mais informações sobre o Thomas? — perguntou ela.

— Em breve — respondeu Abby.

America lhe lançou um olhar. Alguma coisa estava acontecendo, e minha mulher nunca gostou de ficar de fora. Quando Travis e Abby fugiram para casar, achei que America ia estrangular os dois. Aparentemente, eles não tinham aprendido a lição.

A porta da frente abriu e fechou, e Travis apareceu, soltando a gravata. Ele tinha conseguido um emprego na agência de publicidade de Thomas. A sede era na Califórnia, e a história era que ele assumiria o lugar de Thomas desde que este se mudara para administrar o escritório da costa Leste, mas Travis, de algum jeito, conseguiu ficar em Eakins. Nada disso fazia muito sentido, mas eu não tinha pensado em questioná-los até agora. America e eu estávamos ocupados com nossa própria família. Era fácil demais ignorar certas coisas.

Eu me levantei e abracei Travis.

— Tudo bem? Isso é um novo olho roxo?

Ele fez uma careta.

— Dei perda total no SUV.

— Onde está a Liis? — perguntei.

— A amiga dela, Val, a levou pra comprar fraldas ou algo assim — respondeu ele, parecendo cansado.

— Alguém pode responder a porra da pergunta? — soltou America. — Por que a Liis está aqui sem o marido?

— Mare — Abby alertou.

Camille levou uma caneca fumegante para Jim, e seus olhos se iluminaram por alguns segundos.

— Descafeinado — disse ela.

— Por que estamos aqui, Abby? — America exigiu saber.

— Para vocês ficarem em segurança — soltou ela. — Para todos nós ficarmos em segurança.

— Contra o quê? — perguntei.

Travis trocou o peso do corpo de perna.

— Contra quem atirou no Thomas.

Olhei para minha mulher. Sua boca estava entreaberta, e ela parou de massagear meus ombros.

— Que merda isso significa? — perguntou Trenton, estendendo a mão para Camille. Ela a pegou, parecendo tão surpresa e preocupada quanto America.

— Significa... — começou Jim, respirando fundo. — O FBI está aqui, e eles parecem achar que o que aconteceu com o Thomas não foi um acidente. Agora... fiquem calmos. Vocês estão seguros aqui. As crianças estão seguras. Quando o Taylor e o Tyler chegarem, também ficarão seguros.

— Então o plano é esse? — perguntou Camille. — Nos escondermos aqui como se a casa fosse um bunker?

— Eles realmente acham que alguém está de olho na nossa família? — perguntou Trenton. — Por quê?

Travis parecia irritado com cada pergunta.

— É possível.

— A família toda? — Trenton insistiu.

— Possivelmente — Travis respondeu.

— A Olive — disse Trenton, disparando pelo corredor e saindo pela porta.

7

Liis

VINTE E QUATRO HORAS ANTES...

Sentada num quarto de motel vagabundo, eu julgava a tinta branca descascada e os móveis ultrapassados. Eu já tinha ficado em muitos lugares nojentos durante o trabalho no FBI, mas nunca com uma recém-nascida. Eu a estava segurando no colo desde que chegáramos, nervosa demais para colocá-la na cama antes de vasculhar o quarto com uma luz negra.

Depois de uma leve batida, a agente Hyde entreabriu a porta.

— Sou eu.

— Entra — falei, meio aliviada, meio irritada.

Ela estava de mãos vazias, e eu havia pedido especificamente que trouxesse lençóis limpos, travesseiros, cobertas — não os do motel —, panos e desinfetante em grande quantidade.

— Eu sei o que você está pensando — disse Hyde. Seu cabelo loiro oxigenado estava puxado para trás, preso na nuca. Depois de mim, ela era a melhor agente feminina de Quantico. Eu estava feliz por ela estar ali, mas ela não era exatamente do tipo simpático e animado. Eu também queria ser forte, elegante e inabalável, mas era difícil manter essa postura usando sutiã de amamentação e cheirando a vômito de bebê.

— Você não tem a menor ideia do que eu estou pensando — falei.

— Está tudo a caminho.

Talvez ela tenha.

— Acho bom. Ele sabe que eu odeio D.C., e esse motel é nojento.

— Falando em sacrifícios pela equipe... — Quando Hyde viu minha expressão, engoliu em seco. — Desculpe, agente Lindy. Péssima piada. Mas, depois do que aconteceu com Salvatore Cattone na década de 90, a máfia não vai chegar nem perto de D.C. Aqui é o lugar mais seguro para você.

— Um depósito de sêmen criador de bactérias? — perguntei. Hyde não se impressionou e não respondeu. Olhei para cima e suspirei. — Como ele está?

Ela só me deu uma palavra.

— Machucado.

Olhei para baixo, com raiva porque meus níveis hormonais estavam mudando drasticamente, dificultando meu autocontrole. Lágrimas escorreram pelo meu nariz, pingando no pijama de bolinhas rosa e marrons de Stella. Poucos dias antes, o choro era algo desconhecido para mim. Agora, parecia que era a única coisa que eu conseguia fazer.

O FBI havia recebido um alerta quinze minutos atrás de que os Carlisi tinham se separado e estavam vindo atrás da gente. Eles tinham viajado com a intenção de assassinar Thomas e Travis. Um pequeno grupo fora rastreado até Quantico, e outro até a Califórnia. Os assassinos de Travis estavam desinformados, algo que tinha sido plantado e circulado em seus dias de agente infiltrado, quando ele era apenas um executivo da área de publicidade para o resto do mundo — mas era só uma questão de tempo para eles o rastrearem até o Illinois.

Quinze minutos para criar o plano de que Thomas se arriscaria a ser assassinado no gramado na frente da nossa casa. Atiradores de elite estavam posicionados quando o carro surgiu cantando pneu na rua. Quando eles lançaram uma rajada de balas na frente da nossa casa, um atirador de elite atingiu o pneu do Nissan Altima alugado, e outro alvejou o colete de Thomas. Meu marido caiu e ficou lá até a ambulância chegar. O Nissan saiu em disparada e foi pego depois de uma perseguição que durou vinte minutos. Os agentes finalmente alcançaram os homens da máfia depois que eles fugiram a pé. Vito Carlisi puxou uma arma, levou um tiro e morreu. Os outros foram presos. Thomas não poderia ter executado um plano mais perfeito.

Eu ainda sentia os lábios dele nos meus, pouco antes de ele sair porta afora. Eu lhe dera um beijo de despedida, sem saber se era real ou não, nem por quanto tempo. Talvez para sempre. Mas Benny estava morto, e finalmente tínhamos encurralado um de seus homens para testemunhar contra os Carlisi restantes: um jogador fracassado de Vegas que extorquia pequenas boates para Benny, e que por acaso era o pai de Abby Maddox. Mick Abernathy agora estava sob custódia. Abby entregou uma pilha de quinze centímetros de informações sobre o próprio pai, não lhe dando nenhuma chance além de testemunhar contra os Carlisi. Sabíamos que eles não parariam sem derramar sangue. Nossa esperança era de que os homens de Benny acreditassem que a morte de Thomas serviria como alerta e que isso impedisse Travis e eu de testemunharmos.

Eu poderia ter planejado a vida inteira e, mesmo assim, nunca estaria preparada para ver o pai da minha filha com um tiro em nosso jardim. Aquele foi o momento em que as lágrimas começaram a escorrer, e não pararam mais.

Depois de uma batida específica na porta, Hyde verificou rapidamente, com a arma preparada, e deixou entrar outro agente à paisana, segurando sacolas de plástico grandes.

— Boa tarde, agente Hawkins.

Ele fez um sinal com a cabeça para Hyde e depois para mim.

— Agente Maddox.

— Lindy — Hyde o corrigiu. — Ela ainda é Lindy.

— Desculpe — disse ele, gaguejando. — Achei...

Só consegui balançar a cabeça, sentindo as lágrimas se acumularem de novo. Isso me deixava com mais raiva a cada vez. Onde estava aquele fenômeno que as pessoas sempre mencionavam: chorar *até as lágrimas secarem*?

Thomas tinha me pedido em casamento várias vezes, mas isso não estava nos planos, e eu sempre seguia os planos. No dia em que Stella chegou ao mundo, os planos mudaram, e eu decidi que isso talvez não fosse tão ruim. Na próxima vez que eu encontrasse Thomas, ele prometera que me pediria em casamento. Sem aviões escrevendo no céu, sem flores, sem Torre Eiffel ou qualquer outra encenação, mas tínhamos um novo plano. Eu só precisava garantir que o veria novamente.

O agente Hawkins pegou uma manta e começou a tirar as coisas das sacolas de plástico.

— Os lençóis tamanho queen e o edredom que você pediu. Lençóis de berço, travesseiros, panos e desinfetante. Os lençóis foram lavados. Os do berço, com o sabão que você pediu.

— Obrigada — falei, observando enquanto ele saía.

Hyde já estava desinfetando o berço quando virei para colocar Stella sobre a manta. Desdobrei o lençol do berço e cheirei para confirmar que tinha sido lavado com sabão suave de bebê. Respirei fundo, lembrando como Thomas adorava esse cheiro enquanto preparávamos o quarto da bebê. Aquele que não íamos usar.

Fiz a cama de Stella e deitei seu corpinho no centro do berço. Ela se debateu e chorou enquanto eu trocava sua fralda, mas depois se acalmou quando limpei o cordão umbilical com álcool e abotoei o pijama de novo, do tornozelo até o peito. Coloquei uma chupeta em sua boca, e ela chupou até ficar quietinha e dormir. Ela parecia tão pequena naquele berço de motel nojento, sem contar que havia um quarto de bebê novinho e espetacular em casa, que ela mal tinha visto. Definitivamente, ela não merecia aquele quarto infestado de germes.

Minha garganta se fechou, e as lágrimas fluíram novamente.

Hyde me deu um lenço de papel, com uma expressão indiferente.

— Você deve achar que eu sou louca — falei, secando os olhos.

— Não. Minha irmã teve filhos. Isso não dura para sempre.

— Não sabia que você era tia. Sobrinhos ou sobrinhas?

— Ambos — respondeu Hyde, tentando disfarçar um sorriso. — O Hunter tem cinco anos, a Liz tem três e o Noah tem oito meses.

— Uau — falei, soltando uma risada.

A expressão da agente Hyde se suavizou.

— Você passou por muita coisa, Lindy. Dê um tempo para si mesma.

Pensei em suas palavras. Ela estava certa. Eu nunca seria tão rígida com alguém na minha situação. Fiz que sim com a cabeça, secando a ponta do nariz.

— Obrigada. Vou fazer isso. — Pigarreei, tentando ao máximo pensar e sentir como a agente que eu tinha sido. — Alguma nova informação sobre o Maddox?

— Ele está vivo — disse ela.

Engoli a vontade de chorar.

— E os Carlisi?

— Sob custódia. Um morto.

— Qual deles?

— Vito — relatou Hyde.

Massageei a tensão no pescoço. O estresse e a bebê estavam cobrando um preço, e eu mal conseguia manter os olhos abertos.

— O preferido do Benny. Isso vai atingir brutalmente todos eles.

— Não subestime a Giada. Ela é instável.

Hyde estava certa. A matriarca dos Carlisi podia ser considerada mais perigosa que Benny. Ela costumava ficar em segundo plano, mas havia ordenado muitos assassinatos, todos sussurrados no ouvido do marido.

— Ou isso vai destruí-la, ou vai fazê-la acabar com tudo. — Estendi a mão para meu celular.

— Agente Lindy — disse Hyde, dando um passo à frente. Quando congelei, ela continuou. — Posso fazer contato com o diretor, se você quiser notificá-lo sobre a Giada.

— Ah, sim — concordei, deixando o celular de lado.

Os Carlisi achavam que eu era uma viúva de luto. Se houvesse uma pista, um espião duplo ou qualquer outra inteligência sendo passada para eles — algo que podíamos supor, já que sabiam a exata localização de Thomas e mais tarde haviam encontrado Travis —, eu precisava ser cuidadosa. Apenas algumas pessoas sabiam que Thomas estava vivo. Fazia sentido ter proteção e sair de casa para um local seguro, mas, se eu fizesse ligações para o diretor sobre qualquer coisa diferente da minha raiva pelo que tinha acontecido com Thomas, eles poderiam desconfiar.

— Precisamos descobrir quem ou o que eles estão usando para obter informações — falei.

— Estamos trabalhando nisso.

— Temos alguma pista?

— Agente Lindy, a bebê está dormindo. Minha irmã sempre cochila quando o bebê está dormindo. É praticamente o único momento em que ela...

— Está bem — interrompi. — Você está certa.

Hyde pareceu surpresa com minha resposta, mas se recuperou rapidamente, refazendo a cama com lençóis, travesseiro e cobertores limpos, enquanto eu tomava banho. Fui para a cama de chinelos, para não encostar os pés descalços no carpete áspero.

Deitei, sentindo um leve aroma de lavanda. Hyde me viu olhando ao redor, fungando.

Ela trocou o peso do corpo de uma perna para outra e seu rosto ficou vermelho, claramente desconfortável com minha pergunta não feita.

— Pedi para o Hawkins comprar aromatizadores elétricos. Sua casa tem um leve aroma de lavanda, e eu achei que isso te deixaria um pouco mais à vontade. São só dois. Se for muito para a bebê...

— Não. — Abri um sorriso agradecido. — Não, foi muito atencioso da sua parte.

— Foi a agente Taber que sugeriu.

— Val — falei com um sorriso, mas meus olhos começaram a vazar de novo.

— Ela vai estar no primeiro voo. Ela insistiu em te acompanhar até o Illinois.

— Obrigada — respondi, já me sentindo desesperada para ver minha melhor amiga.

Hyde não sorriu nem demonstrou reação, mas até isso me deixava confortável, porque eu estava acostumada com esse tipo de atitude vindo da minha mãe. Ela demonstrava seu amor nas coisas que fazia por mim. Meu pai era o carinhoso e animado. Talvez por isso o diretor tivesse escolhido Hyde como minha segurança pessoal. Além de ser uma das melhores motoristas e atiradoras do FBI, ela também era um pouco maternal.

Apoiei a cabeça no travesseiro. Também tinha um leve aroma de lavanda, e me perguntei se Hyde tinha pulverizado o travesseiro para me ajudar a relaxar. Mas não fiz a pergunta. Não queria deixá-la sem graça de novo.

Observei Stella respirar, os botões do pijama subindo e descendo. Parecia tão tranquila. Fiquei imaginando se ela sentia saudade da voz de Thomas ou se sabia que não pertencíamos àquele lugar. Não percebi que estava chorando novamente até a fronha parecer molhada, e fechei os olhos, implorando a mim mesma para relaxar e descansar um pouco. Stella acordaria em breve, e eu não poderia cuidar dela se não cuidasse de mim. Iríamos para um local diferente amanhã cedo, e para Eakins na manhã seguinte, e eu ia precisar de todas as minhas forças para partir mais de uma dezena de corações.

— Hyde? Você vai estar também? Em Eakins?

— Aonde você for eu vou, agente Lindy.

— Você pode pedir para alguém ligar para o Thomas? Dizer que eu o amo?

— Vou fazer isso.

Senti os músculos se derreterem no colchão, mas, por mais que eu tentasse, não consegui dormir.

8

Falyn

*A fita adesiva fez um barulho agudo quando soltou do rolo, e eu con*gelei. Nossa única televisão ficava na sala de estar, do outro lado do corredor, e eu escutei, por cima da conversa tranquila entre Bob Esponja e Patrick Estrela, passos vindo na direção da porta fechada do meu quarto. Eu queria adiantar as coisas da mudança, mas queria que Taylor estivesse junto quando déssemos a boa notícia para as crianças. Sorri, porque eles iam ficar muito felizes. Mas meu sorriso logo desapareceu. Todo o sofrimento que eles tinham sentido nos últimos meses era culpa minha.

A parede tinha um painel de madeira, exceto numa parte, que revelava a placa de reboco atrás. A cama era king size, mas não chegava aos pés do conforto da cama queen que eu tinha deixado para trás. Nossa colcha não cobria o colchão todo, mas me permitira atravessar um inverno especialmente nevado no Colorado. Uma foto de Taylor com as crianças ficava sobre a mesinha de cabeceira. Apesar de ele não dividir a cama comigo, eu continuava dormindo no mesmo lado que escolhera quando começamos a morar juntos. Hadley às vezes se esgueirava para o lado de Taylor no meio da noite, mas, tirando isso, o espaço ficava vazio.

Hollis e Hadley eram tão próximos em idade que conseguiram começar juntos a pré-escola, e agora tinham acabado de terminar o segundo ano. Olhar para o cabelo escuro, a pele bronzeada e os olhos azuis de Hollis era como olhar para Alyssa, a mulher que Taylor conheceu na Califórnia durante a semana em que tínhamos terminado. Por mais que eu tenha ficado com raiva quando soube que ele tinha engravidado outra mulher, a noite que Taylor e Alyssa passaram juntos tinha gerado Hollis, e eu não trocaria meu filho por nada. Hadley era uma cópia minha, exceto pelas íris cor de chocolate. Seu cabelo era comprido, loiro e ondulado, e ela tinha as mesmas sardas salpicadas no nariz e nas bochechas.

Nenhum dos dois reparava muito em mim desde que nos mudamos de Estes Park para Colorado Springs. Hadley era um pouco mais compreensiva que Hollis. Às vezes, ela até esquecia que estava brava comigo, e eu ganhava um abraço ou mesmo um aconchego no sofá enquanto víamos um filme, mas Hollis aproveitava todas as oportunidades para me lembrar que eu estava estragando a vida dele. Era cada vez mais difícil argumentar com ele. Hollis tinha dificuldade para fazer novas amizades, mas todo mundo em Estes Park o adorava. Ele era o primeiro a ser escolhido para os times, encantava as meninas e era o vocalista de uma banda de garotos. Em Colorado Springs, ele era o menino novo que ameaçava a hierarquia estabelecida da turma.

O segundo ano era bem diferente do que eu me lembrava.

Meu celular zumbiu e eu o peguei, esperando notícias de Taylor. Mas era Peter. Eu ainda não sabia como ele tinha conseguido meu número, mas ele era insistente. Eu não tinha certeza se fora culpa minha tudo o que acontecera na noite em que nos conhecemos, se eu tinha olhado demais na direção dele ou lhe dado um sorriso distraído. Homens desse tipo achavam que todas as mulheres que riam de uma piada estavam implorando para trepar. Então, não. Não era culpa minha. Ele foi criado com privilégios e sem responsabilidades. Tinha se transformado de riquinho nojento e fracote no egomaníaco estuprador também conhecido como filho do prefeito Lacy. Peter botou o olho em mim no instante em que entramos no bar para comemorar a promoção de Jubal a tenente. Taylor e eu não saíamos muito, e eu queria aproveitar ao máximo a babá que tínhamos conseguido de última hora.

Durante semanas depois de eu ter ido embora, desejei que tivéssemos ficado em casa aquela noite. Mas, quanto mais tempo eu me mantinha distante, mais irritada isso me deixava. Já tinha passado da hora de Taylor ter um pouco de autocontrole. Ele tinha colocado o próprio emprego em risco — e o do irmão também. O que costumava ser fofo e até lisonjeiro agora tinha se tornado um grande problema. Eu não queria ensinar nossos filhos a escapar de qualquer situação com um soco, pouco ligando para as consequências.

Joguei o celular no colchão e o cobri com uma pilha de toalhas dobradas. Elas estavam desfiando nas bordas e nenhuma formava um jogo completo, mas tinham o cheiro de casa, por isso eu as mantinha numa sacola no fundo do armário e abria quando sentia saudade de Taylor. *Só um pouco psicótica.*

A campainha tocou, um sino desafinado e fora de ritmo, implorando para alguém acabar com seu sofrimento.

— Papai! — disse Hadley.

Taylor cumprimentou as crianças, o "olá" interrompido por abraços que o derrubaram. Alguns instantes depois, a porta do meu quarto se abriu com violência e Hollis ficou ali parado ao lado de Taylor, que carregava Hadley nas costas. Hollis estava com um largo sorriso no rosto, a covinha esquerda bem pronunciada, os olhos que eu tanto amava me fitando, nem de perto parecidos com os de Taylor ou com os meus.

— O papai está aqui! — informou ele, tão animado que não percebeu a caixa sobre a cama, mas Taylor percebeu.

— Estou vendo — falei com um sorriso.

— Hum... por que vocês não fazem uma malinha pra passar a noite fora? Vou conversar com a mamãe.

— Passar a noite fora? Sério? — disse Hadley, deslizando das costas de Taylor e olhando para mim. — Sério, mãe?

— Sério — respondi. — Vão lá.

Os dois apostaram corrida até o quarto, fazendo um barulho ensurdecedor. Um dia antes, eu teria me preocupado com a reclamação dos vizinhos, mas finalmente íamos deixar aquele lugar para trás.

— Como está indo? — perguntou Taylor, percebendo a caixa e minha cama entulhada.

— Acabei de começar. Foi difícil encaixotar as coisas escondido, fazer o jantar e... — Deixei a voz morrer, percebendo uma mancha de fuligem em seu rosto. — Eu vi as notícias no celular. O incêndio ainda não acabou.

Taylor assentiu.

— É monstruoso.

— Tem certeza que o Tyler não ficou chateado de você abandonar o barco?

— Ãhã — disse ele, olhando ao redor. Então encontrou uma caixa desmontada e a abriu, fechando o fundo. Ele parecia desconfortável com alguma coisa e, quando suas sobrancelhas se franziram, eu me preparei para o que ele poderia dizer. — Hum... Falyn?

— Papai! — disse Hollis, com a malinha na mão. Ele olhou para a caixa vazia diante de Taylor e depois para a que estava na minha frente. — O que está acontecendo?

Virei para as crianças, ambas confusas.

— Vamos conversar na mesa. Venham.

Hollis e Hadley me seguiram até a sala de jantar, que na verdade era apenas um canto da sala de estar com uma mesa e cadeiras. Sentamos, e os dois apoiaram os cotovelos na mesa, cruzando os braços do mesmo jeito que Taylor.

— Temos uma coisa para contar pra vocês, mas, antes disso, preciso explicar. O papai e eu não voltamos e não vamos voltar... pelo menos por um tempo. Ainda temos muita coisa pra resolver.

Os olhos das crianças desceram para as mãos, e os de Taylor também.

— A boa notícia é que... — falei, olhando para Taylor. — Você quer...?

Ele instantaneamente disfarçou a tristeza com um sorriso alegre.

— A boa notícia é que vocês vão voltar pra Estes Park.

— O quê? Com você? — perguntou Hollis, dando um salto da cadeira. Ele jogou os braços ao redor do pescoço de Taylor, e tentei não sofrer muito por ele estar tão ansioso para morar com o pai.

— Com a mamãe também — respondeu Taylor, o olhar das crianças se alternando entre mim e ele. — Essa é a parte confusa.

— A mamãe também vai voltar pra lá? — ecoou Hadley, e uma esperança cuidadosa reluziu em seus olhos.

— Seu pai e eu achamos que era uma boa ideia voltarmos para casa em Estes, onde vocês podem ter seus quartos de volta e ir para a escola com seus amigos.

— Mas vocês não estão juntos? — indagou Hollis, confuso.

Taylor engoliu em seco, já odiando o que estava prestes a dizer.

— Vou me mudar para um apartamento até a mamãe e eu ajeitarmos as coisas.

— Um apartamento? — Hollis gemeu. Seus olhos ficaram vidrados, e ele caiu na cadeira. — Isso é uma idiotice de merda.

— Hollis Henry Maddox! — rosnou Taylor.

Ele não estava acostumado com os palavrões, as mudanças de humor e a raiva como eu estava. Na opinião das crianças, eu tinha destruído a vida delas, e o pai era o salvador.

Taylor recuperou a compostura e puxou Hollis para um abraço, fazendo-o sentar em seu colo.

— Vocês não estão felizes aqui, e a sua mãe percebeu isso. Ela precisou ser muito forte para me ligar e pensar em como levar vocês de volta pra casa. Eu não me importo de morar num apartamento por um tempo.

— Por quanto tempo? — disse Hollis, tentando não chorar. Suas bochechas estavam vermelhas, fazendo suas sardas já claras ficarem menos destacadas.

— Hollis — comecei. — Já conversamos sobre isso. Às vezes, mães e pais precisam de um tempo para...

— Isso é mentira! — disse Hollis. — Se vamos morar em Estes, devíamos morar todos juntos.

— Mas não podemos — falei, firme. — Ainda não.

Ele me encarou por um instante, com ódio no olhar. Nesses momentos, eu esperava, cheia de medo, que ele gritasse que eu não era sua mãe de verdade, mas ele nunca tinha feito isso. Com os dentes trincados, ele fez força para se levantar, batendo os pés em direção ao quarto.

Taylor suspirou.

— Não foi tão fácil quanto eu pensava.

— Você devia ir falar com ele — comentei.

Taylor beijou a testa de Hadley e fez que sim com a cabeça, seguindo Hollis até o quarto.

— Mãe? — disse Hadley. — Ele pode ficar no meu quarto. — Olhei para ela por um instante, confusa. Seu cabelo platinado me lembrava muito o de Olive, até o salpicado das sardas no nariz. — O papai. Se você não quer que ele durma com você, ele pode ficar no meu quarto.

Estendi a mão para ela e, para minha surpresa, ela a pegou.

— Eu queria poder explicar isso de modo que vocês entendessem.

— Eu entendo — disse ela. — Ele foi preso, e você ficou com raiva dele. Mas você já ficou com raiva por muito tempo. Não dá pra deixar de ter raiva agora?

Olhei para baixo.

— Não é tão simples, meu amor. Eu queria que fosse.

Ela fez que sim com a cabeça, o olhar descendo até nossas mãos, no centro da mesa.

Taylor entrou, com as mãos nos bolsos da calça jeans.

— Ele está bem. Está fazendo as malas. Você também devia ir fazer as suas, florzinha.

Hadley saiu da mesa num salto e correu em direção ao quarto, parando por tempo suficiente para jogar os braços ao redor da cintura de Taylor. Ele a abraçou com força e depois a soltou, me observando apoiar o queixo na palma da mão.

— Eles me odeiam desde que fomos embora. Tem sido tenso — falei.

— Eles nunca poderiam te odiar.

— Você não sabe de nada.

— Sei, sim.

Ele me encarou por um instante, e nenhum de nós falou uma palavra. Engoli em seco, sabendo que ainda nos amávamos, mas também com a certeza de que eu não estava preparada para seguir em frente novamente. Era uma situação delicada — ter cuidado para não tomar uma decisão equivocada com base nas emoções e me segurar apenas o suficiente para puni-lo um pouco mais.

— Vamos lá — disse Taylor. — Vamos começar pelo seu quarto. — Ele estendeu a mão para mim, e eu hesitei. Ele recuou e a voltou para o bolso, onde estava antes. — Eu entendo, sabia? As crianças não, mas eu entendo. Elas não sabem o que aconteceu, não sabem que eu mereço isso.

— O que não faz com que eu me sinta melhor.

— Mas elas não merecem essa situação. Somos melhores que isso, Falyn.

— Taylor, chega. — Eu me levantei e passei por ele. Ele pegou meu braço com delicadeza, e precisei de todas as minhas forças para não cair em seus braços. Eu sentia saudade do seu toque, de estar perto dele, de ouvir sua voz no mesmo ambiente, de vê-lo me observando.

— Eu ainda te amo — ele disse, com uma ponta de raiva nas palavras. Eu não podia culpá-lo. Nossa família estava destruída, e nossos filhos estavam sofrendo.

— Eu sei. — Meu ressentimento não me permitiu dizer mais nada, e me afastei, seguindo até o fim do corredor.

Taylor pegou algumas caixas, fechou-as com fita adesiva para as crianças e depois voltou, me ajudando a encaixotar minhas coisas. Pegamos meias nas gavetas, sapatos e enfeites de Halloween na parte alta do armário. Eu também sentia saudade de como Taylor era alto. Ele conseguia alcançar, levantar e abrir tudo o que eu não conseguia, e às vezes, mesmo quando dava pé para mim, eu fingia que não dava, só para poder observá-lo.

— Eu ainda te amo também — falei. Taylor virou, com uma expressão indistinguível no rosto. — E sinto sua falta. Talvez as crianças sejam mais espertas que eu nessa questão. Talvez a gente devesse tentar consertar as coisas de dentro pra fora, em vez de magoar as crianças enquanto eu finjo esperar por uma epifania.

— É isso que você está fazendo? Esperando um sinal de que eu mudei? — Ele deu um passo em minha direção, largando tudo o que estava em suas mãos. — Porque, baby, eu mudei. Não quero te perder. Não quero perder as crianças. Eu...

Meu celular zumbiu e o interrompeu. Olhei ao redor e levei a mão ao bolso da calça jeans. Então zumbiu de novo, e Taylor apontou para a pilha de toalhas.

— Está vindo dali — disse, indo em direção à cama. — É tarde. Será que é a Ellie?

— Ah, sim. Eu... — *Ai. Puta que pariu.*

Antes que eu pudesse impedi-lo, Taylor levantou as toalhas e pegou meu celular, seu rosto se contorcendo em repulsa.

— Por que caralho o Peter Lacy está te ligando? Como é que ele tem o seu número, Falyn?

— Não sei — falei, estendendo a mão para o celular. — Não importa. Eu nunca atendo.

O reconhecimento iluminou os olhos de Taylor, e ele ficou com mais raiva.

— Quantas vezes ele já te contatou? Que porra é essa, Falyn? É por isso que você quer voltar pra casa?

Minha boca se abriu.

— Não! E ele não me contatou nenhuma vez, porque eu não atendo!

— Como foi que ele conseguiu o seu número, porra? — Taylor gritou. Suas veias estavam saltadas no pescoço, os olhos praticamente reluzindo de tão selvagens. Seu peito oscilava, e eu vi seu controle se esvair. Ele queria muito socar alguma coisa ou alguém. Se Peter estivesse ali, Taylor poderia matá-lo. Agora eu lembrava. O homem diante de mim era o Taylor que eu tinha deixado.

Meus olhos foram para o chão. A esperança que eu sentira momentos atrás simplesmente desapareceu. Quando levantei o olhar novamente e os olhos de Taylor encontraram os meus, vi a raiva se derreter e a vergonha assumir. Mesmo assim, ele não conseguiu se controlar. Pegou a pilha de toalhas e as jogou dentro da caixa, em cima de algumas quinquilharias, rasgando a fita adesiva e grudando-a com violência na tampa. Em seguida pegou um marcador preto e escreveu "quarto principal", arrastando a caixa para o canto do quarto atrás da porta, o conteúdo se espalhando.

Duas silhuetas estavam paradas no corredor e, quando percebi que as crianças estavam novamente presentes para o espetáculo de merda que era o nosso casamento, cobri a boca, sem conseguir impedir que as lágrimas escorressem.

— Não, baby, não chora... — Taylor olhou para o corredor. — Desculpem — ele disse para as crianças e sentou na cama, encolhido. — Desculpem — repetiu, com a voz sufocada.

— Ainda podemos ir? — perguntou Hadley, deixando a sombra do corredor.

— Eu vou assim mesmo — disse Hollis.

Sequei o rosto e fui até o corredor, abraçando os dois como se eles pudessem se estilhaçar, feito a louça na caixa.

— Sim. Sim, ainda vamos voltar. O papai quer que a gente volte, e eu também quero. Somos mais felizes em Estes, certo?

— Certo — responderam os dois, olhando para mim e fazendo que sim com a cabeça.

Em breve, Hollis seria mais alto que eu. Talvez mais até que Taylor. Eu não podia deixá-lo pensar que poderia usar a violência e a intimidação para resolver qualquer problema. Eu não podia deixar Hadley achar que o comportamento de Taylor era aceitável e que era normal permanecer em uma situação dessas sem uma mudança real. E também não podia deixar os dois — ou a minha culpa — me convencerem a aceitar Taylor de volta antes de estarmos preparados.

O celular dele tocou, e ele o pegou no bolso de trás. Fungou uma vez antes de atender.

— Oi, Trent. — Quanto mais ele escutava, mais seus ombros se afundavam. — O quê? Como assim, "atingido"? Com um tiro? Como? Ele está bem?

Taylor deixou o celular cair e eu corri para pegá-lo, levando-o ao ouvido. Todo o sangue sumira de seu rosto. Ele encarava o chão, com uma única lágrima escorrendo pelo rosto.

— Trent? — falei. — É a Falyn. O que aconteceu?

Trenton suspirou.

— Oi, Falyn. É, hum... é o Tommy. Ele, hum... houve um acidente.

— Um acidente? Ele está bem?

— Não. O Taylor e o Tyler precisam vir pra casa. Você pode trazê-los até aqui?

— *Não?* — perguntei. Eu tinha escutado, mas as palavras não faziam sentido. Thomas Maddox era o mais forte dos cinco irmãos, o mais esperto. Além de tudo, era o mais cabeça, e Liis tinha acabado de dar à luz sua primeira bebê. Ele tinha acabado de virar pai. *Como ele pode* não *estar bem?*

— É grave — disse ele, com a voz baixa. — Traga os dois pra casa, Falyn. Liga pro Tyler. Eu acho... acho que não consigo.

— Eu cuido disso. Como a Liis está?

— Ela está com a Stella. Você arruma um voo para eles?

— Claro. Estaremos todos aí amanhã.

— Obrigado, Falyn. Te vejo em breve.

— Mãe? — disse Hollis, observando Taylor com olhos preocupados. — O tio Tommy está bem?

Estendi a mão para as crianças, para elas esperarem antes de nos afogar em perguntas e me deixarem cuidar do pai delas primeiro. Eu me ajoelhei diante de Taylor, procurando as palavras. Não havia nenhuma. Ele ainda estava tentando processar o que Trenton tinha dito.

— Querido? — falei, pegando seu queixo delicadamente. — Vou ligar pro Tyler, depois para a companhia aérea.

— Ele está no incêndio — disse Taylor, com a voz monótona. — Não vai atender.

Digitei o número de Tyler com o celular do meu marido e escutei tocar várias vezes antes de cair na caixa postal. Então o guardei no bolso de trás e apontei para as crianças.

— Façam as malas para cinco dias. Cinco calças, cinco camisetas, cinco pares de meia e cinco roupas de baixo. Escova e pasta de dentes. Agora vão.

As crianças fizeram que sim com a cabeça e correram para o quarto. Esvaziei uma mala de rodinhas que Taylor já tinha enchido com minhas lingeries e também peguei coisas para cinco dias.

— Onde está sua mala? — perguntei para Taylor.

— Hein?

— Sua mala. Você arrumou uma mala para vir pra cá, né? Você tem roupa para pelo menos dois dias?

— Três dias. Está na minha caminhonete.

— Tudo bem — falei, levantando o puxador da minha mala. — Vamos. Eu dirijo. Vou reservar as passagens no caminho.

— Pra onde?

— Estes Park. Vamos contar para o Tyler, depois dirigimos até Denver e pegamos um avião.

— Falyn... — Taylor começou, sabendo que não podia ser a pessoa mais forte dessa vez. Estávamos arrasados, mas não estávamos sozinhos.

Estendi a mão para ele.

— Vem comigo.

Ele olhou para mim, parecendo perdido. Então estendeu a mão, entrelaçando os dedos nos meus e levando minha mão até os lábios. Em seguida fechou os olhos com força, respirando com dificuldade pelo nariz.

Com a mão livre, segurei sua nuca e o abracei.

— Eu estou aqui.

Ele soltou minha mão e envolveu os braços ao meu redor, enterrando o rosto em meu peito.

9

Ellie

A televisão era a única luz na nossa sala escura, fraca, depois forte e voltando, dependendo da cena e do ângulo que a câmera apresentava a cada momento. Eu havia dito a mim mesma para não ver esse filme, sabendo que era sobre uma repórter alcoólatra que falava muitos palavrões. Mesmo depois de uma década sóbria, minha garganta se fechava toda vez que ela tomava um drinque; meu coração sibilava quando ela ficava fora do ar, rindo histericamente, bêbada de cair com as amigas, aceitando o pau de qualquer homem que tivesse um. Eu tinha chegado à última cena, e ela se apaixonara por um cara decente. *Merda.* Eu estava velha demais para falar "cara". Pelo menos era isso que Gavin tinha me falado, porque ele já tinha cinco anos e sabia de tudo.

Passei os dedos pelo cabelo espetado de Gavin, cortado bem rente. Ele tinha dormido usando meu colo como travesseiro, como sempre fazia quando o pai estava em serviço. Tyler e eu tínhamos nos apaixonado em algum momento entre uma trepada casual (basicamente culpa minha) e uma estadia na clínica de reabilitação (totalmente culpa minha). Morávamos numa casa de três quartos com um cachorro, dois gatos e um filho que não fazia birra e nunca se apegava a nada — nem à mamadeira, nem à chupeta; ele até tirou as fraldas cedo. O vício não parecia fazer parte do seu futuro. Eu só esperava que essa inclinação ao desapego não contaminasse sua vida amorosa.

Olhei para o relógio de pulso e suspirei. Eram quase três da manhã, e Tyler ainda estava combatendo o incêndio no armazém. Anos de noites insones me impediam de tentar ir para a cama antes de ele voltar da estação, por isso eu esperava a ligação do seu segundo lar dizendo que ele estava em segurança.

Assim que os créditos começaram a rolar na tela, uma leve batida soou na porta da frente. Tirei cuidadosamente a cabeça de Gavin do meu colo e me levantei, me aproximando da porta com cuidado. Morávamos num bairro bacana, numa pequena comunidade turística, mas quem quer que estivesse na minha porta àquela hora da madrugada não estava vendendo Avon.

— Quem é? — perguntei, tentando, ao mesmo tempo, falar alto o suficiente para ser ouvida e baixo o suficiente para não acordar Gavin.

— É o Taylor — respondeu uma voz profunda.

— E a Falyn.

Virei a fechadura e abri a porta, encarando meus cunhados como se fossem uma alucinação. Taylor estava com os filhos adormecidos pendurados nos ombros, o rosto pálido e os olhos vidrados.

— O que vocês estão fazendo aqui? — perguntei, depois cobri a boca. Eu não tinha notícias de Tyler havia quase uma hora. Muita coisa podia acontecer em uma hora. — Ai, meu Deus.

— Não — disse Falyn, se aproximando de mim. — Não é o Tyler.

Eu a puxei para um abraço, apertando-a com força. Ela ficou surpresa, e eu não podia culpá-la. Eu não era do tipo que abraçava qualquer pessoa além de Tyler e Gavin.

— Teve notícias dele? — perguntou Taylor, passando por mim.

— Pode colocá-los no quarto de hóspedes — falei, sem ter certeza do motivo. Meu cunhado sabia exatamente onde o quarto ficava e já estava indo naquela direção. Taylor e Falyn passavam muito tempo na nossa casa e vice-versa, até Falyn ir embora. Ela não tinha saído de casa havia muito tempo, mas, de qualquer maneira, parecia estranho estar outra vez sob o mesmo teto que os dois.

Taylor voltou com as mãos livres, e não sabia muito bem o que fazer com elas, por isso cruzou os braços.

— Você está bem? — perguntei.

— Estou tentando falar com o Tyler.

Balancei a cabeça e observei Gavin

— Ele deve estar encerrando o trabalho no armazém. Não tive notícias dele na última hora.

Taylor fungou.

— Acho que vou ter que ir até o armazém.

— Eles devem terminar daqui a pouco — comentei. — Está tudo bem?

— Ele cresceu tanto — sussurrou Falyn, indo até meu filho, espalhado no sofá. Ela se ajoelhou ao lado dele, sorrindo enquanto o olhava mais de perto. — O Gavin é idêntico ao Taylor e ao Tyler quando tinham a idade dele.

— Ele sente sua falta — falei. — Sempre pergunta de você.

A expressão dela desabou.

— Também sinto falta dele. E de você. — Ela se levantou. — O Taylor recebeu uma ligação do Trent.

— Nós estamos indo pra casa — disse Taylor.

— Para Eakins? Quando?

— Amanhã — Falyn respondeu. — Você e o Tyler também vão.

— Vamos? — perguntei, levando a mão ao peito. — O que está acontecendo? É o Jim? — Eu sabia que a saúde do pai não era das melhores. Ele estava acima do peso, comia bacon todo dia no café da manhã e fumava charuto. Pela expressão no rosto de Taylor, eu sabia que algo terrível tinha acontecido.

Ele abriu a boca para explicar, mas não conseguiu.

Falyn continuou por ele:

— É o Thomas.

— O *Thomas*? — Ele tinha acabado de virar pai. — Ai, meu Deus. A bebê?

— Não — disse Falyn. — O Thomas levou um tiro.

— Um *tiro*? — repeti, minha voz subindo uma oitava. A sala começou a girar.

— Não sabemos detalhes.

— Ai, a Liis — falei, cobrindo a boca com a mão. Meu coração se partiu instantaneamente por ela. Meu olhar foi até Taylor. Eu me senti mal, sabendo que ele teria que ouvir a história novamente quando déssemos a notícia ao Tyler. Fechei os olhos, sentindo lágrimas quentes escorrerem pelo rosto. Meu coração se partiu pelo meu marido.

— É melhor você sentar — disse Falyn, tentando manter a compostura.

Eu me arrastei até a poltrona reclinável de Tyler e me joguei nela.

— Porra. *Porra*. Não faz sentido. Pegaram o atirador?

— Não sabemos — respondeu Taylor, trincando os dentes, os músculos do maxilar se mexendo sob a pele.

— A Liis está indo para Eakins amanhã de manhã — Falyn explicou.

Levantei a cabeça.

— Ela não vai ficar com o Thomas?

Falyn negou.

— É... Parece que é bem grave. Ela ir para Eakins... — ela deixou a voz morrer.

A bile subiu em minha garganta. Ele não ia resistir. Liis estava viajando para ficar com a família dele.

— Eu já reservei as passagens — disse Falyn.

— Pra gente também? — perguntei. Ela fez que sim com a cabeça, e eu me levantei, olhando ao redor, minha mente já se enchendo de listas de coisas para levar e de quem poderia cuidar dos bichos enquanto estivéssemos fora. Parei, dei alguns passos até Taylor e o abracei. Ele parecia meio mole em meus braços.

— Eu sabia, merda — disse ele. — Eu tive uma sensação ruim quando saí do incêndio hoje, mas achei que era com o Tyler. Eu devia ter ligado pra casa.

Taylor sabia tão bem quanto eu que ligar para casa não teria ajudado em nada, mas estava fazendo o que Tyler faria quando soubesse da notícia: se culpando. Eu o soltei e voltei para o sofá, peguei meu celular na mesa lateral e desconectei o carregador.

Em seguida mandei uma mensagem para Tyler me ligar, e ficamos todos esperando. Três minutos depois, meu celular tocou. Atendi de imediato.

— Oi, baby — disse ele, parecendo cansado e sem fôlego, mas feliz. — Estou entrando na caminhonete.

— Eu... preciso que você venha pra casa — falei. Naquele instante, me ocorreu que ele ia querer saber o motivo, e eu não queria lhe contar por telefone.

— O que aconteceu? — ele perguntou, já desconfiado.

— O Taylor e a Falyn estão aqui. Vem pra casa, tá? Assim que possível.

— Estou a caminho — disse ele. Ouvi as sirenes ao fundo, depois a linha ficou silenciosa.

Suspirei, sabendo que, em poucos minutos, aquelas sirenes estariam tocando ao longe, se aproximando até pararem quando Tyler entrasse no bairro. Tentei não pensar nele acelerando para casa para ouvir o que ele já sabia que era uma notícia ruim. Ele só não sabia quanto era ruim — nem a quem se referia.

10

Camille

*Enquanto todos se ajeitavam para dormir, eu estava saindo para o tra-*balho. Comecei no Skin Deep Tattoo como recepcionista, mas agora eu era gerente. Eu contratava e demitia, mantinha os livros contábeis atualizados e cuidava da parte administrativa que Calvin ignorava. O estúdio quase tinha fechado, mas consegui um acordo com a Receita Federal, e finalmente tínhamos lucro suficiente para contratar novos tatuadores. Mas esta noite eu estava indo para o Red Door. Eu era chamada quando eles precisavam de cobertura no bar leste. Poucos davam conta disso, e Raegan e Blia tinham saído anos atrás, quando se formaram na faculdade. Hank e Jorie tinham sido tão bons comigo que eu não podia negar nada para eles.

Os agentes federais pediram que eu não saísse de casa, mas eu tinha prometido a Hank que cobriria o turno de um de seus barmen mais novos. A casa estava cheia, de qualquer maneira. Olive estava dormindo no sofá da sala de Jim, e os pais de Shepley iam passar a noite lá também. Travis achou que era mais seguro todo mundo ficar sob o mesmo teto até Liis chegar na manhã seguinte — aparentemente, com mais agentes.

O agente Perkins estava de vigia, olhando pela janela, quando saí com Trenton. Ele me deixou na lateral do prédio, o mais perto da porta que conseguiu chegar. E também estava contrariado pelo fato de eu ir trabalhar.

Eu me inclinei para beijá-lo.

— Vou ficar bem. O Drew está lá dentro. Ele é uma fera.

— Vou estar te esperando aqui às duas.

— Eu saio às duas e meia.

— Vou estar aqui às duas.

Ele parecia preocupado, por isso não argumentei.

Passando um pouco dos trinta anos, minhas roupas cobriam mais o corpo, mas descobri que um serviço ágil atraía tantas gorjetas quanto peitos e bunda. Acenei para Drew enquanto caminhava até a porta. Ele correu para se encontrar comigo, virando a maçaneta e abrindo a porta antes de mim. Segurou a porta com um sorriso.

— Obrigada, Drew — falei, dando um tapinha em seu bíceps. Eu teria que me esticar para dar um tapinha em seu ombro.

Drew estava no segundo ano na Universidade Eastern, tinha mais de dois metros de altura e braços tão grandes quanto a minha cabeça. Seu pai era campeão de levantamento de peso, e Drew estava a caminho. No instante em que entrou no escritório de Hank para se candidatar ao cargo de segurança, foi contratado. O único problema — se é que se pode chamar assim — era o fato de Drew ser tão educado que às vezes não conseguia ser agressivo como Hank queria. Ele era um caubói humilde, mas podia segurar dois homens ao mesmo tempo enquanto eles se debatiam e gritavam, pedindo por favor para eles se entenderem. É bem verdade que era sempre divertido, mas Hank queria um leão de chácara, não um pacifista. Para a sorte de Drew, normalmente sua presença era o que bastava.

— De nada. Você tem meu telefone? Eu ficaria feliz em te encontrar no estacionamento sempre que você vier cobrir um turno. Não é seguro mulheres andarem sozinhas à noite.

Dei uma olhada de lado para ele.

— Você me conhece, Drew?

Ele deu uma risadinha.

— Já te vi uma ou duas vezes. — E fez uma pausa enquanto decidia se falaria a próxima parte. — Mesmo assim, eu me sentiria melhor. Se você não se importar.

— Tudo bem. Eu ligo antes.

Ele sorriu, aliviado.

— Obrigado, sra. Maddox.

— Cami — lembrei a ele.

Drew virou à direita, em direção à entrada, e fui para a esquerda, em direção ao bar leste. Shayla já estava colocando as cervejas nos coolers. Ela era meio tensa, mas trabalhava rápido o bastante para dar conta do movimento do bar leste.

Ela suspirou.

— A Natasha ligou dizendo que estava doente outra vez?

— Ligou.

— O Hank vai demiti-la.

— Duvido.

— Ele sente saudade da equipe Cami e Raegan. Ele fala isso o tempo todo.

— O que não é produtivo — falei, jogando um saco de gelo no último cooler.

— Eu não culpo o Hank. Também gosto de trabalhar com você.

Sorri. Era legal me sentir necessária, mesmo estando ocupada com Jim nos últimos anos. Fiz questão de colocá-lo na cama antes de sair, apoiar sua bengala na parede ao lado e colocar um copo de água gelada sobre a mesinha de cabeceira. Luzes noturnas iluminavam o caminho do seu quarto até o banheiro, mas eu me preocupava mesmo assim. Jim era como um pai para mim; era o único que eu tinha. Meu pai alcoólatra e abusivo tinha morrido cedo, de cirrose. Eu não sentia saudade dele. Minha mãe se mudara para Ohio com meu irmão mais velho e a família dele, e o restante dos meus irmãos estava espalhado pelo país.

Eu tinha sorte de ter uma família como os Maddox, mas estava desesperada para manter Jim por perto o máximo de tempo possível. Sua saúde tinha se deteriorado nos últimos anos, o que me me deixava preocupada. Eu queria lhe dar um neto ou uma neta, que a criança o conhecesse, que se lembrasse dele. Não importava quantas vitaminas eu lhe desse todas as manhãs, quantas caminhadas fizéssemos ou quantas refeições saudáveis eu lhe oferecesse, parecia que o tempo era um inimigo invencível. A parte mais difícil era que ele aceitava isso. Ele dizia estar ansioso para encontrar a esposa novamente, e parecia egoísta implorar que ele se esforçasse mais.

O DJ ligou o sistema de som e testou os microfones, me fazendo sair daquele estado de torpor.

— Tudo bem? — perguntou Shayla, me encarando como se eu fosse maluca. Ela tinha só vinte e um anos e não poderia entender o que eu estava sentindo, por isso guardei para mim.

Jorie se aproximou, e seus olhos se iluminaram quando me viu. Ela não ia ficar muito tempo. Estava grávida de sete meses e preocupada de a música alta afetar o bebê.

— Cami! — Ela contornou o bar e jogou os braços ao meu redor.

— Você está ótima — falei, me sentindo ao mesmo tempo feliz por ela e culpada pela minha inveja. Liis, Abby e Jorie estavam grávidas, e todo mês, quando olhava para o meu teste de gravidez negativo, eu pensava nelas. Eu não queria ter inveja. Não queria sentir raiva porque era tão fácil para elas e, até então, impossível para mim. Não queria odiá-las um pouquinho, mas odiava. O desespero criava suas próprias emoções.

— Obrigada — disse ela, olhando para baixo e passando a mão na barriga. Seu olhar voltou para o meu. — Você parece cansada. Está tudo bem?

Revirei os olhos, enfiando mais duas garrafas de cerveja no gelo.

— "Cansada" é um código pra quando você está com uma aparência de merda.

— Não. Seus olhos estão vermelhos. Você está com olheiras. Seus ombros estão caídos. Então... retiro o que eu disse. Você realmente está com uma aparência de merda.

Dei risada com sua sinceridade. Um dos muitos motivos para eu amá-la.

— Recebemos más notícias hoje.

Ela ofegou.

— O Jim?

— Não. O Thomas... — Deixei a voz sumir, sem saber o que dizer. Meu cunhado levar um tiro era algo inacreditável. Havia agentes do FBI na casa de Jim pedindo para não falarmos nada. — ... sofreu um acidente.

— Ah, que merda! — disse ela, tocando a barriga. — Mas ele vai ficar bem, né?

— Estamos aguardando. Ainda não temos muita informação, mas eles dizem que é grave.

— Quem são *eles*?

Fiz uma pausa.

— A Liis.

Jorie cobriu a boca, os olhos ficando vidrados.

— Ah, a Liis.

Ela me abraçou como se estivesse abraçando a namorada de Thomas. Parecia estranho porque, em determinada época, eu era mesmo. Sua reação trouxe à tona sentimentos há muito enterrados. Eu tinha me preocupado com Trenton e Jim, mas não tinha separado um tempo para realmente entender minhas emoções. Thomas foi meu primeiro amor, e, numa certa época, tínhamos considerado que eu me mudasse para a Califórnia e déssemos o próximo passo no nosso relacionamento. E aí... Trenton apareceu. Olhando em retrospecto, Trenton e eu fazíamos muito mais sentido, e Thomas era perfeito para Liis. Mas foram necessários muitos anos para todos nós resolvermos essas coisas em nosso coração e em nossa mente. Naquele momento, abraçando Jorie, eu me vi no ponto em que tinha começado... amando os dois.

Eu a soltei, apesar de as curvas macias de Jorie serem reconfortantes. Ela podia estar com mais curvas agora, mas ainda tinha cabelos compridos e platinados. Em vez das mechas pretas, ela agora tinha as pontas azul-petróleo. Ela seria o tipo de mãe que eu queria ser: maternal, extravagante, corajosa e divertida. Eu só precisava engravidar.

Ela secou os olhos e se despediu, voltando para o escritório de Hank para ganhar mais um abraço antes de ir para casa.

— Uau — disse Shayla, com os olhos arregalados. — O que você falou pra ela?

— Meu cunhado sofreu um acidente. — *Merda.* Agora era estranho dizer *cunhado*. Até o fato de ter sentimentos confusos parecia traição a Trenton. Eu me importava com Thomas e o amei no passado. Agora, meu amor por ele estava na esfera do que eu sentia por qualquer um dos irmãos de Trenton. Mas perdê-lo era uma possibilidade muito real, segundo o que os agentes federais na casa de Jim faziam supor. Eu me lembrei das vezes em que rimos e conversamos sobre nossos pensamentos e sentimentos mais profundos. Tínhamos criado uma conexão antes de eu me apaixonar por Trenton, e era estranho me sentir assim. Eu queria pegar o celular e mandar uma mensagem para o meu marido para decifrar os pensamentos que giravam na minha cabeça, mas havia muita coisa a fazer antes de as portas da boate se abrirem.

— Que droga. Sinto muito. A Jorie o conhece?

— Ãhã — respondi, sendo vaga de propósito. Eu não queria explicar que Jorie o conhecera quando ainda estávamos namorando. Eu entendia que, olhando de fora, a situação toda parecia muito incriminadora. Era difícil explicar como eu me sentia em relação a Thomas, sem parecer que esses sentimentos traíam Trenton. Na verdade, eu amava meu marido mais do que jamais tinha amado alguém, inclusive Thomas. Trenton me entendia de um jeito que ninguém mais entendia, e me amava mais do que qualquer pessoa. Mesmo se a situação fosse diferente, se fosse Trenton que sofresse um acidente e Liis não existisse, eu não procuraria Thomas. Agora que Trenton tinha me mostrado o que era amor, eu sabia que não era o que Thomas e eu tínhamos. Meus sentimentos eram profundos, e alguma coisa nele era difícil de esquecer, mas Trenton Maddox era o amor da minha vida. Mais ninguém.

Dez minutos depois, Hank veio em minha direção, com solidariedade nos olhos.

— A Jorie acabou de ir embora. Ela me contou sobre o Thomas. Sinto muito, docinho.

Dei de ombros para evitar as lágrimas. Desde que Jorie se afastara, fiquei ruminando meus sentimentos, e o fato de Hank vir falar comigo quase me fez desabar. Por algum motivo, quando os homens demonstravam empatia por mim, eu sentia as coisas com mais intensidade. Eu não sabia se era porque meu pai demonstrava pouca compaixão ou se era só uma coisa universal que as mulheres sentiam quando os homens se permitiam ser vulneráveis por meio segundo. Homens segurando e ninando bebês, homens chorando, homens admitindo que estavam com medo ou apenas demonstrando sensibilidade sempre me deixavam extremamente emotiva. Para mim, parecia um belo momento de vulnerabilidade e coragem.

Hank me puxou para os seus braços e as lágrimas escorreram, então ele me abraçou com mais força.

— Você devia ir pra casa. Não pode trabalhar desse jeito.

Eu me afastei e percebi, em seus olhos, que ele não estava falando sério. Ele me conhecia. Eu precisava me ocupar para lidar com a situação.

— Não, obrigada.

— Me avisa se mudar de ideia.

Fiquei feliz quando as portas se abriram e pude vestir minha cara de paisagem. Era a noite da cerveja por uma moeda, e o bar leste estava cercado por uma multidão. Eu recebia um pedido, fazia o drinque, apertava os botões da caixa registradora, pegava o dinheiro, observava a gorjeta indo para o pote e começava tudo de novo. Depois de apenas meia hora, toquei o sino para pedir mais cerveja. Depois de três horas, toquei o sino para pedir mais de tudo. A pista de dança estava cheia, os clientes estavam felizes, e Drew não teve que separar nenhuma briga. Foi uma noite boa, e, depois que todo mundo saiu e o pessoal da limpeza estava varrendo a bagunça deixada para trás, abracei meu próprio corpo e chorei.

Tantas lembranças estavam ali no bar comigo. Eu me sentindo eufórica quando Thomas entrou e começou a flertar comigo, depois me sentindo poderosa quando ele voltou e me chamou para sair. Ver Travis e Abby sentados nas banquetas diante de mim pela primeira vez. Ver os irmãos Maddox brigando por qualquer bobagem. Imaginar Trenton se inclinando sobre o bar e me beijando na noite de Ano-Novo. Trabalhar com minha melhor amiga e companheira de quarto, Raegan, e vê-la se apaixonar por Kody. Chorar quando eles mudaram de cidade e comemorar quando Jorie e Hank descobriram que finalmente estavam grávidos. O Red Door era parte de mim, e estar ali era uma fuga até as portas se fecharem. Eu não queria que aquilo acabasse. Nem mesmo naquela noite.

Depois que sequei e guardei o último copo, Drew sorriu.

— Pronta? — perguntou. Ele levava todas as mulheres até o carro no fim de cada noite. Era um bom rapaz.

— Pronta. O Trenton deve estar lá fora.

As sobrancelhas de Drew se aproximaram. Ele parecia confuso.

— Não está. Pelo menos não quando eu fui ver, alguns minutos atrás.

— Ele deve estar atrasado — falei, pegando minha bolsa e pendurando-a no ombro. Mas, enquanto eu dizia essas palavras, uma sensação ruim me tomou.

Drew abriu a porta lateral e, depois que percebi que Trenton realmente não estava onde disse que estaria me esperando, vasculhei o estacionamento escuro.

— Não é do feitio dele se atrasar, né? — perguntou Drew.

— Não, não é. — Mandei uma mensagem para ele e esperei. Depois de alguns minutos e nenhuma resposta, meu corpo começou a tremer. A adrenalina correu por minhas veias enquanto minha mente percorria os piores cenários.

Um carro preto diminuiu a velocidade até a vaga onde Trenton deveria estar, e instintivamente estendi o braço para Drew, empurrando-o para trás.

— Vá pra dentro — sibilei.

— Quem é? — perguntou Drew, ficando na minha frente.

A janela se abriu, revelando um dos agentes que estavam na casa de Jim.

— Estou aqui para pegá-la, sra. Maddox.

Relaxei, mas hesitei.

— Onde está o Trenton? Por que ele não respondeu a minha mensagem?

— Eu explico quando você entrar — respondeu ele.

Drew me segurou assim que dei um passo à frente.

— Você conhece esse cara? — perguntou.

— Sim. É uma longa história. — Estendi a mão para a maçaneta da porta, mas Drew me deteve.

— Ela não vai a lugar nenhum com você até ter notícias do marido.

— Isso vai ser difícil — disse o agente.

Meu estômago deu um nó.

— Por quê?

— Você precisa entrar no carro, sra. Maddox. Não posso explicar mais nada na presença de outras pessoas.

Agarrei o braço de Drew, que olhou para mim, me implorando com os olhos para não ir.

— Está tudo bem — falei simplesmente. — Ele é amigo do Jim.

— Do pai do Trenton? — perguntou Drew, desconfiado. Quando fiz que sim com a cabeça, ele não pareceu convencido. — Estou com uma sensação ruim, Cami. Acho que você devia ficar aqui até o Trenton te ligar.

Meu olhar voltou para o agente.

— Eu não acho que ele vai me ligar.

11

Abby

*Travis apertou a minha mão, e eu apertei a dele também, deixando cla*ro que sabia como isso era difícil para ele. Todos estavam chateados e exaustos, fazendo especulações sobre o que tinha acontecido com Thomas, ao mesmo tempo em que expressavam raiva dos agentes por esconderem informações — o que os obrigava a especular. Agora, Travis estava deitado de costas no meio do colchão de casal afundado que ele tinha desde o oitavo ano, herança de Thomas. Nossos gêmeos estavam em camas improvisadas no chão, ambos roncando suavemente.

Tínhamos convencido Shepley e America a virem para cá, além de Jack e Deana. Apesar de isso só provocar mais perguntas, era mais seguro que todos ficassem sob o mesmo teto até Travis e os agentes conseguirem reforços. Até onde sabíamos, os Carlisi poderiam chegar a Eakins a qualquer momento.

Travis virou de lado, enterrando o rosto em meu pescoço. Ele tinha acabado de se deitar, depois de vasculhar a casa toda pela segunda vez em busca de grampos. Precisávamos ter muito cuidado.

— Essa situação é uma merda. Estou arrependido de ter parado de fumar.

— Seu maço de emergência está em casa, e você não vai sair daqui, então pode esquecer — falei.

— Eu sei, mas é uma emergência.

Virei para encontrar seu olhar e joguei a perna por cima de seu quadril. Era o máximo que conseguíamos nos aproximar, com a barriga entre nós.

— A família Maddox é capaz de quase tudo. Mas ninguém aqui é ator.

— Talvez seja. A gente não sabe.

— Eles não são treinados como você, Trav. Alguém iria cometer um erro. Você não iria concordar com isso a menos que soubesse com certeza que esse é o único jeito de manter todo mundo em segurança.

Ele assentiu, encostando a testa na minha.

— Você é a minha mulher preferida.

— Só tenta tirar isso da cabeça até a Liis chegar aqui amanhã. A maior parte do fardo vai ser dela.

Ele suspirou, olhando para o teto, depois cruzou os braços sobre a barriga.

— Ela acabou de ter uma filha, Beija-Flor. E está sozinha. Como eu posso obrigá-la a fazer isso?

— Ela não está sozinha. Podemos apoiá-la. Podemos ajudar.

Ele ficou em silêncio por um instante.

— Tem que haver outro jeito. Meu pai vai ter um ataque cardíaco. Isso vai matá-lo.

— Ele é mais forte do que você pensa.

— Não podemos fazer isso — disse ele. O pânico que insistiu em se ocultar durante a noite toda agora estava evidente em sua voz.

Segurei seu rosto, obrigando-o a me olhar nos olhos.

— Não temos escolha. Pense no que eles fizeram, Travis. Eles acharam que estavam atirando em mim, que estavam me jogando pra fora da estrada. A Jessica e o James podiam estar no carro. Nós podíamos ter sido assassinados. Todo mundo podia estar voltando pra casa pro nosso funeral. Se não fizermos isso, ainda pode ser o nosso funeral... ou o do Shep, ou até mesmo o da Olive. Desde ontem, sabemos que todos na família somos alvos. Até as crianças. Quando a Liis ligar para o FBI dizendo que não vai testemunhar, e o meu pai "desaparecer" — falei, fazendo aspas no ar com os dedos —, eles vão recuar. Aí você pode caçar cada um até eles não serem mais uma ameaça, e todos os outros vão pensar duas vezes antes de ameaçar a sua família de novo.

Travis piscou.

— Você está certa. Eu sei que você está certa.

Eu me inclinei para beijar seus lábios, tão macios e quentes quanto da primeira vez em que os senti junto aos meus. Ele puxou minha perna nua para mais perto, me beijando com mais força e profundidade. Travis sempre me achou bonita, mas, até o momento em que contei que estávamos grávidos de novo, eu tinha esquecido como a ideia de eu carregar um filho seu o deixava insaciável.

— Se quiser que eu pare... — Ele deixou a frase morrer. — Alguma contração hoje? — Sorri e balancei a cabeça. Eu estava tendo fortes contrações de Braxton Hicks havia quase três semanas. Tínhamos ido ao hospital uma vez, mas nos mandaram para casa. Ele tirou minha camisola de seda e beijou minha barriga, sabendo que eu não tinha nenhuma intenção de dizer não.

Estávamos numa etapa da gravidez em que minhas curvas eram mais difíceis de contornar, mas Travis passeava com facilidade por todos os altos e baixos, deslizando a língua em minha pele com mais desejo do que em nossa primeira vez no apartamento dele.

Ele ficou de joelhos na ponta da cama, segurou meu pé direito e massageou o arco dolorido com os polegares. Levou meu dedão até a boca e beijou a ponta, depois continuou com a massagem, subindo até a panturrilha. Cada vez que terminava uma seção, ele dava um beijo de despedida. Meu ventre tensionou quando ele chegou às coxas. Sua cabeça desapareceu atrás da barriga redonda, e eu recostei a cabeça.

— Aonde você foi? — sussurrei.

Sua língua traçou uma linha molhada da coxa até as dobras internas da minha parte mais sensível, e soltei um suspiro silencioso.

— Ah. Aí está você.

Travis agarrou meus quadris e me puxou para si, tão ansioso quanto eu para estar entre minhas coxas. Dava para ouvir suas pernas roçando os lençóis, ficando mais excitado a cada movimento da língua.

Quando senti que estava prestes a atingir o clímax, ele subiu um pouco e pressionou os lábios em minha pele. Deslizou a língua pela minha barriga, seguindo a linha escura que tinha se formado embaixo do meu umbigo e chegara até o osso pélvico em algum momento durante o segundo trimestre. O bebê se agitou e Travis levantou a cabeça num susto, sorrindo e passando a palma da mão no ponto em que nosso filho tinha se mexido. Era uma combinação estranha — sexo e paternidade. Não parecia nada difícil para Travis ir das preliminares até uma cama molhada ou um pesadelo, depois voltar a se sentir sexy e desejável. Já a transição de mãe para amante era mais difícil para mim.

Travis me puxou para cima dele, passou a mão pela minha lombar e foi até a bunda. Seus dedos pressionavam minha pele enquanto seus olhos percorriam meu corpo nu, desde o cabelo até onde a nossa pele se unia. Tudo ao nosso redor se derreteu, e eu tinha dezenove anos de novo, sentindo suas mãos em mim pela primeira vez. O sexo com Travis Maddox sempre foi maravilhoso, mas alguma coisa no modo como ele venerava meu corpo quando eu estava grávida o tornava ainda melhor. Eu nunca tinha me sentido tão linda e desejada quanto naquele momento, e me sentiria ainda mais linda e desejada na próxima vez em que ele fizesse amor comigo.

Travis agarrou meus quadris, me firmando enquanto eu me abaixava lentamente em cima dele. O bracelete trançado de couro preto em seu pulso subiu pelo antebraço tenso, atraindo minha atenção para as tatuagens que dançavam na superfície de sua pele. Deixei a cabeça cair para trás, mordendo o lábio para me impedir de gemer. Um suspiro silencioso saiu dos meus lábios. Travis mexeu os quadris para se reposicionar e eu fiquei tensa, já me sentindo perto do clímax. Meu corpo reagia a tudo de maneira muito diferente durante a gravidez. E o melhor... ao sexo. Nem tudo era tão bom, mas peitos maiores, meu marido providenciando qualquer coisa que eu tivesse desejo de comer e a capacidade de gozar mais rápido que ele certamente eram os destaques. Travis só precisava deslizar os dedos em minha calcinha e eu já me derretia.

Diminuí a velocidade dos meus movimentos, e Travis acompanhou, me deixando estabelecer o ritmo. Suas íris castanhas se aprofundaram em mim, curtindo o momento. Seus olhos reviraram e ele gemeu. Assim que o ruído escapou de seus lábios, nós dois congelamos, esperando ouvir uma pausa no ronco suave no chão ali perto.

Cobri a boca, tentando não rir.

Travis sorriu por um instante, depois seu olhar foi até o ponto em que nossos corpos se tocavam. Ele girou os quadris de novo, arqueando as costas para se enterrar ainda mais fundo em mim. Tive que me concentrar para me conter, ao mesmo tempo esperando que ele acelerasse e temendo o fim.

— Meu Deus — ele sussurrou. — Eu fico louco toda vez, você é gostosa demais.

Apoiei os joelhos em cada lado dele, me erguendo para poder senti-lo me penetrar de novo enquanto deslizava em cima dele mais uma vez.

Travis parou, seus olhos percorrendo o quarto. Comecei a falar, para perguntar o que estava acontecendo, mas ele levou o dedo à boca.

Ouvimos vozes alteradas no andar de baixo, e Travis fechou os olhos, decepcionado e se arrependendo do pedido que ia fazer. Ele me deu um tapinha delicado na coxa e eu saí de cima, observando enquanto ele se levantava num pulo e vestia uma bermuda vermelha. Ele colocou um boné azul-marinho e virou a aba para trás, escondendo a bagunça que eu tinha feito em seu cabelo enquanto ele estava entre minhas pernas.

— Já volto — disse ele, se inclinando para me beijar, com os lábios ainda repletos do meu sabor.

Os músculos de seu peito se ondularam quando ele se mexeu, correndo escada abaixo para saber o que estava acontecendo. Quando fechou a porta ao sair, caí deitada no travesseiro, frustrada. O ronco dos gêmeos aumentou, cada um ecoando o do outro. A voz de Travis se juntou à sinfonia de tons profundos, e em seguida o ouvi gritar.

Dei um pulo e olhei pela janela em busca de algum sinal de perigo, antes de me enrolar no roupão e descer correndo. Travis estava parado no centro da sala de estar, cara a cara com Trenton. Shepley estava entre os dois, com as mãos espalmadas no peito de cada um.

— Que raios está acontecendo? — sibilei, tentando manter a voz baixa.

Travis relaxou imediatamente e deu um passo para trás. Trenton me observou por um instante e franziu o cenho, olhando para o irmão mais novo e maior.

— Eu volto rápido.

Travis apontou para o chão.

— Eu disse que ninguém sai dessa casa. Isso significa ninguém, Trenton, que saco! Você não devia ter deixado a Cami ir, pra começo de conversa.

— Quem te colocou no comando, porra? — soltou Trenton.

Travis tentou ficar calmo.

— Você não tem noção do que fez.

— O que foi que eu fiz? — disse Trenton, dando um passo em direção a ele. — Você parece saber mais do que o resto de nós. Por que você não esclarece as coisas por aqui?

Travis suspirou, frustrado. Ele não tinha permissão de dizer nada até Liis chegar, no dia seguinte.

— Você fica aqui. Um dos agentes vai buscá-la no trabalho.

— Não vou mandar um desconhecido buscar a minha mulher — cuspiu Trenton. — Você também não faria isso.

— Trent, você não pode sair daqui.

— *Por quê?*

— Porque não — Travis respondeu.

America desceu a escada, encolhida com a luz fraca oferecida pelo abajur da sala de estar. Enroscou o braço no meu, esperando ouvir mais, na esperança de entender o que estava acontecendo. Os irmãos não discutiam havia anos, certamente não desse jeito. Era perturbador, e eu percebia que os dois estavam chateados por estarem em lados opostos de um conflito.

— Eu vou — disse Trenton.

Travis foi pegar no braço dele, mas Shepley o impediu, comunicando com o olhar aquilo que todos nós sabíamos. Se Travis tentasse impedir Trenton de sair para pegar Camille, haveria uma briga na sala de estar.

— Trent — disse Shepley, seguindo-o pelo corredor. America foi atrás.

Travis respirava com dificuldade pelo nariz, mudando o peso do corpo de um pé para o outro, para liberar a energia negativa. Parecia o jeito como ele se comportava pouco antes de uma luta.

— Está tudo bem — sussurrei, encostando no ombro dele. — Ele não entende que você só está tentando protegê-lo.

Travis olhou furioso para o corredor, ouvindo Shepley tentar persuadir Trenton a não sair.

— Se ele confiasse em mim pelo menos uma vez. Filho da mãe teimoso.

— Ele confia em você — falei. — Mas está pensando na Camille.

Os ombros de Travis relaxaram, e ele estendeu a mão para tocar minha barriga.

— Temos que pensar em todo mundo.

— Deixa o Shepley e a Mare conversarem com ele.

Travis esfregou a nuca e começou a andar de um lado para o outro, esperando que seu primo e minha melhor amiga colocassem algum juízo na cabeça de Trent. Eu tinha previsto corações partidos e lágrimas. Até achei que pudesse haver raiva quando esclarecêssemos as mentiras ou explicássemos que era o único jeito de ganhar tempo e ao mesmo tempo proteger a família. A única coisa para a qual eu não estava preparada era presenciar os irmãos se virando uns contra os outros.

12

America

Shepley espalmou a mão na porta, implorando com o olhar que Trenton não fosse em frente. Jim, Jack, Deana e as crianças ainda estavam dormindo, apesar de eu não ter certeza, com toda aquela gritaria. O abajur da sala de estar era a única luz acesa na casa, e o ar-condicionado tinha acabado de ser acionado, abafando os grilos cujo canto anunciava a chegada do verão.

Às três da manhã, não havia tráfego lá fora e nenhum farol deslizando pela parede, só o velho abajur elétrico no canto da sala, com a cúpula branca suja sobre uma coluna de um metro e meio com base de metal. A casa toda parecia parada na década de 80; tudo era gasto, manchado, esfarrapado ou estragado, principalmente por causa dos cinco meninos que haviam crescido ali.

A luz do abajur quase não chegava ao corredor, então ficamos com Trenton no escuro.

— Shep, eu te amo, mas sai da porra do meu caminho — disse Trenton. Sua forma escura se moveu em direção à porta, mas Shepley permaneceu na frente dele.

— Fala sério, primo. Você vai me bater na frente da minha mulher?

Trenton franziu o cenho e se virou para mim.

— Vira o rosto por um segundo, Mare.

— Não — falei, cruzando os braços.

Ele suspirou.

— Eu preciso pegar a minha mulher no trabalho. Tenho que sair agora. Não quero que ela tenha que me esperar.

— O agente Perkins pode fazer isso — falei. — Ele pode sair agora mesmo. Aliás, já está pronto pra sair, parado na cozinha com a chave na mão.

Trenton ficou mais agitado, e joguei os braços ao redor dele.

— Nossos filhos estão aqui, seus sobrinhos e sobrinhas. Seu pai está aqui. O Travis e o Shepley não podem salvar todo mundo. Precisamos de você aqui, Trenton.

— E se acontecer alguma coisa com a Camille? — ele perguntou, dividido.

— Você acha que as pessoas contra as quais os agentes estão nos protegendo vão chegar ao Red Door antes de chegarem aqui? Ela nem trabalha mais lá. Tecnicamente não — disse Shepley.

Trenton olhou furioso para o meu marido.

— Você deixaria um desconhecido pegar a sua mulher quando sabemos que existem pessoas por aí nos caçando?

Shepley suspirou, e seus ombros se afundaram.

— Não.

Trenton colocou a mão na maçaneta.

— Então não me pede pra fazer uma coisa que você não faria.

Assim que ele abriu a porta, o agente parado na varanda virou e se colocou em seu caminho. Ele usava um terno como os outros dois, mas era muito maior.

— Vou ter que pedir para o senhor ficar dentro de casa.

Trenton olhou para o agente, depois para nós dois e por sobre o meu ombro. Virei e vi Travis em pé no fim do corredor.

— Que porra é essa? — Trenton perguntou.

— Esse é o agente Blevins — disse Travis, de um jeito convencido.

— Por que você está perguntando pra ele? — indagou Shepley. — O Travis está tão por fora do assunto quanto o resto de nós.

Trenton franziu o cenho e levantou a mão para apontar o dedo para Travis.

— Ele sabe o nome de todos eles. Por acaso você sabe o nome de todo mundo que trabalha no FBI, Shep? Porque eu certamente não sei.

— O que você está tentando dizer? — Shepley perguntou.

O rosto de Trenton se contorceu de indignação, mas pelo menos ele se afastou da porta.

— Não sei. Não sei que raios está acontecendo, mas sei que *ele* faz parte disso tudo — e apontou para Travis.

Shepley e eu trocamos olhares. As coisas estavam desandando com muita rapidez.

— Eu vou com você — disse Shepley.

— Shep! — falei. — Você não vai! — Virei para Trenton. — Você recebeu ordens de não sair daqui, mas saiu para levar a Camille do mesmo jeito.

— Ela trabalha pra aliviar o estresse, Mare. Você sabe disso — ele explicou. — Ela teve um dia ruim. Eu só estava tentando...

— Precisamos fazer isso do jeito deles, Trent — argumentei. — Eles só estão tentando nos proteger. Por que dificultar o trabalho deles?

Ele mudou o peso do corpo.

— Você está parecendo a minha mãe.

— Eu sei que você quer buscar a sua mulher pra ela se sentir segura, mas precisamos nos preocupar com o que podemos fazer pra realmente ficar em segurança. Chega dessa conversa maluca. Chega de machismo ao estilo Maddox. O agente Perkins vai trazer a Cami, e você vai ter que obedecer as ordens até descobrirmos o que está acontecendo.

O agente Perkins balançou as chaves na mão, e o agente Blevins deu um passo para o lado para permitir sua passagem. A porta se fechou, e Trenton passou por nós, furioso, e subiu a escada. Shepley o seguiu.

Voltei para a sala, onde Travis e Abby estavam em pé. Quando cheguei perto a ponto de ouvir, eles pararam de sussurrar.

— Muito bom — disse Abby, dando um tapinha no meu ombro. Eu me afastei dela, e minha reação a surpreendeu. — Ah, desculpa. Eu não queria...

— O que você está me escondendo? — perguntei.

O olhar de Abby foi até Travis.

— Não olha pra ele — soltei. — Estou perguntando pra você. Minha melhor amiga. Quase cunhada.

— Mare... — ela começou.

Arqueei uma sobrancelha.

— Escolha suas palavras com cuidado, Abby. Meus filhos estão nessa casa, se escondendo de um agressor desconhecido, e, se você sabe o motivo, acho bom me contar.

— Eu... — ela começou, mas se contorceu, tocando a barriga.

— Ah, para — falei. — Nem adianta tentar.

Ela soltou a respiração e estendeu a mão para Travis. Ele a segurou na lateral.

— Sério? — perguntei. — Você vai fingir que está tendo contrações pra escapar de me contar a verdade?

— Ela está tendo contrações a semana toda — disse Travis.

Cruzei os braços.

— Mais uma coisa que você não me contou.

Ela se endireitou e olhou para o marido, sinalizando que as dores haviam parado.

— E aí? — falei.

— Mare, agora não. A Abby precisa subir e descansar. O estresse não é bom pra ela.

Revirei os olhos.

— Ah, por favor. Eu pari três Maddox gigantescos. Nunca foram menos de quarenta e sete horas de trabalho de parto, e todos tinham mais de quatro quilos. Só fui pro hospital para ter o Emerson depois que peguei o Ezra no treino de beisebol. Ela não é a primeira mulher a ter contrações.

— America! — disse Shepley atrás dela.

Cruzei os braços, sem me abalar.

— A verdade. Agora.

Trenton voltou com uma expressão de desculpas no rosto.

— Desculpa, pessoal. Eu...

Algo que parecia um jorro de água caiu no carpete, bem embaixo do roupão da Abby.

— Ai. Meu. Deus — disse ela, olhando para baixo.

No início, ficamos confusos. Travis foi o segundo a reagir.

— Foi você? — Ele levantou um pouco o roupão e olhou para ela, com os olhos arregalados. — Sua bolsa acabou de estourar?

Ela fez que sim com a cabeça.

— Ai, merda — disse ele.

— Acho que agora podemos ir — Trenton comentou sem emoção.

Dei um tapa na nuca dele.

— Ai! — ele reclamou, massageando o ponto de impacto. — O que foi que eu disse?

— Só temos dois agentes — Travis disse para Abby.

Ela respirou fundo, atentando para outra contração, dessa vez mais intensa. Por experiência, eu sabia que as contrações depois que a bolsa estoura são dez vezes piores.

— É melhor chamar alguém pra vir aqui — sugeri.

— Não — Abby gemeu. — Preciso de remédios. Eu quero remédios. Muitos e muitos remédios.

— O que devemos fazer, então? — perguntei.

— Pegue uma toalha e me coloque no sofá até vocês descobrirem — disse Abby, entredentes.

Corri para buscar uma toalha enquanto Travis a pegava no colo e a levava até o sofá.

— Merda. *Merda!* — Abby gritou. Os sons que ela fez depois disso se assemelhavam aos de um tigre se preparando para lutar por território.

Dobrei a toalha e a coloquei no sofá, observando Travis pousá-la com cuidado nas almofadas. Ele se ajoelhou diante dela.

— Se eu te levar, eles vão ficar só com o agente Blevins até chegar o reforço, e isso pode demorar.

— Temos os outros dois — disse Abby. Seu rosto ficou vermelho, e ela se concentrou, inspirando pelo nariz e expirando pela boca. Seus olhos se encheram de lágrimas. — É cedo demais, Trav.

— O que eu faço, baby? — ele perguntou.

— Temos que ir — disse ela, ao final de mais uma contração.

Ele assentiu e apontou para mim.

— America, pegue as crianças. Trenton, chame o papai. Shepley, pegue os carros. Precisamos de lugar pra todo mundo. Fala pro Blevins se preparar pra nos seguir e ficar alerta.

— Pode deixar — disse Shepley, correndo para pegar as chaves.

Corri escada acima, indo primeiro ao quarto de Travis e Abby.

— Ei — falei com uma voz suave, massageando as costas dos gêmeos. Eles se mexeram, mas continuaram apagados. — James. Jess. É a tia Mare. Preciso que vocês acordem. Vamos pro hospital. Sua mãe vai ter o bebê.

— O quê? — disse Jessica, sentando. Ela esfregou os olhos e depois cutucou James. Ele também sentou.

— Vamos, crianças. Preciso que vocês coloquem os sapatos e desçam.

— Agora? — perguntou James. — Que horas são?

— É de madrugada. Mas a mamãe vai ter o bebê, e a gente precisa ir.

— Sério? — disse Jessica, cambaleando da cama improvisada no chão. Ela estava calçando os sapatos quando fui para o quarto seguinte.

— Sério. Lá embaixo em dois minutos, por favor! — pedi, disparando pelo corredor até o quarto onde Olive estava dormindo. — Olive? — chamei, acendendo a luz. Sentei na cama de solteiro ao lado dela. — Olive, querida, preciso que você acorde.

— Está tudo bem? — ela perguntou, esfregando os olhos manchados de rímel.

— Vamos pro hospital. A Abby vai ter o bebê.

— Mas ainda não está na hora, está?

— Não. É cedo, e é por isso que ela precisa ir logo. Todos nós temos que ir juntos, então, por favor, se mexe.

Ela se levantou, cambaleando pelo quarto para se vestir, e eu corri até o quarto seguinte.

— Meninos? — chamei baixinho. Emerson sentou, esfregou os olhos e pulou em cima dos irmãos. Eles começaram a brigar. — Parem. Parem com isso. Parem! Agora! — soltei.

Eles congelaram.

— A tia Abby vai ter o bebê. Vamos pro hospital. Calcem os sapatos e vamos.

— De pijama? — perguntou Ezra.

— Sim — respondi. Procurei as sandálias de Emerson, encontrando uma embaixo do travesseiro. Eu me perguntei o motivo disso durante meio segundo antes de voltar à tarefa de vestir todas as crianças e levá-las para o andar de baixo.

Ao mesmo tempo em que Jim cambaleava para fora de seu quarto com Trenton e Deana ajudava Jack com o zíper da jaqueta, todas as seis crianças estavam no corredor, prontas para sair.

— Você é incrível — disse Abby.

— Desculpa por brigar com você mais cedo — falei.

Ela me dispensou com um aceno, avisando que eu não precisava pedir desculpa. Estávamos completando duas décadas de amizade, e nada interferiria nisso.

Travis ajudou Abby a ir até a caminhonete, e Olive sentou no banco de trás com eles. Trenton foi dirigindo, e Jim foi no banco do passageiro. Jack e Deana foram com o agente Blevins. Verifiquei se todo mundo estava com o cinto de segurança na van antes de sentar ao lado de Shepley. Os faróis do agente Blevins se acenderam, depois dois outros pares de faróis surgiram, mais distantes no quarteirão.

— Shepley — alertei.

— Acho que são os outros agentes que eles mencionaram. — Ele prendeu o cinto de segurança e seguimos a caminhonete de Travis.

A cada solavanco, a cada sinal vermelho, eu pensava em Abby.

— Por que parece que o hospital é tão longe quando temos que levar uma mulher em trabalho de parto pra lá? — Shepley rosnou.

Eu me lembrei da primeira vez em que ele me levou até o hospital, apavorado com a possibilidade de eu dar à luz no carro e desejando que eu tivesse feito o parto em casa. Mas eu não estava em trabalho de parto prematuro. Abby estava especialmente calma diante do que estava enfrentando, mas ela era famosa pela cara de paisagem. Imaginei que ela estava tentando manter a pose por causa do Travis e das crianças.

Franzi o nariz e virei para trás, irritada por não conseguir pensar direito com o som de crianças brigando ao fundo.

— Jessica Abigail, nada de bater! Ezra, pare de tentar enfiar brinquedos no nariz do seu irmão! Emerson, chega de gritar! James, chega de peidar!

O silêncio durou um minuto inteiro antes de todos eles começarem a falar novamente, como se nada tivesse acontecido. Revirei os olhos e olhei furiosa para Shepley.

— Por que você sempre faz isso? — ele comentou.

— Faço o quê? — perguntei, semicerrando os olhos.

— Me lança um olhar furioso quando as crianças estão te enlouquecendo. Como se eu tivesse te engravidado por mágica quando você estava distraída.

— É o seu DNA ali atrás. A culpa é sua.

Shepley franziu o cenho, ligou a seta e acelerou para continuar seguindo a caminhonete de Travis e evitar ficar preso no sinal vermelho. Esticou o pescoço para olhar pelo espelho retrovisor, confirmando que o agente Blevins ainda estava atrás de nós.

— Ele deve ter passado no sinal vermelho — falei. — Ele é um agente federal em serviço. Tenho certeza que não está preocupado em levar uma multa.

— Ele passou sim — disse Shepley. — Droga. Isso é importante.

— Você quer dizer assustador? — perguntei.

As crianças ficaram caladas.

— A mamãe vai ficar bem? — Jessica perguntou.

Fechei os olhos. Era fácil esquecer, quando todos estavam conversando, que eles estavam prestando atenção. As crianças podem nos ignorar o dia todo, mas, no instante em que falamos alguma coisa que não queremos que elas escutem, elas desenvolvem superpoderes. Às vezes, eu tinha certeza de que Ezra me escutava através de duas paredes, sussurrando um palavrão bem baixinho. Shepley me deu uma olhada de relance e entrelaçou os dedos aos meus. Ele tinha me dito centenas de vezes que se sentia orgulhoso de me ver educando nossos filhos, e eu também me orgulhava disso. Eles eram bagunceiros, brutos e às vezes surdos, mas eu dava conta. Shepley não achava que eu era perfeita, e eu o amava ainda mais por isso. Eu podia perder a cabeça, ameaçar, gritar e chorar, mas meus meninos não queriam perfeição. Eles queriam a minha presença.

Shepley parou no estacionamento perto da vaga das ambulâncias e soltamos o cinto de segurança das crianças, enquanto Travis carregava Abby para a emergência. Alguém deve ter ligado antes, porque uma enfermeira já estava na porta, esperando com uma cadeira de rodas.

Trenton ficou para trás, segurando a bengala de Jim numa das mãos e apoiando o braço do pai na outra. Depois que Abby se ajeitou na cadeira, acenou para os cunhados e para nós, soprando um beijo para as crianças enquanto a enfermeira a carregava para dentro. Tínhamos acabado de passar pela porta deslizante da sala de espera quando eles desapareceram atrás das portas duplas. Travis andava ao lado da cadeira de rodas de Abby, segurando a mão dela. Ele a encorajava a respirar fundo, dizendo que ela estava se saindo muito bem, que era maravilhosa e forte. Nós os seguimos até eles entrarem. Foi aí que Jessica olhou para o agente Blevins, enorme e se assomando sobre todos nós, e começou a chorar.

Trenton se ajoelhou ao lado dela.

— A mamãe está bem, meu amor. Ela já fez isso antes. Você só não lembra.

— Os bebês vão ficar bem? — James perguntou.

— Dessa vez só tem um, amigão — disse Shepley, bagunçando o cabelo do sobrinho.

— Eles ainda nem deram um nome pro bebê — Jessica chorou.

Trenton a pegou no colo e a carregou para longe das portas duplas, as pernas dela penduradas, meio desengonçadas, enquanto ele andava. Ela apoiou a cabeça no ombro do tio e ele ajeitou o cabelo embaraçado dela, beijando sua têmpora e balançando de um lado para o outro.

— Você está bem, Jim? — perguntei, encostando em seu ombro. Ele ainda parecia meio adormecido e um pouco confuso.

— Acho que eles vão nos dizer onde esperar, não é? — ele perguntou.

Fiz que sim com a cabeça.

— Vou me informar. Pode sentar, se quiser.

Ele procurou a cadeira mais próxima e escolheu uma ao lado de Trenton, que ainda estava em pé, com Jessica no colo.

— Eu vou — disse Shepley, beijando meu rosto.

Ele se aproximou da recepção, esperando a atendente terminar de falar com um casal de idosos. Quando os dois se afastaram, ele começou a conversar com ela. A atendente parecia simpática, apontando, fazendo que sim com a cabeça e sorrindo. Shepley deu uns tapinhas no balcão antes de agradecer e voltar para perto de nós.

— Eles vão levar a Abby para a ala da maternidade, no terceiro andar. Disseram pra gente ficar na sala de espera de lá.

— Então é pra lá que vamos — falei.

O agente Blevins estava em minha visão periférica, usando seu minúsculo rádio para dizer à pessoa do outro lado onde estávamos. Eu sabia que ele não podia nos dar mais informações, então não insisti. Supostamente, um departamento inteiro do FBI sabia mais do que nós sobre o perigo que estávamos correndo. Ainda que tudo isso fosse por um bom motivo, eu não conseguia deixar de ficar com raiva, mas agora precisava me concentrar em Abby.

Encontramos um elevador e nos amontoamos dentro dele — todos os onze —, inclusive o agente Blevins. O elevador afundou um pouco quando ele entrou, mas ele não me pareceu preocupado. Olive apertou o botão e as portas se fecharam. As crianças ficaram atipicamente caladas enquanto o número digital vermelho sobre as portas aumentava a cada andar. Por fim a porta se abriu e Trenton saiu, seguido pelo resto de nós.

Ele pegou imediatamente o celular, olhando para o agente Blevins.

— Já teve notícias do Perkins?

— Ele chegou ao local. No momento, está esperando a sra. Maddox entrar no carro. Tem um segurança que está dando uma pequena dor de cabeça.

Trenton sorriu.

— O Drew. É o segurança da casa. Bom garoto. Eu devia ligar pra ela. Dizer que ela pode embarcar com ele.

O agente Blevins pôs a mão no ouvido.

— Ela está no carro, senhor. O agente Perkins vai trazê-la para cá daqui a pouco.

Trenton pareceu satisfeito e guardou o celular antes de se aproximar da estação de enfermagem. Uma mulher com grandes olhos verdes e cabelos platinados na altura dos ombros nos levou até a sala de espera, apesar de a maioria de nós já saber onde era. O terceiro filho de Travis e Abby seria o sexto neto Maddox nascido em Eakins. Conhecíamos muito bem a ala da maternidade.

— Por aqui — disse a enfermeira. — Máquinas de lanches e bebidas ficam ali fora, virando a esquina. — Ela apontou para o corredor e para a esquerda. — Alguém virá dar notícias assim que souberem de alguma coisa.

— O bebê é prematuro, mas vai ficar bem, né? — perguntei.

A enfermeira sorriu.

— A nossa equipe está preparada para garantir que ele receba o melhor atendimento possível.

Virei para minha família.

— Acho que ele ouviu dizer que a Stella estava vindo e não quis esperar para conhecer a prima — falei com um sorriso artificial. Ninguém respondeu, exceto Shepley, que simplesmente me deu um tapinha na perna. Pelo bem de James e Jessica, tentei não demonstrar preocupação. Ainda faltavam sete semanas para o término da gestação de Abby e, apesar de haver a possibilidade de o parto ser tranquilo, não saberíamos o estado de saúde do bebê até ele nascer. Os adultos estavam calados, muito diferentes da animação empolgada das outras vezes em que nossa família passara um tempo naquela sala.

A enfermeira voltou com cobertas e travesseiros.

— Isso é para o caso de as crianças quererem descansar um pouco. A bolsa da Abby estourou. Eles fizeram um ultrassom e o médico avaliou o bebê. E, para evitar risco de infecção e complicações para a mãe e para o bebê, vai fazer o parto agora.

— Posso vê-la? — perguntei, tentando manter a voz calma.

Ela pensou por meio segundo e depois concordou.

— Claro.

Beijei Shepley rapidamente nos lábios e acenei para as crianças. Ele apagou a luz, e Trenton e Olive começaram a fazer camas improvisadas nos sofás. As crianças resmungaram antes de deitar.

— Mamãe! — gritou Emerson.

— Vou estar no fim do corredor — falei. — O papai vai cobrir vocês, e eu vou sentar pertinho quando voltar.

— Quando você vai voltar? — perguntou Eli, fazendo biquinho e tentando não chorar.

— Daqui a pouco. Antes de você dormir. Fica perto do seu irmão enquanto isso.

Ele virou de costas para mim, colocando o braço sobre Emerson. Shepley sentou perto de Ezra e piscou para mim antes de eu deixá-los para seguir a enfermeira até o quarto de Abby.

A sola dura do meu sapato ecoou no corredor, a cor quente das paredes cobertas de papel em contraste com o piso de cerâmica frio e branco. Imagens de mães e bebês, famílias tradicionais com sorrisos de propaganda de margarina, se enfileiravam nas paredes, vendendo o estigma de normalidade. A maioria das pessoas iria para casa com um bebê cheio de cólicas, ou com depressão pós-parto, ou com os desafios de uma família destruída. Abuso, drogas, insegurança, pobreza, medo. Mães de primeira viagem saíam daqui todos os dias e iam para casa com a imagem que vemos nas propagandas de fraldas, com uma mãe embalando o bebê adormecido num quarto imaculado. Um mês depois, essas mesmas mães estariam implorando de madrugada para o bebê dormir, atendendo à porta com vômito na blusa e decidindo entre tomar banho ou comer, limpar ou dormir. Eu me perguntei quantas famílias de quatro pessoas saíam da maternidade financeiramente estáveis e emocionalmente inteiras, porque nosso bebê estava chegando ao mundo recebido por pais loucamente apaixonados e uma família enorme e amorosa e, mesmo assim, precisava da proteção de agentes federais. O que era normal, no fim das contas?

Parei no meio do corredor, as peças finalmente se encaixando. O pai da Abby, Mick, vivia metido com a máfia de Vegas. Ela teve mais de um confronto com eles para mantê-lo vivo. Minha intuição dizia que Mick estava envolvido nessa situação, mas eu não conseguia descobrir o que Thomas tinha a ver com isso. *Por que eles iriam atrás dele?*

A enfermeira parou diante de uma porta e colocou uma das mãos na madeira e a outra na maçaneta.

— Tudo bem? — ela perguntou, parando quando percebeu que eu não estava logo atrás.

— Sim — respondi, me juntando a ela.

Assim que ela começou a abrir a porta, outra enfermeira a puxou por dentro, quase nos fazendo cair.

— Eu só estava trazendo a irmã dela para...

— Sinto muito — disse a enfermeira. — Sem visitas no momento. A UTI neonatal está em alerta. Ela vai ter o bebê agora. — Então passou apressadamente por nós, e eu espiei lá dentro enquanto a porta se fechava lentamente.

Muitas enfermeiras trabalhavam tensas ao redor de Abby, mas não consegui vê-la. Só vi Travis de relance, olhando para mim por sobre o ombro, com os olhos cheios de medo.

13

Taylor

*No instante em que as rodas da aeronave encostaram na pista do Ae-*roporto O'Hare, em Chicago, tirei o celular do modo avião e observei as mensagens encherem a tela. Antes de decolarmos, meu pai dissera que todo mundo estava no hospital com Travis e Abby. De acordo com as notícias, o bebê ainda não tinha nascido, mas estava quase lá.

Rolei a tela pelas mensagens parciais antes de parar em uma delas e abrir. Era do Shepley, direcionada a mim, Falyn, Tyler e Ellie.

> Um agente federal vai estar aguardando no setor de bagagens para trazer vocês para o hospital. Ele dirige uma van placa 978 GOV. NÃO aceitem carona de mais ninguém nem peguem um táxi. Explico mais tarde.

Franzi o cenho e olhei para meu irmão, mostrando o celular. Ele estava algumas fileiras atrás, mas assentiu, sabendo do que eu estava falando. Inclinei o celular para mostrar a Falyn, sentada com Hadley do outro lado do corredor. Ela se aproximou, apertando os olhos. Ela precisava de óculos havia pelo menos dois anos, mas se recusava a usar.

— Dá pra ver? — perguntei.

— Claro que dá — ela retrucou, confundindo minha necessidade de informá-la com uma alfinetada.

— Baby... — comecei, mas ela já estava olhando pela janela, abraçada a Hadley.

Eu me recostei, apoiando a cabeça na poltrona.

— Ela só está cansada — disse Hollis, ao meu lado.

Dei um tapinha no joelho dele sem fazer contato visual. Todos nós estávamos cansados. Mas me entristecia ouvir Hollis tentando inventar justificativas para termos deixado de escutar um ao outro. Em algum lugar do caminho, começamos a ouvir insultos em vez de perguntas. Suspirei. Eu não sabia como consertar isso.

O aviso de cinto de segurança se apagou, e um sinal soou pelo sistema de alto-falantes. Hollis deu um pulo, abriu o compartimento de bagagens e pegou a mala de mão de Hadley, depois a de Falyn e a minha. Ele me deixava cada dia mais orgulhoso. Mudar para Colorado Springs o tinha transformado num rapazinho, tentando cuidar de todo mundo.

Eu o abracei, beijei o topo de sua cabeça e fiz um sinal para sua irmã.

— Acabei de receber uma mensagem do tio Shep. A tia Abby vai ter o bebê, por isso eles mandaram um motorista. Não saiam correndo pelo aeroporto. Vocês dois, não saiam de vista.

Eles assentiram.

— Estou falando sério — continuei. — É muito importante. Vocês não podem nem ir ao banheiro sozinhos.

— O que está acontecendo, papai? — Hollis perguntou. — Tem a ver com o tio Tommy?

— Tem, mas ainda não sabemos o que é.

Eles concordaram mais uma vez, trocando olhares.

Caminhamos numa fila lenta pelo corredor e saímos da aeronave, nos juntando à família de Tyler quando entramos no terminal. Dava para perceber que meu irmão estava tenso, olhando ao redor com as malas da família nas costas, sobre o ombro e sendo puxadas. Ellie segurava o filho adormecido, mantendo a cabeça dele firme no ombro.

— O que você acha que está acontecendo? — ele me perguntou, com a voz baixa.

Balancei a cabeça.

— Não sei. Parece que o Tommy não era o único alvo.

— Tipo... eles estão atrás da nossa família? Por quê?

Dei de ombros.

— Um milhão de motivos possíveis.

Tyler franziu o cenho.

— Você tem uma imaginação melhor que a minha. Não consigo pensar em nenhum.

— O papai era investigador. O pai da Abby é um jogador viciado. Lembra quando o Trex veio interrogar a gente sobre o Travis e o incêndio? Todo mundo tem um inimigo. Talvez o Travis ou a Abby tenha feito um inimigo errado sem saber. Ela não foi criada no meio de mafiosos em Vegas?

Tyler não respondeu, mas dava para perceber que seus pensamentos estavam a mil.

— A Abby foi criada no meio de mafiosos? — Ellie perguntou.

— Mais ou menos — Falyn respondeu. — Eles não falam muito no assunto. Ela nasceu em Vegas. O pai dela era um jogador de pôquer meio famoso. Aí ele começou a perder, mas não parou de jogar. Ele perdeu tudo e se afundou feio com uns agiotas. A Abby teve que ir pra Las Vegas, um pouco antes de ela e o Travis casarem, pra salvar a pele dele. Os caras iam matá-lo.

— Uau — disse Ellie. — Mas ela é muito boa no pôquer, né? Ela foi lá para ganhar o dinheiro?

Falyn fez que sim com a cabeça.

— E ganhou a maior parte.

— Como eles conseguiram o resto? — indagou Ellie.

Falyn fez uma careta, se perdendo no raciocínio.

— Não tenho certeza. Você sabe? — me perguntou.

Balancei a cabeça.

— Eles nunca contaram.

— Vocês nunca perguntaram? — Ellie quis saber.

Tyler balançou a cabeça.

— Se eles quisessem que a gente soubesse, teriam contado.

Chegamos ao setor de bagagens e olhamos para os monitores.

— Esteira treze — disse Falyn, arrastando Hadley pela mão.

— Espera um pouco — Tyler pediu, tentando pegar as malas de rodinhas.

— Eu posso ajudar — disse uma mulher sorridente. Ela estava usando calça social preta, camisa social e blazer preto, os óculos escuros pendurados no botão aberto da blusa. Mostrou o distintivo, preso dentro do blazer, e depois o guardou.

Meu estômago ficou enjoado e olhei para Falyn, que observava os olhos de Alyssa Davies se suavizarem ao encarar Hollis.

— Que menino bonito — disse Alyssa. — Eu vou levar vocês até o hospital de Eakins.

Tyler e Ellie não se abalaram, mas Falyn olhou para mim, confusa e com raiva. Alyssa era a mulher que eu tinha conhecido no bar e levado para a cama durante a semana em que Falyn e eu terminamos. Falyn precisava de um tempo, então fui para a Califórnia visitar meu irmão Thomas, que morava em San Diego. Ele me levou a um bar para afogar as mágoas e eu conheci Alyssa, colega de trabalho dele. Algumas semanas depois, ela me informou que estava grávida e me deu a oportunidade de assumir a guarda total antes de optar pelo aborto. Ela levou a gravidez até o fim, e Falyn e eu esperamos no corredor de um hospital em San Diego enquanto ela dava à luz. As enfermeiras me entregaram meu filho, e Alyssa retomou sua vida sem olhar para trás.

— Peraí, peraí — falei, levantando as mãos. — Você é do *FBI*?

— Sou — respondeu Alyssa. — Sei que isso é meio constrangedor...

— *Meio* constrangedor? — repetiu Falyn.

— Mas você trabalha com publicidade. Com o Thomas — falei, desnorteado.

Ela suspirou.

— Vocês são a minha missão do dia. Sou tudo o que vocês têm. E quer saber? Eu sou a melhor pessoa para essa missão, já que tenho um pouco mais de interesse que qualquer outro agente em levar vocês do ponto A ao ponto B inteiros... Além de ser foda no que eu faço.

Hollis sorriu. Falyn o puxou para si com a mão livre, segurando Hadley com a outra mão. Alyssa — ou agente Davies — representava uma ameaça maior à nossa família do que nosso casamento fracassado.

— Podemos ver suas credenciais de novo? — Falyn pediu.

Alyssa puxou o distintivo até soltar do bolso e o entregou a Falyn.

— Pode olhar à vontade, mas, por favor, seja rápida. Não devemos ficar muito tempo no mesmo lugar.

Falyn analisou a identificação, depois a entregou a mim, olhando furiosa para Alyssa.

— Você realmente trabalha com o Thomas?

— Sim — ela respondeu simplesmente.

— Quer dizer que você também trabalha com propaganda? — perguntei, entregando o distintivo ao Tyler.

— Não, o Thomas trabalha no FBI — disse Ellie, percebendo a verdade enquanto dizia as palavras. — E você... — Ela deixou a voz sumir, olhando para Falyn com os olhos cheios de empatia.

Tudo se encaixou e, num piscar de olhos, todas as mentiras que Thomas havia contado fervilharam em meu sangue.

Tyler ofereceu a identificação a Ellie, mas ela recusou.

— É melhor a gente ir. Isso é constrangedor pra caralho — disse ele.

Seguimos uma Alyssa diligente até uma van preta com janelas escuras. Tyler entrou atrás com Ellie. Já havia uma cadeirinha preparada para Gavin. Enquanto eles trabalhavam para prender o cinto do filho adormecido, Alyssa travou o seu próprio e verificou todos os espelhos, enviando uma mensagem de rádio para alguém, avisando que estávamos todos ali e a caminho.

— Falyn — chamei, estendendo a mão para a dela. Ela a puxou, e eu trinquei os dentes. — Como é que isso aqui pode ser culpa minha?

— Cala a boca — ela sibilou. Da testa até o pescoço, manchas vermelhas começaram a se formar. Seus olhos lacrimejaram, como sempre faziam quando ela estava constrangida.

Alyssa não estava prestando atenção na nossa briguinha, mas olhou para Hollis pelo retrovisor mais de uma vez. Eu estava só esperando que Falyn dissesse alguma coisa, mas, quando os olhos das duas se encontraram, ela bancou a superior.

Para minha surpresa, Hollis apoiou a cabeça no ombro de Falyn. Ela colocou o braço ao redor dele, e ambos pareceram relaxar. Falyn passou os dedos no cabelo dele, cantarolando baixinho a mesma música que cantou para ele na noite em que o levamos para casa. Alyssa observava com olhos curiosos, sem julgamento nem ciúme, como se estivesse observando os carros que passavam.

Hollis não fazia ideia de como tinha facilitado a minha vida e deixado a mãe mais tranquila. Falyn se inclinou para beijar a testa dele e depois olhou pela janela, ainda cantarolando.

Apoiei o braço no topo do assento, virando para olhar para meu irmão. Tyler e Ellie estavam me encarando, e Gavin ainda dormia, com a cabeça apoiada na lateral da cadeirinha e a boca aberta. Ela me deu um sorriso encorajador. Tínhamos passado longas noites conversando, depois que Falyn foi embora. Minha cunhada tinha feito terapia suficiente por todos nós, e eu me beneficiei disso. Mais de uma vez eu disse a ela que seus conselhos e sua amizade me mantinham seguindo em frente.

Ellie estendeu a mão e a colocou em meu cotovelo, e fiz um sinal de positivo com a cabeça para ela, agradecendo. Era bom saber que ela entendia a situação tensa que Falyn e eu estávamos enfrentando, e que ela estava ali, ao meu lado.

Encostei o dedo delicadamente em Falyn, e ela ficou tensa no mesmo instante. Ela não virou para mim, e eu aceitei que ela não falaria comigo enquanto Alyssa estivesse no carro.

— Te amo — falei, passando o polegar ao longo da pele entre seu ombro e o pescoço. Ela não me afastou, e essa foi a primeira surpresa, depois virou para mim e sorriu. Achei que devia falar de novo, na esperança de obter uma reação melhor. — Não importa o que aconteça. Eu te amo.

Uma lágrima se formou em seus olhos e escorreu pelo rosto sardento. Usei o polegar para secá-la, e ela deitou o rosto em minha mão. Meu coração explodiu no peito.

— *Obrigada* — ela disse sem som.

Então era isso. Falyn só precisava que Alyssa soubesse em que ponto as coisas estavam. Ela precisava de ações, não de palavras. Agora eu entendia por que ela tinha recusado uma tentativa silenciosa de segurar sua mão. Ela precisava de uma demonstração. Mulheres são exaustivas. Ellie tinha tentado me explicar a lógica de ir embora e se manter longe. Para mim, fazia mais sentido consertar as coisas juntos, mas Ellie tinha me garantido que era melhor tentar obter insights sobre os motivos de Falyn do que deixar minha frustração levar à raiva. As razões de Falyn eram sempre muito mais profundas do que eu imaginava, e às vezes mais profundas do que ela admitia. Coisas como precisar de controle ou ir embora antes de ser abandonada. Vergonha. Culpa. Ou ainda pior — apatia. Todos os meus irmãos pareciam entender a esposa melhor do que eu, mas Falyn me deixava no escuro a maior parte do tempo.

Eu estava desesperado para entendê-la e para que ela me entendesse. Bem quando eu estava perdendo a fé, tínhamos um momento importante, e eu sentia uma pontinha de esperança. Pela expressão em seus olhos, dava para ver que ela também se sentia assim. Era muito mais do que ela ser má e eu ser burro. Éramos duas pessoas que tinham levado suas bagagens para o relacionamento e tentavam arrumar as próprias merdas para reencontrar o amor que as unira desde o início.

Deslizei a mão em sua nuca e comecei a massagear seu pescoço com o polegar e o indicador. Eu costumava fazer isso quando ficávamos sentados no sofá, vendo um filme, depois que as crianças iam dormir. Havia muito tempo que eu não podia fazer isso, e seus músculos tensos se derreteram sob o meu toque.

Alyssa levou a mão ao rádio.

— Possível suspeito à direita, seis atrás. — Não consegui ouvir a resposta, mas ela não pareceu preocupada.

— Alguém está seguindo a gente? — Hollis perguntou.

Alyssa sorriu.

— É possível, espertinho.

— É o mesmo cara que atirou no tio Tommy?

— Não — ela respondeu.

— Como você sabe?

— Porque ele está na cadeia.

— Como você sabe? — ele perguntou de novo.

— Hols — disse Falyn, encostando nele.

— Porque fui eu que o coloquei lá — respondeu Alyssa.

— Sério? — disse Hollis, se inclinando para a frente. — Quantas pessoas você já prendeu?

— Muitas.

— Em quantas pessoas você já atirou?

Franzi o cenho.

— Para com isso, camarada.

Ele esperou Alyssa responder.

— Só nas que eu tive que atirar — disse ela.

Hollis se recostou, impressionado. Hesitou antes de fazer a próxima pergunta.

— O tio Tommy já atirou em alguém?

— Pergunta pra ele — disse Alyssa. Hollis ficou satisfeito, mas ela não. — Gostei do seu nome.

— Obrigado.

— E do meu? — perguntou Hadley.

— Do seu também — ela respondeu.

— A gente devia deixar a Alyssa se concentrar na direção — Falyn sugeriu.

Alyssa nem piscou.

— Eu consigo fazer as duas coisas.

Os músculos no pescoço de Falyn começaram a ficar tensos, e procurei uma placa que dissesse quantos quilômetros faltavam até Eakins.

— Se você acha que tem alguém nos seguindo, talvez não devesse — disse Falyn.

No instante em que as palavras saíram de sua boca, ela se arrependeu. Hollis olhou para ela, surpreso com a grosseria. Falyn e eu tivemos muitas conversas tarde da noite sobre o que faríamos se Alyssa quisesse fazer parte da vida de Hollis ou se ele começasse a fazer perguntas. Ele sabia que Falyn não era sua mãe biológica, mas não sabia mais nada, e certamente não fazia ideia de que a mulher descolada e armada no banco do motorista era o enigma que sem dúvida ele carregara a vida toda. Falyn não queria realmente impedir que os dois conversassem, mas eu sabia que era difícil para ela.

— Quer dizer... — disse Falyn, pigarreando. — Desculpa. Eu não preciso te dizer como fazer o seu trabalho. Você sabe do que é capaz melhor do que eu.

— Tudo bem — comentou Alyssa, sem se abalar.

O pedido de desculpas de Falyn conquistou muitos pontos com Hollis, e ele se aninhou nela outra vez.

Alyssa saiu da rodovia e eu me empertiguei, tentando ver onde estávamos. Definitivamente não era em Eakins. Ela dirigiu uns cinco quilômetros, entrou numa estrada, depois em outra após mais uns cinco quilômetros, e estacionou numa área de terra. Desligou o motor e jogou as chaves para mim.

— Fiquem aqui — disse ela.

— O que estamos fazendo? — Tyler perguntou. — Aqui não é Eakins.

Um Corolla vermelho parou atrás de nós, e Alyssa tirou a arma do coldre.

— Hadley. Hollis. Fechem os olhos e cubram os ouvidos.

— O que está acontecendo? — Hadley choramingou.

— Obedeçam.

Ela saiu do carro e foi até a estrada.

— Que raios...? — disse Ellie. — Estou incomodada com isso e...

Uma série de tiros se sucedeu, e eu me joguei em cima de minha família. Tyler fez o mesmo. Depois de outra série de tiros, os únicos sons que ouvimos eram os das cigarras nas árvores e os dos grilos na grama que cercava a van.

A porta do lado do motorista se abriu e Alyssa sentou novamente. Estendeu a mão para mim, e lhe devolvi as chaves.

— Um pequeno alerta teria sido simpático — comentei.

— Você... você atirou nas pessoas que estavam seguindo a gente? — Hollis perguntou.

— Bem — disse Alyssa, dando partida na van —, pra ser sincera... eles atiraram em mim primeiro. — Hollis engoliu em seco, e ela deu ré e pegou a estrada novamente. Em seguida tocou no pequeno aparelho preto em seu ouvido. — Limpeza na pista cinco. — Esperou a confirmação. — Fiquei cansada de esperar vocês. Sim. Agora temos três Carlisi a menos. Cinco quilômetros a oeste e cinco quilômetros ao norte. — Ela sorriu. — Obrigada.

Fiquei preocupado que, quando passássemos pelo Corolla, as crianças vissem uma cena pavorosa, por isso cobri seus olhos, mas cada uma das vítimas no carro estava com a própria camisa ou com um jornal cobrindo a cabeça. Assim que nos afastamos, tirei as mãos dos olhos das crianças, dei um tapinha no ombro de Hollis e beijei o topo da cabeça de Hadley.

— Quem são esses Carlisi? — perguntou Tyler.

— Vocês vão ter respostas assim que chegarmos ao seu destino, eu prometo — respondeu Alyssa.

— Isso realmente acabou de acontecer? — indagou Falyn, respirando com dificuldade e se agarrando à porta. — Que raios está rolando?

Balancei a cabeça, incapaz de responder. Eu não sabia se devia surtar porque nossa motorista era a trepada de uma noite só que me dera a guarda total do meu filho — e agora eu entendia por que ela fizera isso, considerando que era uma assassina treinada — ou porque a mulher que eu tinha passado uma noite inteira comendo enquanto ela gritava feito um poodle tinha acabado de matar três pessoas sem pestanejar.

— Ainda bem que o Gavin dorme como eu, e não como você — Ellie disse para o marido.

Alyssa conduziu a van até o acesso e voltamos para a rodovia principal, ganhando velocidade em direção a Eakins. Ela estava dirigindo mais rápido agora do que em todo o caminho até ali, e eu observava os passageiros de cada carro que ultrapassávamos. Eles não faziam nem ideia de que tínhamos acabado de nos envolver numa execução a poucos quilômetros dali, nem que nossa motorista era a responsável por isso. Eu me sentia cada vez mais inquieto quanto mais nos aproximávamos de Eakins.

— Qual é o seu total agora? — Hollis perguntou.

— Hollis! — Falyn deu um gritinho agudo.

— Não responda, Alyssa — pedi. Falyn inclinou o pescoço na minha direção. Era a primeira vez em anos que eu dizia o nome de Alyssa, e obviamente minha mulher não gostou. — Agente Davies — corrigi e engoli em seco.

Alyssa deu uma risadinha.

— Qual é a graça? — perguntei.

— Você está muito diferente de como eu lembrava.

— É, ele está sóbrio... e vestido — Falyn retrucou.

— Ai, meu Deus — disse Tyler. — Ela é... — Felizmente ele deixou a frase morrer, sem querer jogar essa bomba em Hollis.

— Puta que pariu — Ellie exclamou baixinho.

Afundei de novo no assento, revivendo o momento em que eu tinha contado tudo para Falyn. Era muito pior o fato de ela não ter me culpado, já que tinha sido ela quem pedira um tempo. Apesar de Falyn nunca ter me repreendido, Ellie não perdia uma oportunidade — para me lembrar não apenas da merda que era o fato de eu ter transado com outra dias depois de a minha namorada pedir um tempo, mas também como era ridículo e totalmente descabido que Falyn culpasse a si mesma.

De qualquer maneira, ninguém podia chamar de erro, porque o resultado tinha sido Hollis, e nenhum de nós podia pensar em como seria a vida sem ele.

Flagrei Alyssa dando mais uma olhada furtiva para ele pelo retrovisor.

— Alguma novidade sobre o Tommy? — perguntei.

— Não — ela respondeu, mas dava para perceber que estava escondendo alguma coisa.

— Nenhuma? — Ellie indagou, desconfiada.

— Nenhuma que eu possa contar.

— Isso é uma confusão do cacete — disse Tyler.

— Mas é assim que tem que ser. — Alyssa deu de ombros, indiferente.

Ficamos sentados em silêncio pelo resto do caminho até Eakins, mas uma nova energia tomou a van quando paramos no estacionamento do hospital. Tyler soltou o cinto de Gavin, que finalmente tinha acordado, e Falyn se atrapalhou para abrir a porta. Encontrei minha mulher e as crianças na parte de trás da van, ansioso para pegar as malas e ver nossa família.

Depois que todos desceram e pegaram suas mochilas, sacolas e malas de rodinhas, corremos até a entrada do hospital e fomos direto para o elevador. Fui o último a entrar, mas Alyssa entrou atrás de mim.

Falyn não ficou feliz.

— Preciso acompanhar vocês até lá em cima — explicou Alyssa. — Depois vocês estarão livres de mim.

Falyn piscou.

— Obrigada. Por nos trazer até aqui em segurança.

Alyssa pareceu verdadeiramente comovida. Ela olhou para Hollis e bagunçou o cabelo dele.

— Foi um prazer.

As portas do elevador se abriram, revelando nossa família em pé do outro lado.

14

Tyler

— Vocês chegaram — disse meu pai, me puxando para um abraço. Ele tinha pegado a bengala, e eu estava tão feliz em vê-lo que soltei as três malas de rodinhas que passara o dia todo arrastando enquanto jogava os braços ao redor dele. Meu pai também puxou Taylor, tremendo de felicidade em nos ver.

Depois que ele finalmente nos soltou, nos revezamos abraçando Jack e Deana, Trenton, Shepley e America, e todos eles abraçaram as crianças.

— Onde estão os meninos e os gêmeos? — Falyn perguntou.

— Todos dormindo — respondeu America — na sala de espera com o agente Blevins. Fizemos camas improvisadas nos sofás e no chão, depois apagamos as luzes. Foi um dia longo.

Meu pai fez um gesto para o seguirmos, num padrão de dar um passinho, mancar e usar a bengala para se apoiar, depois a levantando e começando tudo de novo.

— Por aqui. Um alerta: o agente Blevins é gigantesco.

— Maior que o tio Travis? — Hadley perguntou.

Meu pai a abraçou na lateral.

— Maior do que qualquer pessoa que eu já vi.

Os olhos dela se arregalaram, e meu pai deu uma risadinha.

— Como a Abby está? — eu quis saber.

— Quase lá — respondeu America. Ela sorriu, mas percebi um brilho de preocupação em seus olhos.

— Ela está adiantada, né? — Ellie perguntou.

America fez que sim com a cabeça.

— Sete semanas adiantada. Mas eles decidiram não interromper o trabalho de parto.

Eu não sabia se isso era bom ou ruim, mas Ellie e Falyn não ficaram felizes com a resposta de America.

Eu sabia qual era a sala de espera porque um gigante de pele escura estava parado ao lado da porta. Suas mãos estavam cruzadas na cintura. Ele parecia mais do serviço secreto que do FBI. Ele falou, com uma voz anormalmente profunda:

— A enfermeira está a caminho com mais cobertas e travesseiros.

— O-obrigada — disse Hadley, esticando o pescoço para olhar para cima.

O agente Blevins piscou para ela.

Ellie e Falyn levaram as crianças até a penumbra da sala de espera, seguidas por uma enfermeira com cabelo loiro curto e um sorriso de comercial de pasta de dentes. Ela segurava uma pilha de cobertas e travesseiros, e agradeceu ao agente Blevins enquanto ele segurava a porta para ela.

— Cadê a Cami? — Taylor perguntou.

Trenton olhou para o relógio e depois para o agente Blevins.

— Cinco minutos — disse o gigante, cumprimentando a agente Davies com um aceno de cabeça. Fiquei feliz por ele ser designado para ficar com as crianças. A família Maddox estava quase toda reunida e, apesar de sermos uma força e tanto, o agente Blevins era um exército por si só. — Ouvi falar que você fez uma parada.

— Fiz — respondeu a agente Davies.

Eu não conseguia parar de olhar para ela. Não porque ela fosse bonita — apesar de ser —, mas porque Hollis se parecia muito com ela. Eu estava curioso, querendo saber como ela conseguira carregá-lo na barriga durante tanto tempo e depois simplesmente se afastar. Então pensei em como foi altruísta da parte dela fazer essa oferta a Taylor. A maioria dos caras não tinha essa escolha. Ela poderia ter simplesmente abortado, e ele nunca saberia. Nenhum de nós podia imaginar um mundo sem

Hollis Maddox. Ele era muito esperto, bonito e encantador. Saber que sua mãe biológica era uma agente federal letal fazia sentido.

Falyn e Ellie saíram sorrateiramente da sala de espera, e meus pensamentos foram interrompidos. Puxei minha mulher para o meu lado e beijei sua têmpora.

— O Gavin voltou a dormir?

— Eu sei — disse ela. — Também não consigo acreditar. Ele deve estar em fase de crescimento.

— Se ele crescer um pouco mais, logo vai estar na NBA — disse meu pai.

Meu peito se estufou. Não consegui evitar. Gavin era uma criança grande, lembrava Travis na idade dele. Se o ritmo de crescimento do meu filho não diminuísse, em pouco tempo o agente Blevins precisaria levantar a cabeça para olhar para ele. Abracei Ellie com mais força.

— E a Ellie o carregou no colo o dia todo. Estou surpreso de seus braços não terem caído.

— Estou acostumada — disse ela.

E estava mesmo. Muito antes de Gavin nascer, Ellie seguia a minha equipe de bombeiros de elite até as montanhas para documentar a temporada de incêndios para a revista local, *Opinião das Montanhas*. Quase no início da segunda temporada, ela já carregava equipamentos ao longo de quilômetros no meio da mata e os colocava no helicóptero, como o restante de nós. Ela havia trabalhado arduamente para recuperar a própria vida e fizera questão de aproveitar a segunda chance que recebera do chefe da Equipe Alpina de Bombeiros de Elite para nos acompanhar com sua câmera fotográfica. Rolaram alguns contratempos, mas ficamos noivos bem rápido, depois que ela voltou da clínica de reabilitação, e nos casamos logo em seguida. A gente se casar, morar e trabalhar juntos era coisa demais para ela processar em um ano, mas eu estava feliz por não termos desistido. Não tinha sido perfeito, mas eu não trocaria um minuto ruim com a minha mulher por muitos momentos bons com qualquer outra pessoa.

Ela levou muito tempo para acreditar que estava preparada ou que merecia ser mãe, mas, depois que Gavin chegou, ela demonstrou um talento natural. Começou a ficar em casa o dia todo quando ele nasceu, fazendo o papel de pai e mãe quando eu viajava a trabalho.

— Mal posso esperar para amanhecer — disse meu pai. — O filho do Travis e da Abby vai estar aqui, a Liis vai estar aqui com a Stella e todos os meus netos vão estar juntos pela primeira vez em muito tempo.

— Tem certeza que é um menino? — perguntei.

— Foi o que a Abby disse — respondeu meu pai, dando de ombros. — Aposto que ela está certa.

— Eu não apostaria contra a Abby — disse Trenton, olhando de novo para o relógio, depois para o agente Blevins. — Já se passaram cinco minutos, chefe.

A porta do elevador se abriu e Camille apareceu com alguém que imaginei ser outro agente. Trenton correu até ela, pegou-a pela cintura e tirou os pés dela do chão, plantando um beijo em sua boca; depois eles se juntaram a nós no corredor.

— Aqui, pai — disse Camille, orientando-o a sentar num dos bancos alinhados na parede. Os bancos não tinham encosto nem apoio para os braços, eram apenas assentos compridos, forrados de couro sintético verde, sobre pernas prateadas.

Meu pai sentou, a barriga cobrindo metade das coxas. Ele usava uma jaqueta por cima da camisa do pijama, calça social e mocassins de camurça. Parecia cansado, mas feliz.

Assim que todos encontramos um assento, um médico apareceu e parou quando viu quantos éramos. Mesmo com as crianças e os pais de Shepley dormindo na sala de espera, éramos um grupo de bom tamanho.

Ele era careca, tinha cavanhaque branco e estava em forma para a idade. Os óculos redondos o faziam parecer mais hippie e menos médico, e eu gostei disso.

— Bom dia. O bebê e a mãe estão bem. Vamos transferir o bebê para a UTI neonatal daqui a pouco para mantê-lo em observação, mas é uma criança forte. A dra. Finn, a pediatra, acredita que ele não vai precisar de nada além de um pouco de oxigênio, mas está de olho nele. As enfermeiras vão passar com ele pelo corredor em breve. Vocês vão poder vê-lo de relance.

— Vocês vão tirar o bebê da Abby? — America perguntou.

O médico sorriu, paciente com as perguntas.

— Todos os bebês com menos de trinta e cinco semanas vão para a UTI neonatal. Os pais podem visitá-lo assim que o avaliarmos e o conectarmos aos equipamentos necessários.

— Com quantos quilos ele nasceu? — Falyn quis saber.

— Acho que disseram dois quilos e quatrocentos gramas — respondeu o médico, sorrindo quando todos se surpreenderam. — Um bom tamanho, levando em conta o parto prematuro.

— Obrigado — disse meu pai.

O médico fez um sinal de positivo com a cabeça, provavelmente apressado para ir embora e dormir um pouco antes do que certamente seria um dia cheio de consultas pré-natais. Um grupo de enfermeiras e uma médica passaram por nós com uma incubadora, parando quando nos viram no corredor. America se levantou primeiro, num salto, seguida por Shepley, depois pelo restante de nós. Camille e Trenton ficaram para trás, ajudando Jim a se levantar e caminhando com ele pelo corredor.

Soltamos muitos "ohhhs" e "ahhhs", admirando o mais novo membro da família.

— Ele é a cara do Travis! — disse America, seus olhos se enchendo de lágrimas.

— Não sei — disse meu pai. — Estou vendo aquele queixo teimoso se destacando.

— Tem razão — disse America. — Definitivamente é o queixo da Abby.

— Fica firme aí, carinha — disse Trenton, abraçando a mulher.

Eu me perguntei como era, para Trenton e Camille, nos ver, um a um, tendo o primeiro, o segundo e até o terceiro filho, e eles ainda sem nenhum. Eu sabia que eles estavam felizes por Travis e Abby — dava para ver no rosto deles —, mas também percebi um anseio, uma dor que persistiria até eles terem um filho.

As enfermeiras o empurraram pelo corredor, e todos, exceto America, voltaram para os assentos desconfortáveis. Sorri quando vi Travis dar um tapinha no ombro de America, e ela jogar os braços ao redor dele e chorar lágrimas de alegria. Eles conversaram por um instante, depois ele a acompanhou até onde estávamos sentados.

Eu me levantei, apertando a mão dele antes de abraçá-lo.

— Parabéns. É um lindo menino.

— É mesmo — disse Travis, parecendo ao mesmo tempo cansado e cheio de energia, feliz e preocupado.

— Como ele vai se chamar? — perguntou meu pai.

Travis entrelaçou as mãos, já orgulhoso do nome.

— Carter Travis Maddox.

Todos se surpreenderam e depois riram de alegria.

— Isso não vai ser nem um pouco confuso! — disse Trenton. Meu pai deu um tapa na nuca dele. — Ai! — Ele massageou o local. — O que foi que eu disse?

— James, Ezra, Hollis, Eli, Emerson, Gavin e Carter Maddox — disse America. — Estou com pena da Jess, da Hadley e da Stella.

— Dez — disse meu pai, empertigando-se um pouco. — Tenho dez netos agora.

— Por enquanto — disse Trenton. — Vamos aumentar esse número em breve.

Camille deu um sorriso forçado. Não identifiquei se ela estava cansada ou tinha perdido a esperança.

— Vou voltar pra lá — disse Travis.

— Posso ir com você? — perguntou America. Ele fez que sim; ela deu um pulo para se levantar, beijou o marido para se despedir e os dois se afastaram.

Voltamos aos assentos pela quarta ou quinta vez no curto período em que estávamos ali. Todos ficaram em silêncio no início, se acomodando, exaustos e felizes de estarmos juntos. Eu ainda percebia o choque nos olhos de Ellie, Falyn e Taylor, que eu também sentira. Estivemos a poucos passos de três assassinatos, e ainda não sabíamos como processar isso. Eu nem sabia se devíamos tocar no assunto.

Meu pai finalmente falou:

— Devíamos tentar dormir um pouco. A Liis vai chegar de manhã.

15

Trenton

— *Você sabia, pai? Sobre o Thomas? — Tyler perguntou.*

— Que parte? — ele respondeu.

— Que ele é do FBI.

Eu ri, mas parecia ser o único que entendeu a piada. Balancei a cabeça.

— De jeito nenhum. O Tommy é agente do FBI? — Olhei ao redor, meu olhar pairando em minha mulher. Seu rosto ficou vermelho. — Você sabia? — perguntei, magoado.

— Baby — disse Camille, estendendo a mão para mim. Recuei. Poucas horas antes, eu estava preparado para socar alguém se não me deixassem buscá-la no trabalho. Agora, eu não sabia se conseguia olhar para ela.

— Pai? — falei. — Você também sabia?

Ele ficou em silêncio durante muito tempo e depois fez que sim com a cabeça.

— Sabia. Desde o início.

Tyler franziu o cenho.

— Como?

Meu pai deu de ombros.

— Eu fui captando algumas coisas, detalhes. Eu presto atenção, sabia?

— O que mais você sabe? — perguntou Taylor.

Meu pai sorriu e pressionou os lábios.

— Eu sei de tudo, filho. Vocês são meus garotos. É meu dever saber.

— Do que vocês estão falando? — indaguei.

— Nós, hum... — Taylor começou. — Nós não vendemos seguros.

Ellie pegou a mão de Tyler antes de ele falar:

— Somos bombeiros.

— Fala sério — exclamei, chocado. — Eu sou o único que não mentiu sobre a própria carreira?

— Bom... — disse Ellie. — Se o Thomas não trabalha com publicidade, o Travis também não assumiu o lugar dele.

Todos se entreolharam, em busca de respostas.

Ellie ergueu as sobrancelhas.

— Ou talvez tenha assumido, mas não como executivo de propaganda.

— De jeito nenhum — falei. — O Travis, agente federal? — Olhei para Camille, que parecia sem graça. — Você tá brincando comigo, porra? — Eu me levantei.

As sobrancelhas do meu pai se uniram.

— Trenton. Olha a boca.

— Você sabia esse tempo todo sobre os meus irmãos? E escondeu de mim? Que porra é essa, Cami?

Ela também se levantou, estendendo as mãos.

— O segredo não era meu; eu não podia contar.

— Não vem com essa — falei, apontando para o chão. — Eu sou seu marido. Você não esconde segredos de mim... sobre os meus irmãos. Já aconteceu uma vez, e eu te perdoei, mas, Cami... — Eu me afastei, com as mãos na cabeça.

— Trent — disse ela, com surpresa e mágoa na voz.

Quando voltei para onde ela estava, percebi que todo mundo evitava olhar para a gente. Eu já tinha visto meus irmãos discutindo com as esposas, e sempre era constrangedor pra caralho, mas não tínhamos opção além de ficar ali e resolver isso. Eu não podia gritar com Thomas, porque ele estava lutando pela própria vida do outro lado do país. Não podia gritar com Travis, porque ele estava com a mulher recém-parida. Virei para Camille, mas simplesmente balancei a cabeça. Seus olhos se encheram de lágrimas, e eu desviei o olhar.

Apontei para os gêmeos e coloquei as mãos na cintura. Eu respirava com dificuldade, como se tivesse corrido um quilômetro em uma ladeira íngreme.

— E se alguma coisa acontecesse com vocês? Era assim que vocês iam me deixar descobrir? Como eu descobri com o Tommy?

— A gente estava escondendo do papai — disse Tyler. Sua voz estava baixa e calma, como se ele estivesse convencendo alguém a sair da borda de um penhasco. Isso só me deixou com mais raiva, como se eles achassem minha reação exagerada.

— Por quê? — gritei.

— Você não lembra, Trenton — Taylor comentou. — Ele prometeu pra mamãe que ia nos proteger. Ela não queria que ele trabalhasse na polícia, não queria que nenhum de nós seguisse os passos dele. Tenho certeza que o Thomas mentiu pelo mesmo motivo que nós. Amamos nosso trabalho, mas não queríamos magoar o papai.

— Então vamos simplesmente mentir uns para os outros? É assim que essa família funciona agora? — falei, irritado.

— Eu sabia — disse meu pai. — Eu sabia e não te contei porque os meninos estavam escondendo da gente por um motivo. Não porque eu os amasse mais, filho. Só que não era o meu papel.

Balancei a cabeça de novo, as mãos na cintura, andando de um lado para o outro. Camille tentou estender a mão para mim, mas puxei o braço. Tudo o que eu sabia sobre meus irmãos era mentira. Suas experiências em campo, seus colegas, seus treinamentos — eu havia perdido tudo isso. Mas minha mulher sabia.

— Você também sabia sobre o Taylor e o Tyler? — perguntei a Camille. Ela balançou a cabeça, com lágrimas escorrendo pelo rosto. — E agora olhem só pra gente. O Tommy está ferido. Temos agentes federais bancando nossas babás. Tem gente querendo nos matar!

— Fala baixo — disse Tyler.

— Vai se foder! — reagi, ainda andando de um lado para o outro.

Ele se levantou, mas meu pai ergueu a mão.

— Senta, meu filho.

Apontei para Camille.

— Você já mentiu pra mim uma vez. Agora eu descubro que nunca parou. O que eu... o que eu devo fazer com isso, Camille?

— Não me chama assim — ela pediu. Era assim que o pai dela a chamava quando estava com raiva, e como Thomas a chamava quando queria puni-la por ficar chateada quando ele não a colocava em primeiro lugar. Eu sempre a colocava em primeiro lugar. Eu a venerava, porra, e ela andava mentindo para mim. Minha família toda estava mentindo, de um jeito ou de outro.

— Você tem sorte de eu não te chamar de outra coisa — rosnei.

A boca de Camille se abriu, e todas as mulheres ofegaram.

— Já chega — Ellie espumou.

Shepley se levantou.

— Vamos tomar um café, Trent.

Travis virou a esquina com America, e o sorriso dele foi se desmanchando.

— Ela está pronta pra receber visitas — disse ele, olhando ao redor. — Está tudo bem?

— Você mentiu pra mim? — perguntei.

Ele ficou pálido.

— Eu... não tenho permissão para discutir detalhes até amanhã, quando a Liis chegar.

Dei um passo na direção dele.

— Somos sua família, Travis. Você e o Tommy não estão numa porra de clube secreto onde podem jogar com a nossa vida. E também não têm o direito de pedir pra minha mulher mentir pra mim.

— Não era isso que eu estava fazendo, Trent. Eu não tive escolha no início, e não foi minha a decisão de contar pra Cami ou de pedir pra ela mentir.

Apertei os olhos para ele.

— Mas você concordou.

Ele deu um passo em minha direção.

— Eu tive que fazer isso, ou seria preso por envolvimento naquele incêndio na faculdade.

Fechei as mãos em punhos. Eu não sabia quem ou o que queria socar, mas tive de me segurar para não seguir adiante.

Meu pai se levantou e colocou a mão no meu ombro. Ele cambaleou um pouco, fazendo minha raiva diminuir. Eu o ajudei a se equilibrar, depois ele me puxou para um abraço, apertando com força quando tentei me soltar. E me abraçou até a raiva sumir. Eu o ajudei a sentar novamente e depois fui para o canto do banco. Camille deu um passo em minha direção, e eu estendi a mão.

— Não.

Ellie deu um tapinha no assento ao seu lado e Camille sentou ali, com o lábio inferior tremendo.

— Então — começou Taylor — você é agente federal. O Thomas é agente federal, e isso tudo está acontecendo por causa de algum caso em que vocês estão trabalhando?

Travis respirou fundo, olhou para o agente Blevins, para a agente Davies e esvaziou os pulmões.

— Foda-se. — Ele sentou ao lado do meu pai, apoiou os cotovelos nos joelhos e juntou as mãos, como se estivesse rezando, encostando os dedos nos lábios. Em seguida se endireitou. — Eu estava lá naquela noite... quando o prédio da Eastern pegou fogo. Convenci o Trenton a ficar com a Abby enquanto eu enfrentava o John Savage. Era um porão pequeno. Pequeno demais pra uma luta final. Quase fomos pegos uma vez, por isso o Adam não permitia que houvesse luz elétrica. Tinha só algumas lamparinas penduradas no teto. E havia... — ele interrompeu a frase, lembrando — ... móveis enfileirados e cobertos com lençóis, na sala e no corredor principal. Uma lamparina caiu, e o local todo se incendiou em segundos. Eu me perdi da Abby e do Trent e tive que procurá-los. Encontrei a Abby, mas só achei o Trent mais tarde. Foi a noite mais assustadora da minha vida.

Eu me recostei, percebendo que também estava mentindo havia anos. Eu tinha mentido para o FBI sobre estar no prédio quando pegou fogo, e só Travis e Abby sabiam que eu tinha deixado minha cunhada para trás porque fiquei com medo. Esperei que ele me entregasse.

Travis continuou:

— Muita gente morreu naquela noite. O Adam foi preso. Eu sabia que seria o próximo, apesar de a Abby ter armado um plano para irmos até Vegas e nos casarmos, pra tentar dar a impressão de que não estávamos no porão na noite do incêndio.

America olhou para Travis.

— Você sabia disso?

Baixei a cabeça. Eu também sabia disso e escondi dele. *Porra, agora eu sou um hipócrita.* Achei que éramos uma família próxima. Mas, no fundo, éramos apenas aranhas presas em nossa teia de mentiras. Senti o rosto corar. A raiva estava voltando.

— Como eu poderia não saber? De repente ela queria fugir pra Vegas, uma hora depois de escaparmos de um incêndio. Depois de vários dos nossos colegas de turma morrerem. Ou ela era maluca, ou totalmente insensível, ou estava armando alguma coisa. Qualquer que fosse a opção, eu estava desesperado para casar com ela. Então ignorei. Provavelmente não foi a coisa mais honesta a fazer. Felizmente — disse ele, apontando para o quarto de Abby —, funcionou.

— Mas aquele agente... — falei. — Ele foi até a nossa casa. Ficou perguntando de você. Eles não engoliram a história do casamento em Vegas, né?

— Eles me deram uma escolha — disse Travis.

— Mas por que você? — Tyler perguntou. — Por que não o Adam... por que...

— Mick Abernathy — disse meu pai.

— Não sei se você tem sorte ou azar — Taylor observou.

— E onde é que o Tommy se encaixa nisso tudo? — perguntei. — Ele era agente federal antes disso. Bem antes, eu diria. — Olhei para Camille, que ainda estava enlouquecidamente calada. — Mesmo agora? — perguntei a ela. — Está tudo vindo à tona, e você vai simplesmente ficar sentada aí... leal a ele?

— Ela não podia te contar, Trent — disse Travis. — Era uma questão de segurança.

Eu me levantei, olhando ao redor e estendendo as mãos.

— E por acaso estamos todos seguros agora? Acordados às três da manhã, com dois... desculpa, três agentes federais bancando as babás pra garantir que os caras que vocês emputeceram não atirem nas nossas crianças?

— Eu sei que é péssimo, e entendo você estar com raiva. Mas ainda não terminou. Sinto muito, Trent, mesmo. Eu nunca quis que tudo isso acontecesse.

O fato de Travis estar tão paciente e calmo só me deixou com mais raiva. Dei um passo na direção dele, mas Camille se colocou entre nós.

— Trenton! — ela gritou, levantando as mãos.

— Travis, volte para a sua mulher — disse meu pai. — Trenton, sente a bunda aí. Agora. Não vamos entender tudo hoje, nem precisamos. O importante é manter a nossa família protegida.

Sentei de má vontade, obedecendo ao meu pai. Ele estava fraco. Não era nem de perto o homem intimidador de quem eu me lembrava na infância, mas era meu pai e merecia respeito.

Camille deu alguns passos em minha direção, pedindo permissão com um gesto. Eu estendi o braço e ela correu para sentar ao meu lado, enterrando o rosto em meu pescoço e envolvendo os braços em minha cintura. No fundo, eu sabia que o fato de ela guardar o segredo de Thomas não significava que tinha escolhido ser fiel a ele e desonesta comigo, mas era difícil afastar completamente isso da cabeça. Eu a abracei, mas só porque me recusava a permitir que um sentimento de traição que durou sete minutos ofuscasse o amor que eu sentia por ela durante a maior parte da minha vida.

— A Abby está dormindo? — Ellie perguntou.

— Ela não consegue — respondeu America. — Quer ver o Carter. Eles vão avisar em breve quando ela vai poder.

— Eu gostaria de vê-la — Ellie pediu.

— Eu também — disse Falyn.

Travis fez sinal para elas o seguirem, e as duas foram atrás dele. Falyn virou para mim com um olhar de alerta inconfundível, para que eu não implicasse com Camille enquanto ela estivesse longe. Suspirei e beijei o cabelo da minha mulher. Ela estava fungando baixinho, o corpo se sacudindo no meu. Mesmo assim, não consegui me obrigar a dizer que ia ficar tudo bem. Eu não sabia se ficaria ou não. Eu me perguntei qual seria a nova notícia ruim que o dia seguinte traria e quanto a nossa família ainda seria capaz de suportar.

16

Travis

*Entrei no quarto de Abby com Falyn e Ellie, imediatamente me arre-*pendendo de levar alguém que não fosse Carter. O rosto da minha mulher se iluminou por um segundo, mas logo depois ela tentou disfarçar a decepção com seu sorriso doce.

— Podemos ir ver nosso bebê daqui a pouco — garanti a ela.

O cabelo de Abby mal aparecia no rabo de cavalo baixo. Alguns fios tinham escapado e emolduravam seu rosto. Seus olhos ainda estavam vermelhos do parto e das lágrimas que se seguiram a ele. Eu nunca tinha visto Abby tão arrasada quanto no instante em que levaram nosso filho.

— Ele é lindo — disse Ellie com um sorriso.

— Você o viu? — Abby perguntou, se endireitando na cama e ajeitando atrás da orelha os fios de cabelo soltos.

— No corredor. Ele está no fim dessa ala — disse Falyn.

— É reconfortante saber disso. — Os olhos de Abby começaram a ficar vidrados, e ela olhou para o teto, tentando controlar as lágrimas.

— Pode chorar — disse Ellie, sentando na cadeira mais próxima da cama. — Você teve um dia longo. Está exausta. Seus hormônios estão a mil.

Abby secou o rosto.

— Não quero chorar.

Sentei na cama ao lado dela e segurei sua mão. Vários pedaços de esparadrapo prendiam a agulha intravenosa que agora injetava antibióticos para combater a infecção que tinha provocado o parto prematuro. Ela havia tentado de tudo para diminuir naturalmente as contrações, mas, quanto mais ela tentava, mais intensas e próximas elas ficavam. Quando o médico disse que faria o parto naquele momento, ela surtou. O parto dos gêmeos tinha sido tão fácil que ficamos surpresos que o parto de um único bebê apresentasse alguma dificuldade.

Eu sabia que a culpa não era só da infecção. Também tinha o estresse que cercava a porra do meu emprego. Eu não só tinha deixado minha família arrasada para protegê-la, mas isso também tinha colocado minha mulher e meu filho recém-nascido em perigo. Eu daria um jeito de sair do FBI depois disso. Thomas e eu teríamos sorte se nossa família continuasse intacta.

— Para — disse Abby, vendo a expressão no meu rosto. — Não tinha nada que a gente pudesse fazer. É só uma dessas coisas que acontecem.

— E ele está bem — disse Ellie. — Estava gritando feito um cabrito no corredor. Pulmões fortes com o temperamento dos Maddox. Ele é uma joia.

— Você acha que vamos poder levá-lo pra casa? — Abby perguntou, de repente esperançosa.

Dei um tapinha na mão dela.

— Provavelmente não. Pelo menos não agora. Vamos esperar o que o pessoal da UTI neonatal vai dizer antes de nos preocupar.

— Você quer dizer antes de *eu* me preocupar — disse ela.

Levei sua mão até os lábios e fechei os olhos. A culpa era difícil de suportar. Fiquei feliz de meu pai ter se metido entre mim e Trenton, porque eu estava desesperado para voltar aos tempos em que podia socar tudo e todos para afastar os problemas. Meus dezenove anos pareciam ter sido um século atrás, e, sinceramente, ser adulto era um saco. Era muito mais fácil perder a cabeça e começar a dar socos do que ter que ouvir Trenton sendo um babaca inseguro e ter que bancar o superior, quando tudo o que eu estava tentando fazer era salvar a vida dele.

— Baby — disse Abby, percebendo minha desordem interior.

— O Trenton descobriu sobre o FBI — Ellie explicou. — E descobriu que a Cami já sabia. Ele não está aceitando nada bem.

Abby olhou para mim.

— Ele está descontando em você.

— Em quem mais ele vai descontar? — resmunguei.

Os dedos dela se entrelaçaram nos meus.

— Só mais um pouco.

Fiz que sim com a cabeça, sabendo que não podíamos falar mais nada na frente das minhas cunhadas.

Abby recontou os momentos do parto, e as três choraram quando ela detalhou o instante em que as enfermeiras levaram Carter para a UTI. Elas se abraçaram, depois Ellie e Falyn voltaram para o corredor da sala de espera.

Abby suspirou, apoiando a cabeça no travesseiro.

— Quer que eu abaixe a cama? — perguntei.

Ela balançou a cabeça, se encolhendo e apertando delicadamente a barriga.

— Você devia tentar dormir. Você tem um longo dia pela frente amanhã.

— Hoje, né?

Abby olhou para o relógio na parede.

— A Liis vai pousar daqui a algumas horas. A enfermeira disse que a poltrona reclinável fica quase na horizontal.

Eu me levantei e anuí, contornando a cama e indo até a poltrona reclinável roxa ali perto. A enfermeira já tinha colocado um cobertor dobrado e um travesseiro numa pilha no assento. A poltrona fez um barulho no chão quando eu a empurrei para mais perto da cama. Sentei e sacudi o cobertor, puxei a alavanca e deitei.

Abby usou o controle remoto para apagar as luzes e, durante alguns instantes preciosos, houve silêncio. Assim que eu me senti apagando, a porta se abriu, e eu ouvi a enfermeira andando pelo quarto. Ela acendeu a luz fraca acima da cama de Abby.

— Oi, sra. Maddox. Vim saber se você não quer tentar tirar um pouco de leite. — Ela levantou uma maquininha com tubos e o que parecia uma minicorneta.

Abby pareceu horrorizada.

— Por quê?

— O Carter ainda não vai ter força para sugar, então vamos ter que alimentá-lo através de um tubo. Temos uma fórmula especial para prematuros, mas, se você preferir, seu leite é melhor. Quer tentar?

— Eu... — Ela deixou a voz morrer, olhando para a bomba. Aquilo era completamente desconhecido para Abby. Ela tinha amamentado os gêmeos, mas ficava o tempo todo em casa, por isso nunca precisou usar uma bomba. — Eu nem sei se tenho alguma coisa pra tirar.

— Você ficaria surpresa — disse a enfermeira. — O estômago dele é menor que uma bolinha de gude, então ele não precisa de muita coisa.

— E não tem problema, por causa dos antibióticos? — ela perguntou, levantando a mão. Eu estava tão orgulhoso da minha mulher. Mesmo exausta, Abby fazia perguntas que nem passariam pela minha cabeça.

— É totalmente seguro — respondeu a enfermeira.

— Tuuudo bem — disse Abby, ouvindo enquanto a enfermeira dava instruções. Quando ficamos sozinhos novamente, ela olhou para os tubos e para o recipiente com desdém.

Eu me sentei.

— Quer ajuda?

— Nem pensar — disse ela.

— Eu posso...

— Não, Travis. Se eu vou ficar sentada aqui com essa coisa, feito uma vaca leiteira, você não vai me ajudar. Não vai nem olhar.

— Baby, não é uma coisa ruim. Você está fazendo isso pelo nosso filho.

— Mas parece muito... pessoal.

— Tudo bem — falei, deixando o cobertor na poltrona reclinável. — Tem certeza?

— Tenho.

— Eu volto daqui a quinze minutos. Precisa de alguma coisa antes de eu sair?

— Não.

— Boa sorte, Beija-Flor.

Abby usou a minicorneta como sinal de positivo e eu ri, querendo fazer qualquer coisa para ter um momento leve no meio daquilo tudo.

Fechei a cortina e depois a porta ao sair, e voltei para o corredor na frente da sala de espera, onde estava minha família. Camille estava sozinha no banco.

— Cadê todo mundo? — perguntei.

— A enfermeira trouxe uns catres. Estão todos dormindo na sala de espera, menos o papai.

— Onde ele está?

Ela apontou com a cabeça para um quarto, e imediatamente ouvi o conhecido ronco de Jim Maddox. Ele inspirava pelo nariz, depois suas bochechas se enchiam de ar, que finalmente saía por entre os lábios.

— Ele convenceu as enfermeiras a darem um quarto só pra ele?

— Ele ficou com medo de o ronco acordar as crianças. E insistiu que colocassem o catre dele aqui fora, mas as enfermeiras ouviram isso e, você sabe... todo mundo adora o Jim.

— Você não está cansada? — perguntei.

Ela deu de ombros.

— Acho que o Trent não quer a minha companhia.

Sentei ao lado dela.

— Cami... você sabe que ele te ama. É muita coisa pra processar ao mesmo tempo.

— Eu sei — disse ela, retorcendo as mãos. — O lance entre mim e o Thomas... ficou fervilhando sob a superfície por todos esses anos. Eu sabia que uma hora esse assunto ia aparecer, e que ele ficaria com raiva. Eu só não esperava sentir tanta culpa.

— Porque você não quer que ele sofra.

— Não quero mesmo.

Olhei para o chão.

— Ninguém vai escapar desta vez.

— Você teve notícias da Liis? Alguma novidade?

— Não — respondi. Era verdade. Eu não precisava de notícias. Eu sabia exatamente o que ia acontecer.

— Disseram que ela está vindo pra cá. Não é estranho ela fazer isso? Enquanto o Thomas está se recuperando?

— Ela tem uma bebê recém-nascida e... — Deixei a frase morrer. Eu não queria mais mentir, e o pior ainda estava por vir.

Camille ficou calada.

— Ele não sobreviveu, né? E ela quer nos contar pessoalmente. — Quando não respondi, Camille me encarou até eu olhar para ela. — Me fala, Travis. Ele morreu?

— Você quer guardar mais segredos do Trenton? E se ele descobrir que você soube alguma coisa sobre o Tommy antes dele? De novo?

— Só me fala — disse ela. — Eu mereço saber.

— Mais do que todo mundo?

— Trav. Eu guardei o segredo dele durante anos.

— E olha aonde isso te levou.

Camille pensou nas minhas palavras e se recostou. Fechou os olhos, parecendo triste.

— Tem razão.

Eu me levantei, deixando Camille sozinha com suas lágrimas silenciosas. Enquanto me afastava, fiquei surpreso de me sentir ainda pior que antes. Ela teria sido uma pessoa a menos que eu seria obrigado a destruir. Congelei no corredor, diante da porta de Abby, percebendo que teríamos de contar às crianças. Aos *meus* filhos. Eu teria que olhar nos olhos delas e dizer que seu tio estava morto.

Fechei os olhos, me perguntando como eu explicaria que eles não devem mentir, futuramente. Como eles poderiam confiar em mim depois disso? Abri a porta bem no momento em que Abby estava fechando a tampa do recipiente de leite.

— Como foi? — perguntei.

Ela fez uma pausa.

— O que aconteceu?

— As crianças — respondi.

Ela deu um pulo.

— O que aconteceu com as crianças?

Suspirei.

— Merda. Não, desculpa. Elas estão bem. — Sentei ao lado dela, pegando a bomba e os tubos em uma das mãos e o recipiente na outra. Beijei sua testa. — Elas estão bem. Só me ocorreu que vamos ter que contar para as crianças sobre o Thomas.

Ela levantou os olhos arregalados para mim.

— Elas vão ficar arrasadas.

— E depois... no futuro...

Abby cobriu os olhos, e eu a abracei.

— Eu sei. Sinto muito — falei.

— Elas nunca mais vão confiar na gente.

— Talvez um dia elas entendam.

Seus olhos se encheram de lágrimas pela décima vez naquela manhã.

— Vai levar muito tempo.

A enfermeira bateu à porta, o cabelo loiro curto balançando.

— Bom dia — sussurrou.

— Não consegui tirar muito — disse Abby enquanto eu entregava à enfermeira o equipamento e o recipiente.

A enfermeira o levantou e apertou os olhos, depois sorriu.

— É suficiente. Ele vai ser um menino feliz.

— Podemos vê-lo? — perguntou Abby.

— Podem — respondeu a enfermeira, apontando para ela. — Logo depois que você descansar um pouco.

— Estamos tentando — falei.

— Não tem problema. Vou escrever um bilhete. "Não perturbe."

— A menos... — começou Abby.

— A menos que aconteça alguma coisa. Sim, senhora. — A enfermeira fechou a porta ao sair, e eu me ajeitei na poltrona reclinável.

Abby apagou a luz em cima dela e, exceto pelo sol nascente escapando pelas laterais das persianas, ficou tudo escuro. Os pássaros cantavam, e eu me perguntei se um dia voltaria a dormir.

— Eu te amo — ela sussurrou da cama.

Eu queria deitar na cama com ela, mas a agulha intravenosa dificultava.

— Eu te amo mais, Beija-Flor.

Ela suspirou, a cama gemendo enquanto ela se ajeitava.

Fechei os olhos, ouvindo a respiração de Abby, a bomba intravenosa e o pássaro irritante cantando feliz lá fora. De algum jeito, mergulhei nas ondas da inconsciência e sonhei que estava deitado ao lado de Abby pela primeira vez em meu apartamento da época da faculdade, me perguntando como diabos eu ia conseguir que ela fosse minha.

17

Shepley

America segurou minha mão e me puxou pela porta do quarto da Abby. O cheiro era de alvejante e flores, exatamente o motivo pelo qual eu gostei de America ter tido nossos dois últimos filhos em casa. Hospitais me davam nervoso, porque só me traziam lembranças ruins. O Hospital Mercy era para onde eu ia com meus pais visitar tia Diane, para onde eu fui quando quebrei o braço e quando Trenton teve aquele acidente horrível com Mackenzie e depois com Camille. As únicas lembranças boas que eu tinha do Hospital Mercy eram de quando Ezra e os gêmeos de Travis e Abby nasceram.

— Oi — disse Abby com um sorriso, abraçando America quando ela se inclinou.

— Você está ótima! — disse America, repetindo a frase que toda mãe recém-parida quer ouvir.

Abby ficou radiante.

— Eles vão me levar pra ver o bebê daqui a pouco.

— Que bom — disse America, sentando ao lado dela e segurando sua mão. — Isso é ótimo.

Havia um elefante no quarto. Nós quatro éramos próximos desde a primeira noite em que Abby fora ao meu apartamento com Travis. Não era do feitio deles esconder coisas de nós. Pelo menos, era o que eu pensava. America e eu havíamos tido várias conversas sobre como o FBI parecia ter se esquecido do envolvimento de Travis no incêndio, como as perguntas e as suspeitas tinham simplesmente sumido. E houve aquele momento, na manhã seguinte ao casamento de Travis e Abby em Saint Thomas, quando ele estava tão preocupado que não conseguia nem falar. Foi ali. Foi naquele momento que aconteceu. Thomas tinha lhe dado um ultimato.

America ficou calada. A America por quem eu me apaixonei teria arrasado com Abby por ter sido desonesta, mas minha mulher e mãe de três tiranos estava mais sábia e mais lenta para sentir raiva. Ela ouvia mais e reagia menos. A amizade das duas durava com base na sinceridade total. De que outra maneira elas poderiam se amar sem restrições? Mas agora estávamos num momento da vida em que tínhamos de colocar o próprio cônjuge em primeiro lugar. O casamento deixava as amizades — até mesmo as mais antigas — complicadas.

— Mare — Abby começou. — Eu queria te contar.

— Me contar o quê? — disse America. Agora que a conversa tinha começado, ela não ia deixá-la escapar com muita facilidade.

— Sobre o Travis. Eu mesma só descobri alguns anos atrás.

— Quando foi que você deixou de confiar em mim? — perguntou America, tentando não parecer magoada.

— Não é isso. Ele não estava me traindo ou lidando com um vício em drogas, Mare. Ele estava trabalhando como agente infiltrado para o FBI. Estava metido com a máfia, primeiro lutando, depois extorquindo clubes de striptease em Las Vegas e fazendo ameaças. Eu não podia te ligar ou mandar mensagens pra falar disso. Não podíamos sussurrar sobre esse assunto na piscina enquanto víamos as crianças brincarem. O Travis estava sendo observado. Por que eu te contaria?

— Pra não ter que carregar esse peso sozinha.

— Eu não estava sozinha — disse Abby, olhando para Travis com um sorriso discreto.

— Aquela manhã em Saint Thomas — comentei. — Foi lá que você foi recrutado?

— Eu não tive escolha — Travis respondeu.

Massageei a nuca, meus pensamentos girando. Como foi que Travis guardou esse segredo por todos esses anos? Quando ele estava viajando a trabalho pela academia de ginástica e depois, quando assumiu o emprego de Thomas, sempre foi o FBI. Isso explicava eles terem conseguido comprar uma casa com o salário de personal trainer, mas eu ainda não conseguia acreditar que eles tinham escondido isso da gente.

— E o Thomas? — perguntei. — Por que ele guardou isso em segredo?

Travis deu de ombros.

— A minha mãe. Ela fez o meu pai prometer que ia largar o emprego de detetive e que nós não íamos seguir os passos dele. Mas o Thomas nasceu pra fazer isso. — Ele falava do irmão mais velho com reverência, e eu acreditava nele, apesar de ainda não entender as mentiras.

— O Jim teria entendido, Trav. Claro que tem algum outro motivo.

Travis deu de ombros.

— Esse é o único motivo que ele me deu. Ele não queria decepcionar o meu pai. Não queria que o meu pai lhe dissesse pra não correr atrás de uma carreira pela qual ele era apaixonado.

America observou Travis falar, e seus olhos se estreitaram, captando alguma coisa que eu não captei.

— Quer dizer que o Thomas sabia que você estava prestes a ser preso e convenceu alguém do FBI a te oferecer um emprego por causa das suas conexões com o Mick e o Benny? Por que não a Abby?

Abby deu um risinho.

— O Travis era capaz de fazer coisas pro Benny que eu não era. E ele nunca teria concordado com isso.

America assentiu, mas ainda não estava satisfeita. Alguma coisa não estava fazendo sentido. Eles ainda estavam escondendo algo.

— E agora o Thomas... — Ela deixou a frase morrer. Ela fazia muito isso com os meninos, na esperança de que eles preenchessem as lacunas.

Travis pigarreou.

— Virou um alvo, sim.

— E esse corte na sua cabeça? — perguntei.

Ele trocou olhares com a esposa.

— Eu também virei um alvo. Foi por isso que os agentes vieram pra casa do meu pai. É por isso que eles estão aqui. É por isso que temos que ficar juntos.

— Vocês automaticamente acharam que eles iriam atrás do resto da família porque foram atrás de você e do Thomas? — perguntou America.

— Eles não estavam atrás do Travis — disse Abby. — Ele estava no meu carro. Eles estavam atrás das crianças e de mim.

America cobriu a boca.

O olhar de Travis foi para o chão.

— Os homens que me jogaram pra fora da estrada... eram homens do Benny Carlisi. Eles tinham fotos de todos nós no carro. De todos nós, das nossas famílias, das crianças...

— Por quê? — perguntei. — Porque o seu disfarce foi descoberto?

— Eu fiz merda — disse Travis. — Eu matei o Benny. Eles querem sangue.

— Você o *matou?* — indagou America, surpresa. — Meu amigo Travis, primo do meu marido, marido da minha melhor amiga, matou um *chefão da máfia*? Por acaso estamos num episódio de *Sopranos*? Como é que isso está acontecendo?

— Ele não teve escolha — respondeu Abby. — Era ele ou o Benny.

— E o Mick? — America perguntou.

— Ele estava sob custódia protetora. E desapareceu.

— *Desapareceu?* — America repetiu com a voz aguda, olhando para Abby.

— Fala baixo — disse Travis.

America levantou e começou a andar de um lado para o outro.

— E agora? Vamos ser prisioneiros na nossa casa até todos eles serem pegos?

— Não vai demorar — disse Travis. — Eu prometo, Mare. Eles atiraram em um dos nossos agentes... o meu irmão. Não vamos parar até eles serem presos ou aniquilados. — Travis cruzou os braços. Ele já era grande na faculdade, mas agora era um monstro. Seus braços eram mais grossos que minhas pernas, seu peito quase o dobro da largura de antes. Ele era feito de músculos sólidos. Eu não conseguia imaginar alguém olhando para ele e achando que era uma boa ideia ir atrás da sua família, e era difícil acreditar que Thomas o tinha arrastado para essa confusão.

Travis percebeu que eu estava perdido em pensamentos.

— O que foi, Shep?

Balancei a cabeça.

— Fala — ele demandou.

— Você disse que esse lance do FBI foi pra você escapar da prisão. O Thomas não poderia ter feito isso sem pedir que você atuasse como agente infiltrado? Todas as vezes que estava numa missão, você correu risco. Por que o Thomas faria isso?

— Não foi uma decisão fácil pra ele — disse Abby.

— O que implica que ele teve escolha — falei. — Ele teve?

Travis trocou o peso do corpo de um pé para o outro, desconfortável com o rumo da conversa.

— E se você não fosse você? — perguntou America. — E se a Abby estivesse envolvida com o primeiro namorado dela, o Jesse, ou com o Parker, ou com qualquer um que não fosse tão... capaz quanto você?

Travis deu de ombros.

— Se ele fosse burro o suficiente para se envolver nas lutas do Círculo e fosse considerado culpado por reunir cem alunos num porão pequeno com saídas duvidosas, ele teria ido parar na prisão.

— Ou teria negociado com a Abby para conseguir a cooperação dela e a manipulação do Mick. Eu só... — Deixei a frase pela metade, hesitante em dizer mais alguma coisa que magoasse a nossa família. — Ele poderia ter encontrado outro jeito, se quisesse. Ele poderia, Trav. Eu sei que provavelmente não é o melhor momento pra expressar essa opinião, mas eu não sabia naquela época. Por isso estou dizendo agora.

Travis olhou para baixo e anuiu, inspirando pelo nariz. Depois olhou para mim como se eu tivesse trazido à tona uma verdade que ficou latente nos limites de sua consciência durante todo esse tempo.

— Ele sabe disso. Percebo no rosto dele toda vez que ele me vê em serviço.

— Parece um pouco perfeito demais — America observou. — O Thomas no FBI, e o irmão dele por acaso namora a filha de um homem envolvido com uma família criminosa que eles estão investigando?

— O Thomas teve sorte — disse Travis.

— *Sorte?* — ela resmungou. — Ele conseguiu uma promoção?

Travis e Abby ficaram tensos.

— Conseguiu? — America exigiu saber.

— Sim — respondeu Travis. — Conseguiu, sim.

— É inacreditável, porra — America explodiu, deixando as mãos caírem nas coxas com um tapa. — E você concordou com isso?

— Não! — Travis retrucou, sua paciência já se esgotando. — Eu não concordei com isso. Eu fiz o que tinha que ser feito.

— O Thomas te vendeu — disse America, apontando para Travis.

— Quer dizer que a Liis está vindo pra cá? Sem o Thomas? — perguntei. — Suponho que ele esteja num hospital federal secreto, com uma tonelada de seguranças.

— Não posso falar sobre isso — disse Travis. — Ainda não.

— Somos seus amigos — America observou. — Pelo menos, achávamos que éramos.

Ele suspirou, massageando a nuca.

— Não é uma questão de quanto confiamos em vocês. A questão é quem está ouvindo.

— A verdade é perigosa — disse Abby. — Quanto menos vocês souberem, melhor.

— Abby — America respondeu, revoltada. — Estamos sob custódia protetora. Já estamos em perigo.

Travis e Abby trocaram olhares.

— Não tem muito mais que vocês não saibam — disse ele.

— Então fala tudo — America exigiu, se levantando. — Acho que perdi a parte em que não somos importantes ou espertos o bastante, ou que não temos um nível de autorização de segurança alto o suficiente pra saber por que alguém quer matar a gente ou os nossos filhos.

— Eles... tinham fotos dos nossos filhos? — perguntei.

Travis hesitou, depois fez que sim com a cabeça.

America veio para o meu lado, formando uma frente unida. Eu sabia o que estava por vir, e, pela expressão no rosto de Abby, ela também sabia.

— Vocês nos envolveram nisso sem a nossa permissão — disse America. — Nós apoiamos vocês desde o início. Estivemos ao lado de vocês em tudo. E aí descobrimos que vocês mentiram durante anos. Tudo bem, eu entendo as circunstâncias, mas está na hora de vocês serem honestos com a gente, *agora*. Isso virou assunto nosso. *Nosso* problema. Tem mais alguma coisa que precisamos saber?

Ela estava certa. Nossos filhos estavam dormindo na sala de espera de um hospital e, antes disso, estavam amontoados numa cama improvisada no chão para ficarmos todos sob os olhares vigilantes do FBI. Não sabíamos há quanto tempo os Carlisi estavam na cidade nem há quanto tempo nos vigiavam. Não podíamos nos proteger — nem a nossos filhos — se não soubéssemos exatamente o que estávamos enfrentando.

— O que você vai fazer em relação a isso, Mare? — Travis perguntou.

— Trav — alertei.

— Não, eu quero saber. Você acha que o Thomas e eu queríamos isso? Era a última coisa que queríamos. Foi por isso que eu atuei como agente infiltrado durante...

— Agente infiltrado? — America estava fervilhando. — Mentir para mafiosos sobre a sua lealdade não te torna um agente infiltrado, Travis! Eles sabiam quem você era, com quem você era casado e onde você morava! Estávamos em Vegas com você. Eles têm fotos dos meus filhos! — disse ela, os olhos se enchendo de lágrimas raivosas. — No instante em que você concordou com isso, nós ficamos em perigo. Não aja como se você fosse o salvador nisso tudo. Você e o Thomas são a *causa* disso tudo!

— America, chega — disse Abby. — Você não sabe de tudo.

— Exatamente — soltou ela, então pegou minha mão e fomos em direção à porta.

— Shep — Travis implorou.

Virei para ele. Eu sempre estive do lado dele, mas, pela primeira vez, não sabia se ele estava me protegendo. Não sabia se podia acreditar em alguma coisa do que ele havia dito. Ele não tinha escolhido mentir para a gente, mas não estava no controle.

— Você nem pediu desculpa, Travis. Eu sei que você não queria isso, mas você provocou essas coisas. E pra quê?

— Pra ele não ser preso — Abby retrucou. — Você teria feito o possível para impedir que isso acontecesse também, e você sabe disso.

— Eu não teria pintado um alvo nas costas dos meus filhos — falei — Você fez isso. — Olhei furioso para Travis e puxei minha mulher porta afora

18

Liis

Val colocou minhas coisas e as de Stella no banco do passageiro e no chão da caminhonete de Travis, exceto a bolsa de bebê rosa e cinza que ele havia pendurado em seu ombro largo. Sorri pela primeira vez desde que Thomas fora embora. Ver um homem tão grande e intimidador quanto Travis Maddox carregando qualquer coisa de menina me divertia. Com a mesma rapidez que veio, a sensação desapareceu, substituída por uma dor que chegava aos ossos. Eu não conseguia acreditar que estava em Eakins, Illinois, com Stella, mas sem o pai dela. Os últimos dias haviam me deixado zonza.

Travis colocou a bolsa de bebê no banco de trás, ao lado da cadeirinha. Ele parecia ter muita coisa em mente além da tarefa de partir o coração da família inteira.

— Preciso apertar o cinto — disse ele, aproximando-se de Stella. Sua voz subia uma oitava quando ele falava com ela. — Você é tão pequenininha, mas o Carter faz você parecer uma gigante. É, sim.

Contornei até o outro lado, me instalando atrás de Val. Ela já estava no banco do passageiro, digitando no celular.

— Carter? — perguntei.

Antes que Travis pudesse responder, Val falou:

— Por que os homens agem de maneira tão idiota perto de bebês?

— É bom te ver, agente Taber — disse Travis, com a voz grossa de sarcasmo. Ele sabia o que esperar em seguida.

— Vai se fo... — ela começou sua resposta padrão, mas decidiu pensar em Stella.

— Por que isso te incomoda tanto? — Travis perguntou. — Por que entrar pro FBI se você detesta ser chamada de agente?

— Não detesto. É só uma desculpa pra mandar as pessoas se fo... Você sabe.

— Alguma novidade, Val? — perguntei.

— Melhora significativa durante a noite — disse ela, voltando a digitar no celular. — Também tive notícias da Lena. A Operação Coco está em andamento. Ela está dentro.

Travis suspirou, aliviado pelas duas coisas. Ele prendeu o cinto de Stella enquanto verificava se ela estava confortável. Em seguida beijou sua cabecinha antes de sentar no banco do motorista, e eu congelei, lembrando que Thomas tinha feito a mesma coisa apenas alguns dias antes.

Ele fechou a porta e puxou o cinto de segurança sobre o peito, prendendo-o com um clique.

— Tudo certo? — perguntou para Val. Ela o ignorou, ocupada em se comunicar com o diretor. Travis agarrou o volante e ficou olhando para a frente, sem virar a chave na ignição. — Liis?

Fechei os olhos.

— Estou bem.

— Duvido.

Olhei pela janela.

— Vamos acabar logo com isso.

— Você precisa saber. Eu contei pra eles. — Travis cuspiu as palavras como se elas estivessem queimando sua boca.

— O quê?

— O quê? — Val repetiu.

— A maior parte foi ontem à noite. Eles sabem que o Thomas e eu somos agentes federais. Sabem que a minha carreira começou com o incêndio. O meu pai já sabia, Liis.

— Ele não sabe de tudo.

— Eu sei. Mas precisei contar uma parte antes de você chegar. Senão seria demais pra ele.

— E os outros?

— Também sabem. A maior parte. Exceto sobre você e... o plano.

— Entendo — falei. Foi tudo o que consegui dizer. Como alguém se prepara para contar à família inteira que esteve mentindo o tempo todo? Que eu não era quem eles pensavam, nem o Thomas? Que ele tinha morrido, e ainda ficar olhando enquanto eles passavam pela pior dor que poderiam imaginar?

— Vou estar lá com você — disse Travis.

Levei muito tempo para falar. Já estávamos passando pelo portão do aeroporto quando consegui controlar minhas emoções por tempo suficiente para dizer:

— Eles não vão me perdoar. — Essas simples palavras criaram um nó em minha garganta.

— Vão, sim. Eles vão perdoar nós dois. — Eu conhecia Travis o bastante para saber quando a calma em sua voz era artificial. Abby era uma atriz melhor, mas ele tinha aperfeiçoado sua cara de paisagem ao longo dos anos. Sua esposa era uma boa professora.

— Não sei se consigo fazer isso. Minhas emoções estão descontroladas — falei.

Travis virou para me encarar.

— Você acabou de ter um bebê, Liis. E foi de uma nova família para mãe solteira em um dia. Dá um tempo pra você mesma.

Olhei furiosa para ele, me ressentindo por sua aspereza. Por mais que eu quisesse odiar o que ele dissera, era verdade.

— Eu ainda sou a mesma pessoa. Não sou fraca.

— Porra, não, claro que não. Mães são fortes pra caramba, de qualquer maneira. E você, Liis? Nunca vi ninguém como você.

Eu me ajeitei no banco, surpresa com sua resposta.

— Tirando a Abby — comentei.

— Não é uma competição — disse ele, me dando um sorriso discreto.

Meus ombros relaxaram. Travis tinha jeito para fazer com que eu me sentisse segura, assim como Thomas. Por mais assustador que fosse viajar com uma recém-nascida, saber que em breve eu estaria com os Maddox era um conforto significativo.

— Como você está?

Ele pigarreou, ligando a seta da caminhonete.

— Tem sido difícil. Estou temendo o momento da verdade, tanto quanto você.

— Onde está a Abby?

— No hospital, com todo mundo.

— No hospital? Por quê? — perguntei, assustada.

— O bebê nasceu ontem à noite.

Val e eu ofegamos. Abby não estava nem perto da data do parto. Eu me senti imediatamente envergonhada. Anos atrás, eu tinha contado para Abby os detalhes do acordo de Travis com o FBI. Ela já desconfiava, e eu decidi poupar Travis do peso de ser a pessoa a romper o acordo. Eu não iria para a cadeia se contasse a ela, mas Travis poderia ter ido. No fim, isso salvou o casamento deles. Ela entendeu por que ele estava tão reticente e viajando com tanta frequência, mas a verdade era um fardo. No instante em que você conhece um segredo, surge a pergunta inevitável: Que preço você vai pagar para guardá-lo?

— Eles estão bem? — perguntei.

— A Abby está ótima. O Carter vai ficar bem.

Carter. Era a ele que Travis se referira quando disse que Stella parecia gigante. Ela tinha pouco mais de três quilos. Carter devia ser minúsculo.

— Que bom saber disso — disse Val, sincera. Era seu jeito de pedir desculpas por ter implicado com ele mais cedo.

— A Abby está sozinha no hospital? — perguntei.

— A família toda está lá com meia dúzia de agentes, incluindo a agente Davies.

— Sinto muito por isso — falei. — Ela é a melhor...

— Eu sei. Mas boa sorte ao explicar isso pra Falyn.

— Então... eles sabem?

— Eles descobriram a maior parte. Somaram dois mais dois quando a agente Davies os pegou no aeroporto.

Eu me recostei no assento, olhando para o rosto tranquilo e adormecido de Stella. Ela era uma combinação perfeita de mim e Thomas.

Já cumpria horários, dormia e comia na mesma hora. Ela mudava a cada dia, e Thomas estava perdendo tudo isso.

Meus olhos ficaram úmidos, e eu tinha acabado de estender a mão para a bolsa de Stella, para pegar um lenço de papel, quando Travis me entregou um.

— Vai ficar tudo bem, Liis. Eu prometo.

Sequei os olhos e funguei.

— Acho bom mesmo, senão o diretor vai se ver comigo, pra variar um pouco.

— Vai mesmo. Ele também sabe disso.

Entramos na cidade de Eakins. Não tinha mudado muito. Só indústrias de petróleo, postos de gasolina, salões de bronzeamento artificial e redes de fast-food tinham ido para a frente. O resto estava praticamente abandonado.

— É ali? — Val perguntou, quando os prédios mais altos da faculdade apareceram acima da linha das árvores.

— É — disse Travis, não gostando da lembrança. — É ali, sim.

Os tijolos queimados do Keaton Hall tinham desbotado havia muito tempo, e os danos haviam sido reparados. Nos poucos minutos que levamos para passar por ali, Travis não olhou na direção da pequena faculdade nem uma vez. Achei que era um lembrete excessivo do estranho rumo que sua vida tinha tomado por causa de uma noite — a última vez em que ele participara do Círculo, o ringue de luta clandestina da Universidade Eastern. Ele desviou o olhar das lembranças do incêndio, da noite em que quase perdera Abby.

— Sabe — falei, pensando em voz alta. — Se o Thomas tivesse ou não te oferecido como sacrifício para o FBI...

— Em troca de imunidade — ele acrescentou.

— Sim, mas, entre o pai da Abby e Benny Carlisi, você estaria envolvido nessa confusão. De certa maneira, o incêndio te deixou do lado certo da história.

— Acho que sim — disse Travis, perdido em pensamentos. — Mas eles não achavam que eu valia alguma coisa e me transformaria de informante em agente, né?

— Na verdade, acho que eles sabiam — refleti. — O FBI ficaria com vocês cinco, se o Trenton e os gêmeos aceitassem.

— O Trent? — Travis debochou, colocando um fone no ouvido.

— Ele tem tutano — falei. — Não esqueça que, depois do acidente com a Camille, ele a carregou por mais de um quilômetro com o braço quebrado.

— Em dois lugares — especificou Travis.

— Exatamente.

Captei o olhar de Travis para o canto mais distante da Universidade Eastern pouco antes de virarmos na direção do hospital. Passamos pela rua que levava aos apartamentos onde Travis e Abby se apaixonaram e moraram juntos pela primeira vez, pelo prédio de Trenton e Camille, pela rua onde ficava a casa de Shepley e America e, depois de mais seis quarteirões, ele diminuiu a velocidade.

O Hospital Mercy se agigantava à frente, seus tijolos claros brilhando ao sol matinal.

— Travis? — chamei, com raiva de como minha voz soou.

— Está tudo bem — disse Val. — Respira.

Travis encontrou uma vaga e parou, virando a chave. Ficamos sentados em silêncio durante vários minutos. Nem Val tinha coragem de falar.

— Não consigo! — soltei.

Ele puxou a maçaneta e abriu a porta, saindo para a entrada de cascalho.

— Consegue sim. — Deu um passo até a porta traseira, abriu e estendeu a mão, pendurou a bolsa de bebê no ombro e pegou Stella.

— V-vamos deixar as malas aqui ou...? — Val começou.

Olhei para baixo, sentindo lágrimas quentes escorrerem pela ponta do meu nariz.

— Eu odeio todos vocês por me obrigarem a fazer isso.

— Eu também não estou feliz com o plano. Mas esse é o plano. Você tem que fazer isso, e você sabe por quê. — Ele inclinou a cadeirinha apenas o suficiente para eu ver a carinha doce da minha filha. — Se houvesse outro jeito, você acha que estaria aqui sozinha?

Balancei a cabeça e sequei o nariz.

— Continue com as lágrimas — disse Travis, colocando a coberta de Stella sobre a alça da cadeirinha para protegê-la da forte luz do sol. — Lágrimas vão funcionar bem.

— Vai se foder — falei entredentes.

Uma porta de carro se fechou e Val virou com a mão no coldre, mas relaxou quando viu a agente Hyde.

— Eu não sabia que você ia se juntar a nós — disse Val.

— Faço parte da equipe de proteção da agente Lindy — Hyde esclareceu.

Val olhou para mim em busca de confirmação, e eu assenti.

— Ela veio de Quantico. É muito boa. Foi designada pelo próprio diretor.

Val analisou Hyde da cabeça aos pés.

— É mesmo?

— É mesmo — disse Hyde, levantando o queixo com confiança.

— Agora é só Liis, agente Hyde — Travis esclareceu. — Minha família ainda não sabe do envolvimento da Liis com o FBI.

— Sim, senhor — disse Hyde.

Ele fechou a porta e veio até o meu lado, me ajudando a sair e me conduzindo até a entrada do hospital. Val veio atrás. Além de mim e de Travis, teríamos os agentes Hyde, Wren, Blevins, Davies, Perkins e Taber — todos que trabalhavam nesse caso desde o início. Todos agentes a quem confiávamos a vida da nossa família, e os únicos além do diretor que sabiam a verdade sobre Thomas.

Travis tocou o fone de ouvido.

— Estamos subindo — disse ele simplesmente.

A porta do elevador se abriu para um corredor assustadoramente silencioso. Hyde saiu primeiro, depois Travis com Stella. Val me seguiu, a última a sair. Ela parecia inquieta desde o instante em que pousamos em Eakins. Uma enfermeira passou correndo, assustando-a.

Travis sorriu.

— Está nervosa?

Val rosnou.

— Vai se fo... — E travou o maxilar, frustrada.

Travis me levou até a sala de espera, ficando de lado para eu poder entrar. Todos se levantaram, cansados, mas sorrindo. O cabelo das crianças estava todo desarrumado por causa da longa noite em sofás desconfortáveis e camas improvisadas no chão. Os adultos estavam em pior forma, me encarando, aguardando notícias. A expressão em meu rosto deve ter confirmado o medo deles, porque Falyn cobriu a boca e Ellie abraçou Tyler.

— Oi, filha — disse Jim, tentando e não conseguindo se levantar do sofá. Camille finalmente o ajudou a ficar de pé. Ele estava tentando ao máximo sorrir e se manter otimista, apesar de eu ter chegado sem Thomas. Ele me abraçou com força.

— Eu vim assim que pude. Queria contar pessoalmente — falei. A mentira já estava arranhando minha garganta, fazendo-a parecer inflamada. — O Thomas... — Olhei ao redor. Eles sabiam, mas ainda se agarravam à esperança.

Travis me abraçou de lado.

— O Thomas faleceu.

O lábio inferior de Jim tremeu, e ele deu um passo para trás. Camille o ajudou a sentar e jogou os braços ao redor dele. Trenton fez o mesmo.

— Como? — ele perguntou. — Por quê?

Jim pegou um lenço no bolso da camisa, secou os olhos e voltou o tecido branco bordado para o lugar, amassando-o.

— Senta, filha — ele me disse, se afastando de Camille para abrir espaço.

Stella começou a choramingar, e Travis apoiou a cadeirinha no chão, abriu o cinto de segurança e a colocou rapidamente em meus braços. Era evidente que ele era um pai veterano, já buscando na bolsa alguma coisa para me ajudar a acalmar a bebê.

Eu a embalei por um instante, virando para Jim para que ele pudesse vê-la. Ele se aproximou, sorrindo com uma dor desenfreada atrás dos olhos molhados. Em seguida olhou para mim.

— Ela se parece um pouco com você e um pouco com o Tommy, não é?

Fiz que sim com a cabeça, me sentindo prestes a chorar.

— Muito. Ela se parece *muito* com ele.

— Ela é linda — disse ele, usando o dedo indicador para mexer no braço de Stella. — Parece a minha Diane.

Anuí e observei a expressão de Jim desabar. Trenton curvou o braço ao redor dos ombros do pai e o puxou para si. Camille estendeu a mão para apertar o joelho de Jim. Que inferno. Eu deveria estar comemorando o nascimento da minha filha e, em vez disso, estava chorando a morte do pai dela.

O lábio inferior de Taylor tremeu.

— Podemos ver o Tommy?

— Eles vão mandá-lo pra cá amanhã — falei, secando uma lágrima que havia escapado. — Ele queria ser enterrado aqui.

Amaldiçoei internamente o FBI por esse maldito plano. O diretor havia me ligado pessoalmente no dia anterior para se desculpar, mas o sucesso seria a única coisa que me convenceria de que os riscos que havíamos assumido valeriam a pena. O sucesso significava impedir que a família inteira se tornasse alvo da máfia. A segurança deles dependia de os homens de Benny julgarem que tinham se vingado, mas também era importante que eles acreditassem que, se continuassem, sofreriam mais perdas do lado deles. Travis já tinha cuidado da segunda parte. Ele fora consultado e concordara. O serviço de inteligência afirmara que fingir a morte de Thomas tinha funcionado. Os Carlisi tinham voltado para Vegas e, pelo menos por enquanto, não havia assassinos atrás de mim ou de Stella. No instante em que eles percebessem que não era verdade, tudo recomeçaria. Tínhamos que fazer a morte de Thomas parecer real. Era um risco enorme. Tivemos sorte de eles não terem mirado na cabeça. O colete de Thomas segurou o impacto do tiro, mas a máfia estava de olho em todos nós.

— Sinto muito — eu disse para Jim, e era verdade.

— Não consigo acreditar que ele levou um tiro. Quer dizer... que merda aconteceu? — disse Trenton, quase chorando.

Todo mundo me encarou, aguardando o que eu iria dizer. Olhei ao redor e respirei fundo antes de lançar o veneno que mataria a família de Thomas aos poucos. Travis me deu a chupeta de Stella e eu me recostei, embalando-a até seu choro se reduzir a alguns resmungos.

— Nós, hum... tínhamos acabado de chegar do hospital. Aconteceu no jardim da frente de casa, quando ele estava saindo pra pegar o resto das coisas da Stella. O Travis me disse que vocês já sabem que o Thomas era agente do FBI. O que vocês não sabem... é que eu também sou.

Falyn e Ellie ofegaram, e Trenton ficou boquiaberto.

— Foi assim que nos conhecemos. — Encontrei os olhos de Camille por acaso e desviei o olhar. — Quando o Thomas soube do incêndio e das acusações que provavelmente recairiam sobre o Travis...

— Ele não estava no incêndio — disse Jim.

— Estava sim, pai — disse Travis, envergonhado. — Eu estava. Eu estava lá.

As sobrancelhas de Jim se juntaram conforme ele assimilava a verdade.

— ... ele foi até o diretor e propôs um acordo. O Thomas sabia, naquele momento, que o Travis tinha cruzado o caminho de Benny Carlisi, o chefe de uma família do crime organizado de Las Vegas.

— Quando? — Jim perguntou ao Travis.

Meu cunhado engoliu em seco.

— O pai da Abby se meteu numa encrenca. Ficou devendo uma grana pro Benny. E procurou a Abby pedindo ajuda. Fomos a Vegas e ela ganhou a maior parte do dinheiro. Eu ganhei o resto.

— Como? — Tyler perguntou. — Não foi com pôquer.

— Lutando — Travis respondeu com naturalidade.

Continuei:

— O Thomas sabia que o Travis tinha acesso ao Benny, algo que ele poderia usar em troca de imunidade. O Thomas tinha um prazo determinado para o Travis concordar, e ele queria fazer isso pessoalmente, por isso conversamos com ele no dia seguinte à renovação dos votos.

— Em Saint Thomas? — Falyn perguntou.

Concordei com a cabeça, sentindo os olhos se encherem de lágrimas com a lembrança. E não era boa. Eu nunca consegui esquecer a vergonha nos olhos de Thomas.

— Assim, levamos o Travis para a operação, e ele ficou trabalhando como agente infiltrado, nos passando informações.

— Não entendo. Por que esconder isso da gente? — Trenton perguntou.

— O Thomas quis assim. Ele tinha medo de preocupar o Jim. — Olhei para o meu sogro, encolhido, com os olhos molhados, parecendo arrasado. — E — olhei para Travis, que me deu permissão com um sinal de cabeça — ele não queria que todos vocês soubessem o que ele tinha feito.

As sobrancelhas de Tyler se aproximaram.

— O que foi que ele fez?

Suspirei.

— Já que é pra ser totalmente sincera... O Thomas sabia que, se levasse o Travis para o FBI como informante, poderia mantê-lo livre da cadeia. E ele também sabia que conseguiria uma promoção.

— Mas eu tive escolha — Travis acrescentou.

Trenton franziu o cenho.

— Morango ou chocolate é uma escolha. Ir pra cadeia ou ser peão do FBI não é uma escolha, porra. Agora sua família está em perigo, Trav. Como você pôde fazer isso?

— Trenton — Jim alertou.

— Você acha que eu queria isso? — indagou Travis, instantaneamente irritado. — Você acha que eu queria alguma das coisas que aconteceram?

— Meninos — Jim repetiu o alerta.

— Acho que a mamãe não queria que a gente seguisse a carreira do papai por um motivo, e vocês dois fizeram merda — disse Trenton.

— Já chega! — Jim explodiu. — Já tivemos sofrimento suficiente nesta família hoje e não vamos piorar as coisas. Não desonrem a memória do seu irmão discutindo as escolhas dele. O que está feito está feito. — Ele respirava com dificuldade. — Temos um funeral para organizar.

— Como assim, funeral? — Hollis perguntou. — O tio Tommy vai ficar bem, né?

Ezra e James também olhavam ao redor, subitamente preocupados.

Meu estômago afundou.

— Não — falei, desanimada. Eu era um ser humano horrível.

Os meninos começaram a chorar, e Travis se ajoelhou diante deles.

— O tio Tommy sofreu um acidente.

O rosto de Hollis ficou vermelho.

— Eu sei, mas... ele está no hospital.

— Ele estava. Agora vamos fazer um funeral pra ele, pra gente poder se despedir. — Travis engasgou com as últimas palavras, segurou os ombros de Hollis e desviou o olhar. Ele se sentia um monstro. Eu também.

Hollis foi abraçar o pai, e todos começaram a fazer o mesmo. Camille tentou abraçar Trenton, mas ele levantou delicadamente a mão, avisando que precisava de um minuto.

— Esses Carlisi — disse Trenton. — É deles que estamos nos escondendo?

— Não mais — respondi. — Acabamos de receber a notícia de que o último deles deixou a cidade durante a noite.

— Por quê? — ele perguntou, ficando com mais raiva.

— Porque eles ficaram sabendo que eu decidi desistir do caso. O pai da Abby estava em custódia protetora antes do julgamento de alguns dos mafiosos do alto escalão, mas ele desapareceu. O FBI não tem mais nada contra eles.

— Você não está mais envolvida no caso? — Camille perguntou. — Vai deixar os caras que fizeram isso escaparem?

Engoli em seco, me esforçando muito para não ficar na defensiva.

— Eu sou uma viúva com uma recém-nascida. Preciso me concentrar na Stella.

Camille cobriu a boca com as duas mãos, e Trenton desabou. Em pouco tempo, todo mundo na sala estava soluçando, até as crianças.

Travis abraçou seus gêmeos.

— Vamos ver a mamãe. — Ele os conduziu para fora da sala, me deixando sozinha com a família. Eu o observei com a boca aberta, implorando com o olhar que ele ficasse. Ele secou os olhos. — Já volto.

Embalei Stella. Ela já estava dormindo tranquilamente, mas eu precisava me consolar.

— É mentira — Trenton gritou. — Só pode ser a porra de uma mentira!

Camille o abraçou, mas ele se afastou dela, secando os olhos e encarando o chão. Observei os Maddox passarem por todos os estágios do luto em poucos minutos, e mais de uma vez.

— Liis — disse Ellie, se ajoelhando diante de mim.

Balancei a cabeça, avisando que, apesar de ser grata, eu não estava aberta a demonstrações de solidariedade. Eu não merecia, e isso só seria mais um item na lista para me odiar depois.

Travis voltou. Jessica e James se aninharam no tio Trenton.

— A Abby finalmente dormiu — Trav comentou. — Quando ela acordar, vou levá-la pra ver o Carter. Os agentes Davies, Wren e Blevins vão levar vocês pra casa.

— Então é isso? — Trenton perguntou. — Estamos livres?

— Sim, estão — Travis respondeu.

— Vou pegar o papai — disse Camille. Ela parecia zonza, sem conseguir processar as últimas vinte e quatro horas.

Dava para ver que Trenton queria cuspir um insulto para o irmão, mas lembrou que os gêmeos de Travis estavam ao lado dele. Então beijou Jessica e James na testa e depois se levantou, fazendo um sinal para Olive ir com ele.

— Shep — disse Travis.

— Sim, a gente leva os gêmeos — ele respondeu sem hesitar.

— Obrigado.

Shepley anuiu, ajudando America a reunir as crianças e a dobrar as cobertas. Depois que Trenton saiu com Jim, Camille e Olive, Shepley e America foram atrás com seus filhos, Jessica e James e Jack e Deana. Um a um, todos foram embora, e ficamos só Travis e eu, com Stella e nossa equipe de segurança.

Ele observou o último membro da família sair e esfregou o rosto com uma das mãos.

— Puta que pariu, foi horrível. — Ele voltou para a sala de espera e sentou, se recostando nas almofadas do sofá e entrelaçando os dedos na nuca.

— Bem... — disse Val, se juntando a ele. — O pior já passou.

— Não, ainda não passou — soltou Travis. — O pior vai ser olhar pra cara deles e dizer que eu menti... de novo. O Trenton definitivamente vai me dar um soco, e eu vou deixar ele fazer isso.

— Espero que eles fiquem tão felizes que esqueçam o que fizemos. Caso contrário, eles nunca mais vão falar com a gente — comentei.

— Vão, sim — disse Travis.

Inclinei o pescoço para ele.

— Você falaria?

Ele olhou para baixo e franziu o cenho.

— Não sei o que eu faria.

19

Falyn

*Assim que chegamos à casa de Jim, todos nós tomamos banho e tro*camos de roupa, depois voltamos a nos reunir no andar de baixo. Meu celular não parava de tocar, mas eu já sabia quem era. Peter Lacy tinha recebido minha primeira resposta naquela manhã, dizendo que, se ele não parasse de me contatar, eu daria queixa na delegacia de polícia de Estes Park. De alguma forma, isso só o deixou mais animado.

Taylor e Tyler estavam atordoados, sentados à mesa de jantar, encarando as mãos entrelaçadas. Coloquei o celular no silencioso e guardei no bolso de trás. Eu não queria desligá-lo, para o caso de Travis, Abby e Liis precisarem de alguma coisa, mas uma parte de mim pesou seriamente isso contra a possibilidade de Taylor descobrir que Peter continuava tentando falar comigo. Em seu atual estado, eu não sabia como ele reagiria. E definitivamente não queria um espetáculo na frente de Alyssa.

Jim estava dormindo no quarto, Alyssa estava de vigia na sala de estar e as crianças estavam no andar de cima vendo um filme, deixando nós quatro sofrermos sozinhos. Eu queria abraçar Taylor, tocá-lo. Ele era meu marido, pelo amor de Deus, mas o orgulho mantinha minhas mãos no colo. Estávamos seguindo as minhas regras desde que eu tinha ido embora, regras que eu sentia que precisavam ser seguidas como uma lição para Taylor. Não era justo começar a mandar sinais confusos agora para consolá-lo.

A casa estava silenciosa, exceto pelos rangidos ocasionais. Tentei não pensar que Alyssa estava na sala ao lado, mas era impossível. Era mais fácil deixar minha mente se preocupar com coisas que eu podia controlar de algum jeito. A cafeteira apitou, e todo mundo acordou de repente do torpor.

— Eu pego — disse Ellie, se levantando. Então voltou com uma bandeja cheia de canecas e a chaleira de café, e encheu todas elas.

Tyler bebia café puro, mas eu sabia que devia procurar creme e açúcar para Taylor. Enquanto abria os armários, percebi itens em locais estranhos e pausei quando vi uma forma de gelo ao lado dos temperos. Eu a puxei, e a água se espalhou, me assustando.

— Ah! — gritei.

Alyssa entrou correndo.

— Está tudo bem? — perguntou, já sabendo a resposta.

Tirei a água das mãos e o excesso que havia caído na calça.

— Eu não sabia que o Jim guardava as formas de gelo no armário.

Ela franziu o nariz.

— Como é?

— Nada — falei, enchendo a forma e colocando-a no congelador.

Alyssa assentiu e virou para a sala de estar, mas depois parou.

— Eu admito que pedi para ser designada para esta missão.

Eu a encarei.

— Eu... não sei como responder a isso.

— Eu estava curiosa em relação ao Hollis há algum tempo, principalmente depois que você deixou o Taylor.

Meu rosto se retorceu.

— Você está nos vigiando?

Ela deu de ombros, sem se arrepender.

— Vocês estão com o meu filho.

— *Meu* filho — retruquei. — Eu criei o Hollis. Cuidei dele quando estava doente, fiz café da manhã pra ele todos os dias, bolo de aniversário todos os anos e o embalei até dormir todas as noites, até ele completar seis anos. Eu estava lá no primeiro dia de aula e quando ele fez seu primeiro gol. Ele é *meu* filho.

— É mesmo — disse Alyssa. — Em todos os sentidos da palavra.

— Então por que você queria estar aqui?

— Curiosidade, principalmente. O resto é sentimento.

Fiquei inquieta, subitamente nervosa em relação às suas intenções.

— Você vai contar pra ele quem é?

— Não — respondeu Alyssa, olhando para baixo. — Muito menos agora. Seria errado jogar essa bomba quando ele está sofrendo tanto pelo tio.

Mesmo sem dormir e com o cabelo preso, ela não tinha envelhecido quase nada desde a última vez em que eu a vira. Seus cabelos escuros, compridos e lisos e seus olhos de corça me lembravam da Cher quando era casada com Sonny, com exceção das curvas matadoras, que a faziam parecer mais uma atriz interpretando uma agente na TV do que uma agente de verdade. Sem precisar correr atrás de crianças e podendo cuidar apenas de si mesma, ela havia envelhecido bem melhor que eu. Era fácil me sentir ameaçada enquanto eu estava ali, de calça de moletom, camiseta larga, dez anos de casamento nas costas e pés de galinha ao redor dos olhos. Alyssa era uma modelo maravilhosa que podia roubar meu marido e uma agente fodona do FBI que podia roubar meu filho. Meu sentimento de inferioridade era enorme.

Olhei para Taylor, que virou a cabeça, fingindo que não estava olhando. Eu não tinha certeza se ele estava ouvindo a nossa conversa ou encarando Alyssa.

— Não vou impedir que você veja o Hollis — falei. — Muitas vezes me perguntei como você conseguiu fazer isso, como simplesmente se afastou e não olhou para trás. É que é tão...

— Confuso — disse Alyssa, terminando minha frase. — Eu entendo. E não quero tornar essa semana mais difícil ainda pra vocês. Eu vi como ele olha pra você. Eu não conseguiria conquistá-lo, mesmo se tentasse. Eu só queria... vê-lo.

— O Hollis? — perguntei, sem conseguir evitar. As palavras simplesmente saíram, e meu rosto ficou instantaneamente em chamas.

— O Hollis, claro. Quem mais?

Olhei para Taylor para ver se ele estava olhando. Ele desviou o olhar, flagrado de novo. Minha vontade era fazer as malas e entrar no primeiro avião de volta para o Colorado. O constrangimento normalmente me deixava enfurecida, mas eu não conseguia nem reunir dignidade suficiente para sentir raiva.

— Ah. Não — disse Alyssa. — Não, não, não. Você entendeu mal. Completamente. Totalmente.

Cruzei os braços, me sentindo absolutamente maluca. Eu estava *indignada* por ela não demonstrar interesse em Taylor.

Ela percebeu minha irritação e suspirou.

— Deixe eu explicar melhor. O Taylor nunca foi uma opção. Sempre foi você. Eu sabia disso naquela época. E sei disso agora.

Era uma sensação estranha ter alguém tão ameaçador me oferecendo tanto consolo.

Alyssa parou e saiu sorrateiramente para o corredor. Foi em silêncio até a porta da frente e colou o ouvido na madeira. Escutou por um instante e depois revirou os olhos, abrindo a porta com violência. Olive parou de repente, esperando permissão para entrar. Alyssa abriu a porta toda para ela passar e em seguida fechou e trancou.

— Desculpa — disse Olive. — Não estou acostumada com a porta trancada.

Alyssa fez um gesto para que ela seguisse em frente e voltou para seu posto na sala de estar. Vi Olive abraçar Taylor, Tyler e Ellie e, em seguida, vir em minha direção. Anos atrás, eu havia deixado de me perguntar quando meu coração pararia de se acelerar toda vez que ela estava por perto. Ela jogou os braços ao meu redor e eu a abracei, amassando seu cabelo. Eu sabia exatamente como Alyssa se sentia, e não tinha nenhum direito de fazê-la se sentir de qualquer jeito que não fosse bem-vinda. Hollis também era filho dela. O fato de ela ter se afastado não significava que não o amasse.

— Café? — perguntei a Olive, levando o açucareiro e o pote de creme para a mesa.

Ela balançou a cabeça e me seguiu.

— Acabei de tomar a segunda xícara antes de vir pra cá.

— Como está sua mãe? — perguntei, sentando ao lado de Taylor. — Preparada pra você se mudar para o dormitório da faculdade?

Olive negou e sorriu, abafando o riso.

— Nem um pouco. Ela é muito criança.

Dei uma cutucada de brincadeira nela.

— Dá um tempo pra ela. Isso é importante. — Meu celular zumbiu. Eu o verifiquei e guardei.

— Eu contei pra ela sobre o Thomas. Ela vai trazer um ensopado pro Jim mais tarde.

— Que gentileza — falei, afastando um fio de cabelo que tinha caído em seu rosto. Olive era uma jovem mulher agora, se aproximando a cada dia da idade que eu tinha quando a trouxe ao mundo. Ela estava trabalhando numa mercearia local como caixa, como fizera em todos os verões desde que tinha quinze anos, mas esta seria a última vez antes da faculdade.

Taylor tomou um gole do café.

— Obrigado, baby. — Ele ficou tenso quando percebeu o que tinha dito, mas cobri a mão dele com a minha. As regras agora pareciam banais, assim como os termos carinhosos e a parte de vivermos separados até eu sentir que Taylor tivesse sido punido. Ele poderia ter perdido o emprego e ido para a cadeia, e eu queria puni-lo ainda mais. Meu coração afundou. Eu estava errada. Esse tempo todo eu estava errada.

— Taylor — comecei, mas meu celular zumbiu. Olhei de novo e o guardei.

— São as crianças? — ele perguntou.

— Não — respondi simplesmente.

Seu olhar foi até meu bolso traseiro.

— É ele, né?

— É estranho eu estar com raiva dele? — Tyler soltou, olhando para o irmão gêmeo.

— Com raiva de quem? — perguntou Taylor.

— Do Thomas. Estou puto pra caralho. Fico pensando que, se ele estivesse aqui, eu daria um soco naquela cara mentirosa.

Taylor balançou a cabeça.

— Parece estranho — disse Tyler. — Como se eu não devesse me sentir assim, mas sinto. — Seu queixo tremeu. — E aí eu lembro que ele não está mais aqui, nem vai estar. Mas eu o socaria mesmo assim, depois o abraçaria até ele me mandar soltar.

Ellie massageou a nuca de Tyler.

— Não é estranho. Isso tudo é muito confuso. Sentimentos nunca são errados. O que você está sentindo é exatamente o que deveria sentir.

Sorri para minha cunhada. Ela tinha passado de bêbada viciada em remédios a mãe exemplar que medita e faz a posição de lótus. Tinha batalhado muito para se manter sóbria e gastado uma fortuna em reabilitação antes de Gavin nascer. Ela não só estava sóbria, mas também estava começando a soar como sua terapeuta, e eu adorava isso.

— Falyn? — disse Olive.

Sempre que ela dizia o meu nome, meu coração cantava. Por causa de Taylor, eu consegui me envolver na vida dela mais do que jamais pensei ser possível. Ela foi daminha de honra no nosso casamento, era babá de Hollis e Hadley quando vínhamos visitá-los, e, agora, estava sentada ao meu lado, uma cópia minha, em busca de conselhos. Apoiei o queixo na palma da mão e olhei para ela com um sorriso.

— Sim, meu amor?

— Quando você acha que vai ser o funeral? Vou pedir um dia de folga. Quero estar lá.

— Vou perguntar ao vovô quando ele acordar. Vamos ter que decidir muitas coisas hoje, por isso é bom ele descansar um pouco.

Ela mexeu nas unhas, fazendo que sim de maneira ausente.

— Tá.

Olhei para Taylor, desejando poder agradecer a ele por aquele momento e por todos os outros que tive com Olive. Eu estava errada, e era hora de admitir isso para nós dois. Meu celular zumbiu de novo. Não o verifiquei, dessa vez.

Taylor olhou para a fonte do barulho. Seus ombros afundaram.

— É quem eu penso que é?

Hesitei.

— Eu... não sei quem é.

— Falyn — ele disse, parecendo cansado. — É ele?

— Quem? — Tyler perguntou.

— Peter Lacy — Taylor respondeu.

— O filho do prefeito? — Ellie indagou, surpresa.

— Ela não deu o número pra ele, e ela não atende — disse Taylor.

— Eu atendi hoje de manhã — corrigi. Ele pareceu arrasado. — E falei que, se ele não parasse de me ligar, eu ia dar queixa na polícia.

— E ele ainda está tentando fazer contato com você? — perguntou Ellie.

— Está — respondi, irritada.

— É sério? — Taylor indagou. — Você falou isso pra ele?

Eu o encarei.

— Eu já te disse. Não quero nada com ele.

Taylor conseguiu dar um meio sorriso. Ele não perdeu a calma, não socou o ar, não gritou nem bateu portas. Talvez porque estivesse emocionalmente exausto, mas eu tinha pedido para ele melhorar, e ele estava melhorando.

— Eu queria ser melhor por você. Você merece isso.

As expressões chocadas do outro lado da mesa me fizeram estender a mão para ele. Sua vulnerabilidade naquele momento era incrivelmente tocante.

Ele olhou para minha mão e piscou, parecendo surpreso.

— Vem sentar comigo na varanda? — pedi.

Ele me encarou por um instante, como se eu tivesse falado em grego, mas depois assentiu, finalmente processando meu pedido.

— Ãhã. Quer dizer, sim. Claro.

A cadeira de Taylor raspou no chão quando ele a empurrou para se levantar. Mantive a mão dele na minha enquanto íamos até a porta da frente. Ele não tentou se afastar, mas estava no piloto automático, me deixando conduzi-lo até lá fora. Sentamos no degrau de cima e escutamos os pássaros cantando, o vento soprando as folhas nas árvores e os carros passando. Era um lindo dia ensolarado de verão. Devia estar nublado e chovendo, mas a tempestade estava dentro de casa. O rosto de Taylor estava molhado de lágrimas silenciosas, e eu fui ficando desesperada.

— Sei que provavelmente é o pior momento pra isso, mas eu preciso falar. Vou dizer uma coisa que eu queria dizer na outra noite, por isso não quero que você pense que existe algum outro motivo pra isso além de eu te comunicar uma decisão que já tomei — eu disse.

— Falyn. — Ele hesitou vários segundos antes de falar novamente. Tive medo de ele me mandar calar a boca porque não queria ouvir nada de mim. Que nada do que eu tivesse a dizer seria importante para ele naquele dia, e eu não poderia ficar com raiva, porque ele estaria certo. — Se você me disser que quer o divórcio, já vou te avisando... eu vou até o meio da rua e me deito lá.

Não consegui evitar um sorriso, mas ele logo sumiu.

— Eu não quero o divórcio.

Seus olhos encontraram os meus, e ele realmente me viu pela primeira vez em horas.

— Não?

Balancei a cabeça.

— Eu te amo. E você está certo. Precisamos trabalhar nisso juntos, não separados. Isso não está sendo bom pra ninguém, ainda mais para as crianças, e...

— Acho que você está dizendo que, quando formos pra casa, não vamos mais estar separados. — Ele esperou, cuidadosamente otimista.

— Estou dizendo que não estamos mais separados.

— Não estamos mais? Quer dizer que está valendo a partir de agora?

— Sim.

— Tipo, agora mesmo? — ele perguntou, ainda inseguro.

— Se você quiser. Não quero fazer suposições.

Ele fechou os olhos e apoiou a cabeça nas mãos, se inclinando para a frente, quase alcançando os dedos dos pés.

— Cuidado — falei, segurando-o pelo braço.

Ele soltou um grito, depois me puxou para seus braços. Em pouco tempo começou a soluçar, e eu o abracei. Os músculos das minhas costas começaram a queimar, mas eu não tinha coragem de me mexer. Se ele precisasse de mim, eu ficaria naquela posição pelo resto do dia, abraçando-o.

Seus ombros pararam de tremer, e ele inspirou fundo duas vezes, recuando e secando os olhos. Eu nunca o tinha visto sofrer tanto assim. Nem na noite em que fui embora.

— Eu te amo muito — disse ele, com a respiração falhando. — E vou ser um marido melhor. Não posso te perder também. Isso iria me destruir, Falyn... Acho até que já me destruiu.

Eu me inclinei para beijar seu rosto, depois o canto de sua boca. Ele ficou tenso, sem saber o que fazer, preocupado de fazer a coisa errada. Encostei os lábios nos dele uma vez, depois mais uma. Na terceira vez, abri a boca e ele me beijou também, segurando os dois lados do meu rosto. Não nos tocávamos havia meses e, quando começamos, não conseguimos mais parar. Estávamos nos beijando e chorando, abraçando e fazendo promessas, e tudo aquilo parecia certo.

Taylor encostou a testa na minha, respirando com dificuldade. Estava aliviado, mas ainda hesitante.

— Isso é temporário? Vai ser diferente quando voltarmos pra casa e tivermos os mesmos problemas?

— Vamos trabalhar nos mesmos problemas, mas vai ser diferente.

Ele fez que sim com a cabeça, uma lágrima pingando da ponta do nariz.

— Vai ser. Eu prometo.

20

Ellie

Deslizei o dedo para a esquerda na tela do e-reader, virando a página, depois ajeitei o corpo quando Tyler se mexeu. Ele estava dormindo com a cabeça na minha coxa direita havia duas horas, e Gavin na esquerda, havia três. Eu não sabia por que tinha me mexido. Tentar me ajeitar depois de um dos meus meninos para deixá-los mais confortáveis costumava deixá-los mais desconfortáveis, e eles se mexiam de novo. Por algum motivo, eu achava que sabia mais do que eles o que os deixava confortáveis, e quase sempre estava errada. Era um misto de necessidade de controle e instinto maternal. Eu precisava sentir que estava ajudando os dois a ficarem confortáveis, quando, na realidade, se eu permanecesse parada, eles se ajeitariam sozinhos.

Li a página, absorvendo ideias sobre como lidar com a morte, como ajudar outras pessoas a fazer isso e o consolo contido na crença de um ph.D. de que nossas energias continuam na próxima vida. Eu não tinha certeza se isso me transformava numa maluquete transcendental da nova era, mas fazia com que eu me sentisse melhor e, na minha opinião, esse era o meu objetivo — viver e curar feridas da maneira mais saudável possível.

Eu estava batalhando para encontrar paz na morte de Thomas, nas mentiras e no perigo em que tínhamos sido colocados. Tentei não pensar na foto de Gavin no meio de mais de uma dezena de imagens espalhadas no banco do carro que carregava três assassinos da máfia, ou que a foto dele provavelmente tinha sido respingada de sangue desses homens. Do mesmo tom vermelho-escuro do sangue de Gavin, e pouco tempo atrás correndo nas veias de um homem que já tinha sido um menino, cuja única diferença em relação a mim era uma série de escolhas ruins, prejudicadas por experiências na infância arruinadas pelas escolhas ruins de seus pais: um ciclo que nunca se quebrava.

Meu coração sofria por homens que teriam assassinado meu filho sem pensar duas vezes, e isso também era apavorante. Eu tinha desistido da raiva e, com essa libertação, me vi sem a ferramenta necessária para odiar. Eu poderia odiá-los, mas era difícil, depois de passar tantos anos vendo adultos como crianças e analisando a origem de suas ações. Eu nunca tinha considerado que, em minha disciplina para perceber o mundo de um novo jeito, teria dificuldade para sentir emoções esperadas, que teriam surgido com muita facilidade uma década antes.

Mesmo assim, aqueles homens não eram imaginários. Eles tinham vindo para Eakins com armas e eram uma ameaça muito real à nossa família. Seria fácil culpar Thomas e Travis por trazê-los para cá, mas isso exigiria colocar a culpa na escolha de outra pessoa. Meus cunhados podem ter feito suas escolhas com base nos Carlisi, mas estavam do lado certo da situação. A única outra escolha seria permitir que os Carlisi vingassem a morte de Benny. Eu detestava violência, mas, sentada no quarto com meu marido e meu filho adormecidos, percebi que realmente havia uma hora para tudo.

A única solução era levantar e lutar.

Esse reconhecimento ao mesmo tempo me arrasou e me fortaleceu, como cada nova compreensão. Virei a página no e-reader novamente, sentindo o rosto arder com as lágrimas que haviam começado a escorrer. Funguei e limpei o nariz, acordando meu marido.

Ele viu o meu rosto e sentou, ajeitando atrás da orelha um fio solto que tinha caído do meu coque.

— Ellie — disse ele, pouco mais que um sussurro. — O que foi?

— Só estou lendo uma parte triste — respondi.

Ele sorriu. Tyler me provocava com frequência, dizendo que eu era a única pessoa que ele conhecia que chorava lendo não ficção, mas o autoconhecimento às vezes podia ser desconcertante, e muitas vezes eu tinha que deixar minhas mágoas para trás, não importava quanto tivesse me apegado a elas.

— Que parte? — ele perguntou, se ajeitando ao meu lado.

— Que a escolha do Thomas e do Travis foi sensata, e deve ter sido muito difícil pra eles. Os dois devem ter passado por muitos conflitos.

Tyler pensou nas minhas palavras e suspirou.

— Provavelmente.

— É difícil enxergar a luz em circunstâncias como essa, mesmo se você estiver segurando a vela.

Ele deu uma risadinha e se virou para mim.

— Você leu isso aí?

— Não.

— Sua mente me impressiona. Seus pensamentos são como poesias.

Soltei uma risada.

— Às vezes, pode ser. É importante encontrar força na dor.

Tyler beijou meu rosto e se esticou até nosso filho. Gavin era o perfeito equilíbrio entre mim e ele — em paz quando estava com raiva, uma pele pálida e macia envolvendo um espírito gentil e corajoso, e uma mente analítica. Passei os dedos no cabelo curto que ele insistia em usar para se parecer mais com o pai, fazendo suas pálpebras se mexerem. Seus calorosos olhos castanhos estavam imersos em escuridão. Assim como nós, ele passaria pelo pior antes de experimentar o melhor, e eu tanto temia quanto aceitava o desafio. Eu tinha passado muito tempo conquistando o direito de ser sua mãe.

— Ele está dormindo há tanto tempo — disse Tyler.

— Acho que ele não dormiu muito no hospital. Ele estava precisando. O corpo vai acordar quando estiver descansado.

Ouvimos passos indo do corredor até o topo da escada. Depois que desceram, a voz abafada de Jim cumprimentou alguém.

— Ele acordou — disse Tyler. — A gente devia descer.

Anuí, levantando com cuidado a cabeça de Gavin do meu colo. Tyler colocou um travesseiro embaixo da cabeça dele, e ajeitei as cobertas à sua volta. Tyler segurou minha mão enquanto seguíamos para a mesa onde Jim estava sentado com Liis e o sr. Baird, dono da funerária. Ele tinha vindo mais cedo, antes de Jim acordar do seu cochilo, e insistiu em esperar pacientemente a família se reunir. O sr. Baird era alto e magro, o cabelo grisalho penteado de lado com gel. Ele virou a página de um catálogo, discutindo em voz baixa os prós e os contras do carvalho, do cedro e do pinheiro, assim como das opções mais ecológicas — bambu e folha de bananeira —, explicando a diferença entre um caixão retangular e um octogonal.

Duas caixas de lenços de papel eram o enfeite central da mesa de jantar, e Camille estendeu a mão por cima do marido para pegar um lenço, secando os olhos vermelhos. Ela estava em pé atrás dele, massageando seus ombros, o que parecia reconfortá-la também.

Liis estava sentada ao lado de Jim, séria, quase desligada. Imaginei que ela cuidaria dos detalhes como cuidava do trabalho, de maneira organizada e meticulosa, mas ela pedia a opinião de Jim para quase todas as decisões.

— Que tal uma urna? — perguntou Travis.

Jim franziu o cenho, provavelmente imaginando a cremação do corpo de Thomas em vez da visão que Travis havia pensado.

Liis assentiu.

— Podíamos espalhar as cinzas no jardim dos fundos. Ele tem tantas histórias de ver os irmãos brincando lá. Acho que ele ia gostar disso.

— Eu estava pensando em colocá-lo no meu lote ao lado da mãe dele — disse Jim.

— Que bonito — comentei, mas Trenton suspirou, agitado.

— Não, pai — ele disse. — Seu lugar é ao lado da mamãe. A Liis está certa. O Thomas não ia querer as pessoas encarando o corpo dele num caixão.

— Caixão retangular — corrigiu o sr. Baird. — Porque o octogonal é uma unidade de madeira ou metal historicamente usada como uma opção mais barata. Os ângulos permitiam o uso de menos material e...

— Não me leve a mal, sr. Baird — disse Trenton —, mas eu não dou a mínima pra essa merda. — Ele olhou para o relógio de pulso. — Droga. Tenho que ir trabalhar.

— Eu liguei para avisar que você não vai — disse Camille.

— É? — ele perguntou, perplexo.

— Você precisa estar aqui.

— Você avisou que também não vai?

— Posso trabalhar de casa. — Ela colocou as mãos no antebraço dele, a pele dos dois parecendo uma obra de arte de linhas e cores. — Eu quero ficar aqui com você.

Ele virou, anuindo e respirando fundo. Até as menores coisas pareciam fazer todos ali lembrarem que aquilo não era um sonho ruim. Thomas estava morto, e nos despediríamos dele em breve.

— A maioria de nós não via o Thomas desde o Natal — disse Taylor, segurando a mão de Falyn no colo. Eles não conseguiam parar de se tocar desde que fizeram as pazes, mais cedo naquele dia. — Vê-lo daria uma sensação de encerramento para mim.

Todos olharam para Liis, que tropeçou nas palavras seguintes.

— Acho que não... Eu acho que, nesse caso, é melhor uma urna.

— Você está dizendo isso porque ele não está com a aparência de sempre, ou porque não pode ser um caixão aberto?

Tentei não ofegar, mas não consegui. Olive fez o mesmo.

— Eu acho — disse Liis, trocando olhares com Travis — que uma urna é melhor.

Jim desviou o olhar, tentando se recompor antes de responder. Pigarreou.

— Vamos ver as urnas, então.

Papéis farfalharam enquanto o sr. Baird reunia as opções de caixão e as guardava. Ele mostrou um novo catálogo e uma nova listagem, e Liis abriu o livro na primeira página.

— Eu preciso saber — disse Trenton.

— Por favor, não... — Camille pediu.

— Por que não pode ser um caixão aberto? — ele indagou.

— Olive — Falyn alertou. — Vá dar uma olhada nas crianças.

— Pode deixar — disse ela, virando imediatamente na direção da escada.

— Liis? — Trenton chamou.

— Trent — disse ela, fechando os olhos. — Eu entendo que saber faz parte do seu processo de luto, mas eu não consigo. É difícil demais.

Travis foi até ela e colocou as mãos em seus ombros.

— Não importa, Trent.

— Importa sim, porra. Eu quero saber o que aconteceu com o meu irmão.

— Ele morreu — disse Travis.

Trenton socou a mesa e se levantou.

— Eu sei! Eu sei que ele morreu, porra! Quero saber por quê! Quero saber quem deixou isso acontecer!

A voz de Travis estava perceptivelmente contida.

— Ninguém. Ninguém deixou isso acontecer. Simplesmente aconteceu. Não temos que escolher alguém pra culpar, Trent...

— Temos, sim. O Tommy está morto, Travis. Ele está morto, porra, e eu culpo o FBI. Culpo ele. Culpo ela — Trenton acusou, apontando para Liis. — E culpo você. — Ele estava tremendo, os olhos vidrados e injetados.

— Vai se foder, Trent — disse Travis.

Trenton contornou a mesa, fazendo os gêmeos se colocarem de pé entre os dois. Travis permaneceu parado, impassível, enquanto Trenton se debatia alucinadamente. Saí tropeçando da cadeira e me levantei com as costas para o canto da parede, as mãos grudadas atrás de mim.

— Cada um de vocês, babacas de terno...! — Trenton fervilhou.

— Para com isso! — disse Tyler, agarrando o colarinho da camisa de Trenton. — Para, porra!

— Vai se foder! — Trenton gritou, empurrando Tyler. Ele respirava com dificuldade, andando de um lado para o outro e olhando furioso para Travis, como se estivesse entre um round e outro numa luta de MMA.

Taylor estava parado diante de Travis, fazendo sinal para sua mulher se afastar. Falyn obedeceu, se afastando da mesa e vindo para perto de mim.

— O que fazemos agora? — ela sussurrou.

— Ficamos quietas — falei.

— Todas essas malditas mentiras... — disse Trenton, apontando para Travis. — Você matou o chefão deles, porra, aí eles assassinaram o nosso irmão! — Ele deu alguns passos e Taylor se preparou. — E metade de um maldito dia se passa antes de vocês contarem pra gente que merda está acontecendo? Qual o problema com você, cara? — Ele deu mais um passo, invadindo o espaço de Taylor.

— Não me obrigue a te nocautear — disse Taylor, com a sobrancelha franzida.

Fechei os olhos.

— Por favor, parem — falei, com a voz fraca demais para alguém ouvir, exceto Tyler. Ele olhou para mim apenas por tempo suficiente para ter certeza de que eu estava bem.

— Ninguém vai nocautear ninguém — disse Camille, parada atrás do marido. — Pra trás, Taylor.

Falyn deu um passo para a frente.

— *Taylor?* Fala pro seu marido se acalmar. Isso não vai resolver nada.

Camille apertou os olhos para a cunhada.

— Sabe o que não resolveu nada? Colocar todos nós em perigo e mentir. Acho que o Trent tem direito de estar irritado.

— Sério? — disse Falyn, cruzando os braços. — Sério, Cami? Você vai fingir que não estava no Time Thomas vinte e quatro horas atrás?

— Ah, cala a porra dessa boca, Falyn — disse Camille, indignada.

— Ei! — Taylor explodiu. — Não fala assim com ela. Nunca.

— Então ela precisa prestar atenção no tom — disse Trenton.

— Ela é minha *mulher*! — disse Taylor. — Ninguém fala assim com ela.

— Você não estava gritando com a Cami ontem pelo mesmo motivo? — Falyn perguntou. — Por ela ter guardado segredos? Agora você está culpando a Liis, quando ela está sentada ali, sofrendo pelo marido? A Liis não te deve nada, Trent.

— Ela me deve a verdade! — ele gritou.

Jim ainda estava virando as páginas, tentando ignorar sua família desabando ali perto. Era demais para ele, e demais para Liis, que não conseguia encontrar palavras nem disposição para interrompê-los.

— Vocês terminaram? — Travis perguntou.

A porta da frente se abriu, e os meninos de Shepley entraram em disparada pelo corredor, mal acenando para nós antes de correrem escada acima. Quando Shepley e America chegaram à sala e viram quase todo mundo de pé, congelaram.

— O que está acontecendo? — Shepley perguntou, os olhos passando de uma pessoa a outra.

— Por que você não pergunta pro Travis? — disse Trenton, apontando na direção do irmão mais novo.

Shepley olhou para Travis, parecendo desconfortável.

— O que está acontecendo?

Travis suspirou, relaxando um pouco.

— O Trenton está tendo mais um de seus surtos.

Trenton lançou um olhar furioso para Travis, que deu de ombros.

— Você que mandou ele me perguntar.

America foi até a mesa e puxou uma cadeira, inabalável com o fato de que uma guerra estava prestes a explodir.

— E agora? Ele está puto com a Cami de novo?

Camille apertou os olhos.

— Sério?

— Sério — disse America, mexendo na unha do polegar.

— Eu não estava tentando magoar ninguém — Cami reclamou. — E, se cada um de vocês que estão me julgando soubesse desde o início, não mudaria nada. Nem uma coisinha. Então podem guardar a munição. Eu estava respeitando os desejos do Thomas. Só isso.

— A America não quis dizer isso, Cami — disse Shepley.

— Quis, sim — America retrucou, sem nenhuma emoção.

— Mare — Shepley repreendeu.

Ela revirou os olhos e se endireitou.

— Cinco pessoas mentiram pra gente sobre um problema de segurança envolvendo toda a nossa família. O Thomas, a Liis, o Travis, a Abby e a Cami. — Ela olhou para Camille. — Então, não tenta fugir da culpa, Cami. Só porque o seu marido está com raiva por causa das mentiras e você quer estar ao lado dele, isso não te isenta da verdade.

O rosto de Camille ficou vermelho, e seus olhos ficaram vidrados.

— Eu não pedi para ser colocada nessa posição.

— Mas você tinha escolha.

Liis finalmente se meteu:

— A Abby só soube porque eu contei pra ela. E pedi pra ela ser discreta em relação a essa informação.

Travis olhou para ela, surpreso.

— Você contou pra Abby?

Vários segundos se passaram antes que Liis conseguisse olhar nos olhos de Travis.

— Anos atrás.

Os ombros dele afundaram.

— Quer dizer que, todas as vezes que eu saía da cidade e mentia descaradamente pra ela sobre aonde estava indo... as maquinações... ela sabia?

— Ela estava arrasada — disse Liis. — Tinha certeza que você estava tendo um caso. E sabia que você estava mentindo, só não sabia o motivo. Contar pra ela salvou o seu casamento.

— E por que você não me contou? — disse Travis, inquieto. — Você me deixou continuar mentindo pra ela?

— Se você contasse para ela, o FBI teria rescindido o acordo. Ela tinha que ter um motivo válido para chegar a essa conclusão sozinha. A informação que ela te deu sobre o Mick era uma explicação mais que satisfatória, e o FBI sabe que a Abby é um indivíduo extremamente inteligente.

— Não fala de maneira analítica comigo, Liis. — Ele fechou os olhos e balançou a cabeça, massageando a nuca. — Ela vai ter alta do hospital hoje. Preciso voltar pra lá.

Os gêmeos sentaram, sussurrando sobre o novo desenrolar da história. Eles também tinham mentido e sofreram com isso durante anos, mas a mentira de Thomas e Travis tinha ofuscado o segredo deles, lhes dando uma saída fácil e inesperada. Isso me lembrou da época em que minha irmã Finley fugiu e roubou o carro dos nossos pais. Ela não tinha planos, só queria que eles a notassem uma vez na vida, em vez de correrem para cuidar de mim toda vez que eu fazia algo para chamar atenção. Quando eles perceberam o que ela havia feito, estavam ocupados demais contratando um advogado para me tirar da encrenca de ter ateado fogo na casa de praia do sócio do meu pai. Minha irmã nem ficou de castigo. Minhas confusões faziam com que qualquer coisa menor que um incêndio proposital parecesse banal.

Trenton percebeu que os gêmeos estavam ocupados e usou a oportunidade para atacar Travis, jogando-o contra a parede. Segundos antes da colisão dos dois, Liis arrastou a cadeira para o canto, puxando Jim e o sr. Baird consigo. Ela tinha reflexos rápidos, como eu imaginava que uma agente do FBI deveria ter. Os outros agentes correram para a sala, mas Travis levantou a mão, sinalizando que eles recuassem.

O rosto de Trenton estava molhado de lágrimas.

— Por que você teve que matar o Benny, Travis? Por que você não ficou com o Thomas e o protegeu, se sabia que ele estava correndo perigo?

— Eu não sabia, Trent — disse Travis, encarando o irmão. — Eu não sabia. E, mesmo que soubesse, teria ficado aqui pra proteger a minha família.

Trenton agarrou o colarinho de Travis e o jogou contra a parede. Travis nem tentou reagir, e eu me perguntei o motivo.

— Ele fazia parte da sua família. Ele ajudou a te criar, Travis. E você deixou ele enfrentar isso sozinho?

— Sinto muito — disse Travis com sinceridade. — Sinto pra caralho, Trent. Você não faz ideia de como eu me sinto mal com isso, nem de como vou me sentir pior depois, quando... Não é justo. Talvez devesse ter sido eu.

Trenton soltou a camisa do irmão e deu alguns passos para trás.

Shepley deu um tapinha nas costas dele.

— Podia ter sido você. Podia ter sido a Abby, o James, a Jess, o Ezra, a Mare. E a gente nunca saberia que isso estava para acontecer.

Tyler encolheu o queixo, com uma expressão confusa no rosto.

— O que você está dizendo, Shep? Que o que aconteceu com o Thomas foi uma sorte pro resto de nós?

— Claro que não — Shepley respondeu.

— Ele está dizendo que o que aconteceu com o Thomas não deveria ter sido o nosso alerta — disse Trenton. — Todos nós devíamos ter sido avisados e estar preparados no instante em que o Travis se meteu com a porra da máfia como espião.

Tyler franziu o nariz.

— Você vai mesmo culpar o Travis? Ele não pediu isso. Ele só está jogando com as cartas que recebeu, cara. Então engole essa merda antes de falar mais alguma coisa de que você possa se arrepender.

— Ele não vai se arrepender de fazer perguntas — disse Shepley. — Se tivéssemos feito isso anos atrás, talvez não estivéssemos planejando um funeral agora.

Travis pareceu magoado por Shepley ficar do lado de Trenton.

— Sério? — perguntou Travis.

Shepley deu um tapinha no ombro de Trenton, mostrando sua lealdade.

— Você é meu melhor amigo — disse Travis, sem acreditar.

— Você está errado nessa, Trav. Temos o direito de ficar chateados com o que você fez — ele observou.

— Se vocês não se importam... — disse Jim, voltando sua cadeira para perto da mesa. — Eu tenho coisas para resolver. Agora, se vocês se importam, vão ter que ir embora. Esse funeral não vai acontecer se ninguém planejar.

— Não — disse o sr. Baird, ajeitando a gravata com um tique nervoso nos olhos. — Não vai mesmo.

Os meninos se sentaram, e Jim olhou cada um deles nos olhos.

— Sem mais uma palavra. Estou falando sério.

— Sim, senhor — disseram eles em uníssono.

— Meninas? — disse Jim, olhando para America, Camille e Falyn.

Todas assentiram.

Parecia estranho para mim, mesmo depois de uma década de sobriedade, não ser incluída na bronca. Mais estranho ainda era me sentir orgulhosa e validada.

— Está bem, então. — Ele virou mais uma página, e Liis puxou a cadeira para perto dele, analisando urnas como se nada tivesse acontecido.

21

Camille

Jim escolheu fazer o funeral no auditório da escola da cidade. Seriam pessoas demais para caber nas pequenas igrejas de Eakins. Havia gente encostada nas paredes, nos fundos e nas laterais do espaço. Ex-colegas da Universidade Eastern, ex-amigos do ensino médio e colegas do time de futebol americano. O palco parecia um pequeno jardim botânico, a urna cercada de plantas, coroas de flores e buquês. Eu estava sentada na segunda fileira, exatamente atrás de Liis, e, nas poucas vezes em que ela olhou para trás para analisar a multidão, pareceu desconfortável e um pouco envergonhada.

Lamentos e conversas abafadas preenchiam o silêncio, e a acústica amplificava o sofrimento de todos. Era inacreditável quantas pessoas conheciam e se importavam com Thomas. Até seus colegas do FBI estavam presentes, nas três fileiras atrás dos familiares. O diretor sentou atrás de Travis e deu um tapinha em seu ombro.

Jack se levantou e, com a ajuda de Shepley, subiu com cuidado os degraus até o palco. Com uma folha de caderno dobrada na mão, parou atrás do palanque. O papel crepitou enquanto ele o desdobrava, e em seguida ele pigarreou.

— Meu irmão me pediu para ler esta carta dele. Não tenho certeza se vou conseguir chegar até o fim, então, por favor, sejam pacientes comigo.

Ele pegou os óculos no bolso do paletó e os colocou, ajeitando-os no nariz.

— Meu querido Thomas — começou, parando por um instante antes de continuar —, você é meu primogênito, e isso significa que nós dois passamos muito tempo sozinhos antes de seus irmãos virem ao mundo. Nossa ligação era singular, e não sei... não sei como vou continuar vivendo sem você. Mas eu já disse isso antes. Eu me lembro de quando você nasceu. Da primeira vez em que o peguei no colo. Você era um pequeno gigante. Seus braços se debatiam, você chorava, e eu me senti cheio de orgulho e, ao mesmo tempo, apavorado. Criar um ser humano é uma responsabilidade assustadora, mas você facilitou isso. Quando sua mãe morreu e eu fiquei arrasado em meu luto, você assumiu o controle. Foi uma transição fácil para você, porque, quando os gêmeos nasceram, você costumava insistir em ser o outro par de braços para segurar o Taylor ou o Tyler. Você costumava seguir o Trenton para todo lado com um lenço de papel, e andava ao redor do Travis como se ele fosse se quebrar a qualquer momento. Eu nunca vi um menino cuidar de bebês do jeito que você cuidava, e estava louco para ver você fazer isso com a sua filha. Quando você tinha onze anos, eu te levei para caçar. Já tínhamos dado uns tiros antes, e você era muito bom nisso, mas aquela manhã estava especialmente chuvosa e fria, e você decidiu esperar na caminhonete. Fui até meu local preferido e sequei a chuva dos olhos durante duas horas, sentindo frio até os ossos, desejando que você estivesse comigo para suportar aquela manhã enevoada e miserável. Não vi uma única corça. E aí ouvi um tiro, depois outro. Juntei meus equipamentos e corri de volta para a caminhonete, o mais rápido que pude, quase escorregando na lama quando vi você inspecionando sua caça. Quem diria que você conseguiria seu primeiro cervo naquele ano, com chifre de doze pontas, quase seco e quente, enquanto eu tinha ficado na chuva congelante. Eu devia ter percebido, naquele momento, que você sabia o que estava fazendo, que você tinha a intuição da sua mãe, não só os olhos dela. Quando a Diane faleceu, você nunca me perguntou o que fazer, simplesmente sabia, como se ela sussurrasse em seu ouvido. Você embalava o Travis até ele dormir, acalmava o Trenton e vestia os gêmeos com roupas combinando, como sua mãe costumava fazer. Você penteava o cabelo deles e garantia que eles estivessem limpos para ir à escola, não importava quantas vezes tivesse que esfregá-los antes de levá-los até o ônibus. Você cuidava de todo mundo, e depois foi fazer o que queria, e eu não poderia estar mais orgulhoso, meu filho. Não mesmo. Eu gostaria que tivéssemos tido mais uma noite ao redor da mesa de jantar com uma mão de cartas, conversando sobre o mundo e sobre como você adorava a mãe da sua filha. Eu faria qualquer coisa para ouvir você falar do seu futuro e do seu trabalho, mesmo que você não pudesse nos contar tudo. Não sei por que isso aconteceu com você, o mais cuidadoso de todos nós, o que tinha a passada mais firme, o mais preparado. Você era o mais forte. Mas pensar em você finalmente podendo abraçar mais uma vez sua mãe me dá um consolo que não sei descrever. Sei que a morte dela foi mais difícil para você, não por causa do fardo que você assumiu, mas porque, de todos os meninos, você foi o que amou sua mãe por mais tempo. E você nunca deixou isso atrapalhar o que ela te pediu para fazer: cuidar dos seus irmãos. Você nunca a decepcionou, nem mesmo agora. Eu daria qualquer coisa para estar no seu lugar, para você poder estar aqui com a sua mulher e criar a sua filha, porque eu sei que você seria um excelente pai, assim como foi um ótimo filho. Vou sentir tanta falta de você quanto sinto da sua mãe, e sei que isso vai doer muito. Obrigado por manter a nossa família unida e protegida até o fim, e obrigado por ignorar tudo e todos... até você mesmo... para fazer o que era certo. Eu te conheci por tempo suficiente para saber que você não toma uma decisão sem um bom motivo, e dessa vez não foi diferente. Eu te amei desde a sua primeira respiração. Você foi um bom menino e um ótimo homem, e esta família vai se reerguer e ser a melhor possível, em sua homenagem.

Jack pressionou os lábios e, em seguida, dobrou o papel, guardando-o no bolso do paletó. Tirou os óculos, e Shepley atravessou o palco e foi até ele, enquanto uma das músicas preferidas de Thomas começava a soar pelos alto-falantes.

Jack sentou ao lado do irmão, e eles se consolaram enquanto a música tocava. Abby e Travis choravam. Abby abraçou Liis, enquanto Travis embalava Stella, encostando o rosto na testa dela, as lágrimas escorrendo pela ponta do nariz. Entrelacei e apertei com força os dedos na mão trêmula de meu marido. Ele secou o rosto, inspirando entre soluços silenciosos.

Quando analisei os rostos da nossa família, parecíamos tão arrasados, tão perdidos. Minha respiração falhou, e observei um pastor local assumir o palco. Ele tentaria oferecer consolo e rezar por nossa perda, mas nada apagaria a dor. Nem mesmo Deus. Olhei para Trenton e vi seu jeito durão desabar diante da multidão. Era doloroso ver homens desabando — homens que enfrentavam qualquer coisa com coragem. Agora, o sofrimento transbordava em cada suspiro deles, e eu fiquei ali, sentada no meio dos irmãos de Thomas, desejando poder acabar com o sofrimento, desejando que minha dor desaparecesse de algum jeito. Era muita coisa para processar. A música só fazia doer mais, e decidi não sentir nada, como eu fazia quando era pequena e meu pai batia na minha mãe.

Vários carros estavam estacionados dos dois lados da rua em frente à casa de Jim Maddox, como eu imaginava. Conforme a notícia da morte de Thomas se espalhava, mais pessoas chegavam, trazendo comida e lembranças agradáveis.

Engoli em seco, me preparando para as condolências. Jim era o pai que enterraria seu primogênito. Liis era a viúva. Eu era a cunhada e ex-namorada. Eu sentia que minha dor era mais profunda que a de Falyn ou Abby, e isso gerou culpa. Meu estômago afundou, e meu nariz ardeu. Não havia nada que eu quisesse mais do que entrar na casa, fazer o papel da esposa e cunhada consoladora e ignorar que Thomas também tinha sido meu primeiro amor, que tínhamos ido para a cama mais de uma vez, que quase tínhamos ido morar juntos. Ele tinha me amado, e eu teria que fingir que nada disso existira em respeito à mulher dele e ao meu marido.

Trenton apertou minha mão.

— Eu sei — disse ele simplesmente. Com duas palavras, ele acalmou minha mente, expressando compreensão e amor incondicional ao mesmo tempo. Ele tinha me perdoado na noite anterior por minhas mentiras e omissões. Não era algo legal, destacara ele, mas era compreensível, e ele me amava de qualquer maneira.

Um mar de amigos e parentes vestidos de preto andava pela casa, pisando no carpete que Diane escolhera, nos quartos onde Thomas tinha brincado e onde um dia eles foram uma família completa, intocada pela morte. Era por isso que Diane tinha feito Jim abandonar a polícia. Era por isso que ela o fizera prometer que não deixaria os filhos seguirem seus passos. Depois que a morte pegou Diane nos braços, Jim e os meninos ficaram esperando que ela viesse buscá-los. A morte se tornou real naquele momento, uma coisa tangível, porque não tinha acontecido com outra pessoa. Tinha acontecido com *ela*. Que era tudo para eles, seu sol, sua constante. E aí ela virou uma lembrança que desbotava a cada dia. Trenton dizia que se esforçava para lembrar a voz da mãe e a cor exata de seus olhos. No instante em que Diane faleceu, eles viram a morte e foram vistos por ela.

Taylor e Tyler estavam sentados ao redor da mesa de jantar, diante de travessas de comida caseira e uma pilha de pratos limpos, com suas mulheres ao lado, tentando ajudá-los a suportar a dor. Porque ela não ia desaparecer. Nunca. Não importava quantas vezes eles gritassem, socassem ou perdessem a calma, não a venceriam.

Ironicamente, Travis estava aceitando melhor a situação, garantindo que os irmãos bebessem água ou cerveja e que a temperatura ambiente estivesse confortável para todos. Trenton e Shepley ainda estavam com raiva de Travis, e os gêmeos ainda estavam do lado dele, mas eles não podiam brigar hoje. Precisavam ajudar uns aos outros a passar por isso.

Abby se destacava dos demais num vestido azul-claro, sentada onde Liis tinha estado alguns dias antes, sem Carter. Observei enquanto ela mexia no vestido, ajeitando as partes apertadas demais e puxando o decote quadrado para cobrir os seios inchados de uma mãe que acabara de dar à luz.

— Você está linda — garanti.

Ela revirou os olhos.

— Obrigada. Está mais apertado do que eu pensava, mas eu não tinha mais nada para a ocasião.

— Está perfeito — falei. — Eu tenho muitas roupas pretas. Você devia ter me ligado.

— Nada no seu armário ia caber em mim neste momento — disse ela.

— Na verdade, estou um pouco surpresa pelo Travis não vir aqui te cobrir.

Ele era conhecido por reclamar quando Abby usava algo muito decotado ou justo, consciente do próprio ciúme. No início, ele tentava ser proativo para evitar brigas. Mas, depois que eles se casaram, alguma coisa mudou, e Travis não era mais tão sensível. Mesmo assim, o fato de ele não se abalar com o excesso de decote parecia um grande progresso.

— Que bom — acrescentei, cruzando os braços e me recostando.

Os rostos tristes me lembraram por que estávamos reunidos na casa de Jim, e o enjoo que tinha se instalado em meu estômago na última semana voltou. Não era só luto. Alguma coisa estava errada, e eu não conseguia descobrir o quê. Travis e Liis se apoiavam muito, e Abby, apesar de estar impassível, não parecia abalada pela morte de Thomas.

— Abby — falei. — Se você soubesse alguma coisa... sobre o Thomas... nos contaria, certo?

Ela suspirou.

— Quando eu saí do hospital sem o meu filho, chorei durante uma hora. Eu não queria, mas precisava, por isso fiz isso. Eu o deixei lá sozinho para estar aqui com a família. E vou voltar direto pro hospital quando isso aqui terminar. Estou fazendo isso todos os dias há quase uma semana. Eu seguro meu filho, tomando cuidado com os fios e os tubos ligados a ele. Eu me preocupo, curto meus momentos com ele, me sinto culpada por estar longe dos gêmeos, me despeço, choro e saio.

Esperei que ela chegasse a uma conclusão, mas não parecia haver uma. Entendi que esse era o jeito dela de dizer que minha pergunta era inadequada, e que ela só iria falar do que queria.

— Mas ele está melhor? — perguntei.

— Mais forte a cada dia. Esperamos que ele possa ir para casa na semana que vem.

— Você é uma boa mãe. Eu sei que é difícil.

— Ter o coração dividido em três, vulnerável, fora do corpo? Às vezes é uma tortura. Não há palavras para descrever como é assustador, maravilhoso, terrível e exaustivo. A preocupação parece natural. É parte de mim, porque eu amo muito meus filhos, mesmo antes de eles nascerem.

Se alguma coisa acontecesse com eles, seria pior que morrer. Quando ouço falar da morte de crianças tento não me envolver, porque, se eu pensar muito nisso, fico arrasada. Dizem que esse é o pior pesadelo de um pai. Mas não é um pesadelo. Porque a gente acorda de pesadelos.

— A maternidade parece... adorável — comentei.

— Você vai ver — disse Abby, secando o rosto úmido.

Franzi o nariz.

— Não tenho certeza se quero.

Travis veio em nossa direção, depois de se despedir de alguém no celular. Ele apertou a tela e guardou o dispositivo reluzente no bolso do paletó.

— O pessoal da UTI neonatal disse que ele acabou de almoçar. Ele é um animal... Oi, Cami.

— Oi.

— Cadê o Trent? — ele perguntou.

— Acho que o vi entrando na sala de estar — Abby respondeu.

— Direto pro papai — disse Travis, sentando conosco e mexendo num pedaço de pele solta no polegar. — Ele sempre foi o filhinho do papai.

— Não finja que você não é. Que vocês todos não são. — Abby deu um sorriso afetado.

— O Thomas não é — disse Travis, parecendo cair em si antes de falar mais alguma coisa. Abby pegou a mão dele e o acalmou com um som que poderia fazer para os filhos.

— Vai acabar logo — ela sussurrou.

Afundei no assento, os músculos do rosto parecendo cansados, os olhos ardendo e o nariz congestionado de tanto chorar. Trenton tinha colocado lenços de papel e latas de lixo em todos os cômodos, e os gêmeos esvaziavam e trocavam os sacos regularmente. Assoei o nariz, fazendo um barulho horrível, e joguei o lenço na lata perto de mim, abraçando a caixa de Kleenex junto à cintura. Todos nós tínhamos hábitos diferentes em dias diferentes. No aeroporto, eu via pessoas caçando um assento perto de tomadas ou preferindo sentar no chão. Hoje, elas se reuniam perto das bebidas alcoólicas ou dos lenços de papel.

Eu me agarrei à caixa de papelão como a um colete salva-vidas. Era a única coisa à qual me agarrar. Trenton estava na sala de estar consolando Jim, e eu estava brigada com minhas cunhadas, ainda com raiva por elas terem assumido lados. Acho que eu também tinha feito isso, mas era inevitável. Nós sempre escolhíamos quando se tratava de brigas entre os irmãos e Shepley, exceto Ellie Paz-e-Amor. Ela continuava revoltantemente neutra, enquanto Falyn estava puta com Trenton, assim como Abby. E Trenton e Shepley estavam bravos com Travis. Apesar de todos se manterem civilizados durante o funeral, eu não conseguia evitar me perguntar o que aconteceria depois. Eu planejava uma fuga rápida quando o funeral acabasse, para Trenton não dizer nem fazer nada de que se arrependesse em seguida.

— Não vai acabar — murmurei. — Não se ele estiver morto.

Abby inclinou a cabeça para mim, e percebi que ela estava mordendo a língua.

— Eu não sinto que ele morreu — falei, os olhos se enchendo de lágrimas. Olhei para ela. — Ele morreu mesmo?

Abby olhou ao redor antes de se manifestar.

— Cami, vou te falar isso só uma vez. O que quer que você esteja fazendo, é melhor parar. Se alguém te ouvir... pode ser angustiante pra muita gente.

— Eu preciso saber — implorei, sentindo os lábios trêmulos.

As engrenagens começaram a girar, e Abby me encarou, com uma raiva súbita.

— O que você quer dizer com não *sentir* que ele morreu? A futura esposa dele está sentada do lado do Jim. E não é você — sibilou ela.

— Beija-Flor — alertou Travis.

Fiquei surpresa com o veneno repentino de Abby.

— Eu ainda me importo com ele. O que aconteceu entre nós não foi simplesmente apagado só porque tomamos rumos diferentes — falei.

Abby parecia cada vez mais preocupada com o volume da minha voz.

— Tenho certeza que isso está te deixando confusa, mas vocês não tomaram somente rumos diferentes, Cami. Você se casou com o irmão dele. Ele seguiu em frente. Você não é a viúva de luto, por mais que quisesse ser.

— Abby — disse Travis.

Ela se recostou, cruzando os braços.

— Eu sabia que ela ia dar um jeito de aparecer hoje. Ela se apropriou do Jim, o Trenton está arrasado com a infertilidade dos dois, e agora ela quer que todo mundo reconheça que ela amou o Thomas antes.

— Eu adoraria que você nos visitasse mais — falei.

— Você não mora aqui — disse Abby, indignada. — É muita ousadia sua dizer que gostaria que eu viesse mais na casa do Jim. Eu estou nesta família há mais tempo que você.

— Eu não estou deixando o Trenton arrasado. Ele quer um bebê tanto quanto eu — comentei, ignorando sua resposta para tocar em um de seus argumentos iniciais.

— Mas ele parece viver entre um teste de gravidez e outro, a menos que ele esteja tentando te mostrar que está arrasado.

— Eu amava o Thomas — falei finalmente.

— Ele vai se casar com a Liis — Abby soltou. — Tenho certeza que você acha que tem o direito de sentir que perdeu tanto quanto ela, mas ela está lá com a filha deles. Você pelo menos foi até ela para dar os pêsames?

Gaguejei as próximas palavras. Eu não estava esperando um ataque. Nem sabia de onde vinha o desprezo de Abby, mas pelo visto estava se acumulando havia muito tempo.

— Eu n-não... eu não queria que ela se sentisse constrangida.

— Se você acha, por um segundo, que a Liis te vê como algo além da cunhada do Thomas, você está errada. Pode ter certeza que não tem um único motivo pra ela se sentir constrangida.

Ela não poderia ter falado isso de um jeito mais ofensivo. Pressionei os lábios e olhei para baixo, cobrindo o nariz com um lenço de papel.

— Baby — disse Travis, segurando os ombros da esposa. — Pega leve.

— Cami? — disse Trenton, vindo em nossa direção.

— Ai, caralho — Travis sussurrou.

Ele se ajoelhou diante de mim, esperando que eu falasse.

— Você precisa de um abraço, baby doll?

Sequei o nariz e os olhos e olhei para ele com um pequeno sorriso.

— É tão triste.

Ele jogou um lado do meu cabelo para trás com os dedos.

— É sim. Vem cá. O papai está perguntando por você.

Eu me levantei, deixando Travis e Abby sozinhos. Ela nunca tinha falado comigo daquele jeito, e minha mente já estava correndo para encontrar desculpas. Ela havia acabado de ter um bebê, seus hormônios estavam descontrolados, Carter estava no hospital sozinho enquanto ela estava aqui para chorar por Thomas e apoiar Travis. Talvez ela não quisesse dizer nada daquilo. Talvez ela estivesse desabafando. Mas não era do feitio de Abby perder a calma, especialmente sem ser provocada.

Trenton me guiou até a sala de estar, e eu olhei para Abby por sobre o ombro. Ela já parecia envergonhada. Travis a estava consolando, mas a expressão dos dois era diferente da de todos os outros na sala. Meus olhos foram até a urna numa prateleira, onde nos disseram que estavam as cinzas de Thomas, pedindo a Deus que eles estivessem escondendo alguma coisa, que meus instintos estivessem certos. Quando Jim apareceu no meu campo de visão, prendi a respiração. Ele estava encolhido, com bolsas inchadas sob os olhos pesando no rosto. É claro que, se aquilo tudo fosse uma farsa, eles lhe contariam, não o deixariam pensar que o filho estava morto.

O copo de água gelada de Jim estava quase cheio. Eu o peguei na mesinha perto de sua poltrona reclinável e o fiz beber um pouco. Ele tomou um gole e me devolveu o copo.

— Obrigado, filha.

Sentei no chão ao lado dele, massageando seu joelho.

— Está com fome?

As travessas que lotavam a mesa de jantar estavam quase intocadas. Uma semana antes, os Maddox teriam devorado tudo, mas as únicas pessoas que estavam comendo eram as crianças. Os adultos todos andavam pesadamente de um lado para o outro, como zumbis, com uma taça de vinho ou um copo de uísque na mão.

Jim balançou a cabeça.

— Não, obrigado. Você está bem? Precisa de alguma coisa? Você sumiu.

Sorri, não me sentindo mais o monstro que Abby me fez parecer minutos atrás. Eu cuidava do meu sogro, e dava para ver que ele se sentia bem quando eu estava por perto. Ele sabia que eu cuidaria dele. Abby podia falar o que quisesse, e talvez parte daquilo fosse verdade, mas eu era uma Maddox, e a única coisa que me importava era o modo como Jim e Trenton me viam.

Assenti e me levantei, observando enquanto os parentes abriam espaço no sofá perto de Jim. Liis estava sentada numa cadeira dobrável do outro lado, segurando sua filha adormecida. Stella era linda — metade Liis, com seus olhos amendoados, seu cabelo escuro e liso e seus lábios carnudos, e metade Thomas. Os olhos da bebê ainda tinham um toque de azul, mas dava para ver que eles seriam castanho-esverdeados, como os do pai.

Trenton apertou minha mão, percebendo que eu encarava Stella. Parte de mim se sentiu obrigada a desviar o olhar para poupar os sentimentos dele, mas outra parte exigia que eu vivesse meus sentimentos com sinceridade, para poder elaborar o luto como todos os outros.

— Ela é linda — falei para o meu marido.

— É mesmo.

— A missa foi muito bonita — uma prima idosa disse para Liis. A mulher deu um tapinha nas costas de Stella, seus dedos se demorando no vestido azul-marinho e cinza. — Ela é tão fofa.

— Obrigada — Liis respondeu, segurando a filha mais perto do peito. Eu nunca tinha visto meias rendadas e sapatos Mary Jane tão minúsculos, nem uma fralda coberta por uma calcinha azul-marinho com babadinhos.

Val se aproximou de Liis e se inclinou para sussurrar em seu ouvido. Os olhos de Liis se arregalaram um pouco, depois ela relaxou, conseguindo dar um sorrisinho. Val lhe mostrou rapidamente uma mensagem no celular, e lágrimas escorreram pelo rosto de Liis.

Travis e Abby se juntaram a ela e decidiram levar a conversa para o quarto ao lado, ajudando Liis a pegar as coisas da bebê antes de saírem apressados para conversar.

— Isso foi... esquisito... — disse Trenton.

Agarrei a mão do meu marido e o puxei para se levantar, depois seguimos pelo corredor e saímos pela porta dos fundos. Jim tinha decidido esperar alguns dias antes de espalhar as cinzas de Thomas. Ele não estava com pressa para fazer algo tão definitivo, e precisava de alguns dias para respirar depois do funeral.

— O que foi? — Trenton perguntou.

Não parei até estarmos sob a árvore frondosa no canto mais distante do quintal, perto da cerca. Os irmãos tinham esculpido suas iniciais na casca; a única coisa que os diferenciava era a letra do meio. A grama estava falha em alguns pontos, já desidratada pelo calor do Illinois. As temperaturas oscilavam entre trinta e cinco e trinta e sete graus, e o canto das cigarras substituiu o dos pássaros. Estava quente demais para cantar, quente demais para se mexer. A única brisa parecia mais um aquecedor do que um alívio. Mas ali estávamos nós, do lado de fora, usando um vestido e um terno pretos. Gotas de suor já tinham se formado na testa de Trenton.

— Tem alguma coisa errada — falei.

— Eu sei.

— Sabe?

Ele afrouxou a gravata.

— Tem alguma coisa estranha. O Travis está agindo de um jeito esquisito. A Abby e o papai também.

— Você acha que ele sabe? — perguntei.

— Sabe o quê?

— O motivo pelo qual o Travis está agindo de maneira tão esquisita. Ele sabia que os gêmeos eram bombeiros. Sabia sobre o Travis e o Thomas. Talvez ele também sinta que tem alguma coisa errada.

Trenton balançou a cabeça.

— Não sei. Talvez.

— Eles não... — Hesitei. — Você não acha que eles iriam...

— Mentir de novo? — ele murmurou. — Acho que sim.

Encolhi o queixo e franzi o nariz, me sentindo idiota só de falar isso em voz alta.

— Mas não em relação a... Quer dizer, você não acha que o Thomas está vivo em algum lugar, recebendo notícias sobre a família em luto?

— Não — disse Trenton. — Eles não fariam isso com o papai. Eu sei que você queria que ele estivesse vivo. Eu também queria. Eles mentiram muito, mas não fariam isso.

— Você ouviu o que eles disseram no hospital. A Liis não vai testemunhar. O Mick está desaparecido, por isso não pode testemunhar. Os Carlisi foram vistos deixando a cidade. Talvez isso tudo tenha sido para evitar a morte de mais alguém.

Dava para ver, nos olhos de Trenton, que ele queria acreditar na minha teoria. Mas, mesmo depois de saber a verdade sobre Thomas e Travis, pensar que eles seriam capazes de causar tanto sofrimento à nossa família era, no mínimo, forçar a barra.

— O papai não está com uma saúde muito boa. O Travis não arriscaria fazer isso.

— O papai ia querer que ele arriscasse? — perguntei.

Trenton pensou na pergunta.

— Sim. Provavelmente ia.

— O Thomas e o Travis poderiam saber disso?

Os olhos de Trenton quicavam de um ponto a outro no chão.

— Sim, mas... — Ele suspirou, chegando ao limite. — Eu não posso ter essa esperança, Cami, fala sério! Se não for verdade e o Tommy tiver mesmo morrido, vou perdê-lo mais uma vez.

— Fala baixo — pedi, estendendo a mão para ele.

— Por quê?

— Porque, se for verdade, isso tudo é para mostrar aos Carlisi que eles não precisam mais ameaçar a nossa família. Se for verdade, ainda tem alguém de olho.

22

Abby

*Eu me ajeitei na madeira dura da cadeira de balanço da UTI neona*tal, agradecendo à enfermeira quando ela trouxe uma coberta dobrada para colocar nas minhas costas. Carter tinha alguns vizinhos, o que significava que tínhamos feito amizade com dois casais, pais de recém-nascidos. A filha de Scott e Jennifer, Harper Ann, tinha nascido fazia cinco dias e estava com alguns problemas. Ela lutava fazia doze horas. O filho de Jason e Amanda, Jake, tinha nascido dois dias depois de Carter. Tivemos medo de que ele não sobrevivesse, mas ele estava se recuperando e quase tão grande quanto nosso filho. Carter estava mamando bem e ganhando peso, de modo que poderia passar logo mais para a unidade semi-intensiva e, depois, poderíamos levá-lo para casa.

— Bom dia — disse Scott, passando por mim para cumprimentar Harper Ann. Apesar de os casais estarem com filhos na UTI neonatal, Travis insistira numa verificação completa do histórico deles. Scott era um ex-fuzileiro naval, com uma cicatriz de um centímetro de largura, comprida e curva, que começava pouco acima da orelha e ia até a parte de trás da cabeça, em meio ao cabelo grisalho — vestígio de um ferimento ao qual ele tinha sobrevivido no Afeganistão. Travis se sentia melhor em nos deixar sozinhos quando Scott estava lá, e, ultimamente, isso sempre acontecia.

Fiz um sinal com a cabeça para ele, dando tapinhas nas costas de Carter. Ele soltou um arroto alto, e Scott e eu demos uma risadinha.

Scott lavou as mãos na pia e depois se inclinou sobre o berço de Harper Ann.

— Oi, bebê. — Ela se mexeu, e um sorriso largo se espalhou pelo rosto de Scott. — A mamãe já vai subir. Vai, sim. Ela está conversando com a vovó e com o médico. Ela mal pode esperar pra te ver. Ela falou de você ontem à noite até cair no sono.

Embalei Carter, virando para cheirar seu cabelo. Tufos escuros e delicados cobriam sua cabeça, e eu adorava senti-los no rosto. Era uma experiência nova aninhar apenas um bebê, e não dois. Jessica e James foram minha primeira experiência com a maternidade, e davam tanto trabalho que eu não tinha muita oportunidade de simplesmente sentar e curtir os dois. Carter era quieto a maior parte do tempo e adorava ficar no colo. Nós ficávamos aninhados todo dia, e as enfermeiras diziam que ele se agitava pouco antes de eu chegar, parecendo saber que eu estaria ali em breve. Quando ele estava em meus braços, nós dois ficávamos felizes.

Cantarolei para ele, tentando imprimir a memória em meu cérebro; seu cheiro, o modo como seu bumbum de fralda parecia pequeno em minha mão, o comprimento e a maciez de seus dedos. O formato das unhas. O modo como seus cílios pousavam nas bochechas quando ele dormia. O som que ele fazia quando respirava. Ele estaria maior amanhã. Eu não queria esquecer.

— Olá — disse a enfermeira, cumprimentando Travis.

Senti meus olhos se arregalarem e tentei não acordar Carter em minha empolgação, enquanto observava a enfermeira ajudando Travis com a roupa esterilizada. Eu me inclinei para a frente quando meu marido se abaixou para me beijar. Ele me deu um beijinho na boca e foi até a pia para lavar as mãos. Parecia animado. Fez um sinal com a cabeça para Scott e depois voltou até mim, estendendo as mãos para o nosso filho.

Dei uma risadinha.

— Sentiu saudade dele?

— Me dá — disse ele.

Trocamos de lugar e Travis embalou Carter. Não importava quanto nosso filho crescesse a cada dia, ainda parecia minúsculo nos braços enormes do pai.

Travis empurrou delicadamente a cadeira de balanço com os pés, embalando nosso filho enquanto olhava para ele.

— Você ficou fora três dias dessa vez — comentei. — Não esquece que a Lena não está aqui pra ajudar.

— Eu estava amarrando as pontas soltas — disse ele.

— Alguma boa notícia?

Ele olhou para mim.

— Acabou.

Cruzei os braços, hesitante em ter esperança.

— Acabou como? Tipo para sempre, ou a investigação terminou e vamos começar o julgamento?

— Alguns deles vão a julgamento.

— E o resto?

— Foi a última missão, Flor. Não sobrou nenhum Carlisi. Os que restam são soldados. Do baixo escalão. Estão sendo presos sem direito a fiança. Ainda leva um ano até eles receberem a sentença, depois vão passar trinta anos na prisão quando forem condenados.

— E o Mick? — perguntei, sentindo um nó se formar na garganta.

— Imunidade, como prometemos. Contanto que ele fique longe.

Assenti, satisfeita.

— E agora?

Travis pigarreou. Ele estava ficando meio emotivo. Tinham se passado cinco semanas desde o funeral. Liis estava hospedada na nossa casa, e era difícil vê-la esperar.

— Ele está voltando pra casa.

— Hoje?

Travis concordou com a cabeça.

— A Liis já sabe?

— Achei melhor deixar ele fazer uma surpresa pra ela.

Minha mão voou até a boca.

— E o seu pai? E os gêmeos?

— Estão a caminho da cidade.

Eles tinham estado aqui apenas duas semanas atrás, visitando com mais frequência para ver como Jim estava. A morte de Thomas tinha cobrado seu preço. Jim tinha perdido peso e estava mais frágil a cada dia. O sorriso de Travis desapareceu quando observou nosso filho dormindo, com o peso da verdade na mente. Seu corpo estava ali, mas sua mente estava a um milhão de quilômetros, preocupado com a reação do pai e dos irmãos.

— Eles vão entender — falei, me ajoelhando diante de Travis.

— Não vão, não — disse ele, sem tirar os olhos de Carter. — Eles vão nos odiar.

— Talvez por um tempo, mas vão superar. Eles têm que superar.

Travis olhou para mim com lágrimas nos olhos.

— Valeu a pena?

— Pode parecer que foi em vão, agora que está tudo certo, mas e antes, quando não tínhamos certeza? Aconteceu exatamente como a gente esperava. Eles recuaram. Isso nos deu tempo para bolar um plano sem virar alvos mais uma vez. — Encostei no braço dele. — Foi um bom plano. Difícil do início ao fim, mas funcionou.

Ele anuiu e voltou a olhar para o nosso filho.

— Temos que ir daqui a pouco. Ele está a caminho.

— A caminho da cidade? Agora?

— Ele não vê a Stella desde que ela tinha dois dias, Flor. Não aguenta mais esperar.

Eu não podia argumentar diante disso.

— Quando?

Travis olhou para o relógio na parede.

— Em duas horas.

— Ai, meu Deus. Ele realmente está vindo pra casa.

— Ele realmente está vindo pra casa.

Liis estava ao lado do berço de Carter, sua filha cercada de azuis e verdes. Stella estava usando o quarto de Carter enquanto as duas ficavam conosco. Eu estava feliz. A presença de Stella fazia o quarto do meu filho parecer menos vazio.

Liis ajeitou o cabelo escuro atrás da orelha. Estava quinze centímetros mais curto que da última vez em que eu a vira, apenas algumas horas antes.

— Você cortou o cabelo — sussurrei, me sentindo idiota por declarar o óbvio.

Ela virou para mim, alisando os fios com a palma da mão.

— É. — Seus olhos se encheram de lágrimas.

— Que foi? — perguntei. Eu nunca tinha visto Liis chorar, até ela chegar à casa de Jim para contar a notícia a todos. Agora, parecia que ela chorava toda vez que abria a boca para falar alguma coisa. — Não gostou?

— Eu só... — Ela fungou. — Eu não pensei... Vou estar muito diferente quando o Thomas me vir. A Stella também. Se eu tivesse deixado igual, não seria tão chocante pra ele.

— Ele vai adorar — falei, tranquilizando-a. — Vai mesmo. Você não está tão diferente assim. Ele vai perceber e vai adorar.

Ela virou para o berço.

— Talvez cresça até ele voltar pra casa.

— Espero que não — falei, e ela olhou para mim. — Seu cabelo demora pra crescer.

Ela soltou uma risada.

— Verdade.

Fiz sinal para ela me seguir até a sala de estar, e ela me obedeceu, olhando mais uma vez para Stella antes de ir para o corredor. Em seguida pegou a babá eletrônica na cômoda e encostou a porta ao sair, deixando-a entreaberta. Val estava na cozinha, o saco de batatas chips estalando quando ela enfiava a mão lá dentro. A agente Hyde estava parada ao lado de uma janela da sala de estar, sempre alerta.

— Relaxa, Hyde — falei. — Você está me deixando nervosa.

Seus olhos escuros se estreitaram, e ela olhou para o relógio de pulso. Puxou a cortina e mudou de posição, se preparando para agir. Percebi que ela não estava apenas sendo a pessoa supercautelosa de sempre.

— O que foi? — perguntei.

— Não sei — ela respondeu.

Travis verificou o celular e deu um tapinha nas costas dela.

— Calma. Temos uma equipe vindo pra cá.

— Por quê? — ela indagou.

Ele deu de ombros.

— Acho que eles têm notícias que querem nos contar ao vivo.

Hyde e Liis trocaram olhares, e Liis deu um passo em direção a Travis.

— É o Thomas? Acabou? Como foi a sua viagem?

— Foi boa. Talvez eles estejam vindo me parabenizar.

A capacidade de Travis de mentir tinha aumentado dez vezes durante seu período no FBI. No segundo ano do nosso casamento, a culpa por mentir para mim estava estampada em seu rosto, mas ele melhorou nisso. Pouco antes de eu lhe dizer que sabia a verdade, eu mal conseguia discernir uma reunião de uma missão. Ele não teve escolha a não ser aprender rapidamente. A maioria dos agentes infiltrados ficava longe de casa durante meses a cada viagem, ou até mais. Travis estava se escondendo à vista de todos. Ele já tinha recebido uma oferta para trabalhar para Benny, então só precisou aceitar. Os Carlisi sabiam que ele viria com frequência a Eakins, mas o lado negativo era que eles também sabiam que Travis tinha uma família — e como controlá-lo.

Travis tinha sido cuidadoso, mas nós sabíamos que era apenas uma questão de tempo até eles descobrirem. Porém os anos se passaram e Travis parecia intocável. Em pouco tempo, ele era um dos homens de confiança de Benny, passando de guarda-costas a cobrador de boates locais e depois a conselheiro. O FBI observava, animado, conforme Travis subia os escalões de uma das maiores e mais perigosas famílias do crime organizado do país. Travis também recebeu uma promoção do FBI. Cinco anos depois de seu recrutamento, ele passou de informante a agente, e, após mais cinco anos, Thomas garantiu que eles tivessem reunido provas suficientes para acabar com Benny. O que ele não considerou foi a mulher do Benny, Giada. Ela era paranoica e não confiava em Travis. Foi aí que os Carlisi descobriram a verdade, e a seguir tudo aconteceu muito rápido. Thomas ligou para informar que eles tinham perdido contato com Travis e que era muito provável que seu disfarce tivesse sido descoberto. Naquela noite, Thomas disse que Travis tinha sido levado para um local desconhecido, mas que eles o encontrariam. A noite seguinte era o nosso aniversário de casamento — a noite em que Benny e alguns de seus homens foram assassinados. Poderia ter sido Travis no lugar deles. Tivemos sorte naquela época, e eu não sabia quanto tempo ainda minha sorte duraria.

Eu tinha entregado a ele informações sobre meu pai e, em troca, Travis prometera nunca mais mentir para mim. Ele me olhou nos olhos na noite em que foi para casa, com o olho inchado, a sobrancelha e o lábio cortados, e me disse que estava bem, e eu decidi acreditar. Ele precisou ser jogado para fora da estrada e quase assassinado para admitir que fora ele quem havia puxado o gatilho.

Mentir é o hábito mais difícil de romper, especialmente quando acreditamos estar protegendo as pessoas que amamos.

Agora, ele estava parado na nossa cozinha, desviando das perguntas que Liis e a agente Hyde lhe faziam. Eu o vi falando meias verdades sem nem piscar e me perguntei quanto ele sabia e eu não. Quantas vezes ele tinha conseguido guardar segredos porque eu não queria acreditar que ele tinha algum?

— Te parabenizar pela viagem? — perguntou Liis. — Então acabou?

— A única suspeita que não conseguimos pegar é a Giada. Não conseguimos conectá-la diretamente... *ainda*... mas vamos conseguir.

— Giada Carlisi? — Val indagou. — Então não acabou. Porque a Giada tem seus próprios homens, e o FBI matou o marido e os filhos dela. Ela é uma vaca maluca.

— Acabou — disse Travis.

— E a Giulia? A Vittoria? A Chiara, guarda-costas dela? E a nova mulher do Angelo? — disse Val, seu tom beirando a acusação.

— O Angelo se casou? Quando? — perguntei. Ele era um solteirão convicto, casado com a família. Era conhecido por agredir as namoradas, e só uma tinha ficado com ele por mais de um ano. Tínhamos várias fotos do corpo surrado dela; eu me perguntava por quanto tempo ela ficaria. Depois ela desapareceu. Eu não sabia se devia temer a mulher que finalmente o domara ou temer por ela.

— No momento, não estamos conseguindo localizar a Coco — disse Travis.

— Desde quando? — Val perguntou, parecendo preocupada.

— Desde ontem.

— Coco é a mulher do Angelo? — indaguei.

Travis assentiu, mas não olhou para mim, um sinal claro de que não estava sendo totalmente sincero.

— Então não acabou — soltou Val. — Qualquer ponta solta significa que não acabou. Elas são esposas dos Carlisi, e a Chiara é uma famosa assassina de aluguel da Giada. O quê? Elas não são perigosas por serem mulheres? Me diz que você não é tão burro assim.

Travis se enfureceu.

— Já cuidamos disso, Val.

— É tudo ou nada — disse ela, apontando para ele. — Essas palavras saíram da sua boca, Maddox.

— Eu sei o que eu disse.

— Então *por que* você está sendo tão descuidado agora? *Por que* você... Ah. — O reconhecimento brilhou em seus olhos, e ela percebeu o porquê da pressa. Thomas queria voltar logo para casa, e ninguém podia argumentar com isso. Nem mesmo o diretor.

Liis cobriu a boca, e seus olhos ficaram vidrados.

A agente Hyde colocou a mão no coldre e puxou a cortina da cozinha com dois dedos.

— Tem alguém chegando — disse ela.

Liis tentou correr até a porta, mas Travis a interrompeu.

— Espera — disse ele.

A agente Hyde relaxou.

— Não é gente nossa.

As sobrancelhas de Travis se aproximaram.

— Quem é?

Hyde fez um sinal com a cabeça em direção à porta. Depois de duas batidas, Trenton abriu e entrou, puxando Camille pela mão. Eles perceberam instantaneamente que alguma coisa estava acontecendo, pelas posições estranhas de todos no cômodo.

— Merda — disse Travis, olhando pela janela. Em seguida tentou conduzir o irmão porta afora. — Vocês precisam ir.

— Que porra é essa? — disse Trenton, escapando do aperto de Travis. — Oi pra você também, seu babaca.

— Sério, Trent — disse Travis. — Vocês não podem ficar aqui agora.

— Por que não? — Camille perguntou.

— É uma reunião de família — falei.

— Nós não somos da família? — Trenton indagou, ofendido.

Travis suspirou, depois levantou os braços, apontando oito dedos para a porta.

— Vocês têm que ir embora, Trent! Agora! Mais tarde explicamos, mas, por enquanto...

Alguma coisa lá fora chamou a atenção de Hyde, e ela levantou um dedo.

— Todo mundo quieto. Tem alguém chegando.

Travis revirou os olhos e puxou Trenton para o lado.

— O que quer que você veja daqui a pouco, só... tenta não surtar. Deixa a Liis ter o momento dela.

— Como assim? — Trenton indagou.

— Fica de boca fechada pra variar, porra — rosnou Travis.

— O que está acontecendo? — Camille me perguntou.

— Você também fica calma. Isso aqui é para a Liis.

Esperamos atrás do sofá, encarando a porta. Liis estava parada no meio da sala, segurando a babá eletrônica na mão trêmula. A porta se abriu e Thomas apareceu, usando camisa social branca e calça azul-marinho, recém-barbeado e de banho tomado. Ele respirava com dificuldade, depois de correr por nossa longa entrada de carros. Passou pela porta com um sorriso largo no rosto. Liis correu, soluçando e jogando os braços ao redor dele.

As pernas de Trenton cederam. Camille e Travis o seguraram por alguns segundos antes de deixá-lo cair de joelhos.

Camille se ajoelhou ao lado do marido.

— Eu sabia, baby! — disse ela com um sorriso no rosto. Ela beijou sua bochecha, massageando o braço do marido de um jeito animado.

Trenton balançou a cabeça devagar, boquiaberto.

— Que merda está acontecendo, Travis?

— Mais tarde explicamos — Travis respondeu, observando o irmão mais velho com um sorriso no rosto.

Trenton olhou para o irmão mais novo.

— Existe uma *explicação?* — Ele se levantou e respirou fundo, se preparando para surtar. Antes que qualquer som saísse de sua boca, Travis agarrou a camisa dele com os dois punhos e o arrastou para a cozinha. Camille e eu fomos atrás, tentando acalmar os dois num tom sussurrado.

Travis jogou o irmão de costas na geladeira.

— Nem começa, porra — disse. — Eu sei que isso é difícil pra você e inacreditavelmente injusto, mas a Liis foi a que mais se sacrificou em tudo isso, e você não vai estragar esse momento. Entendeu?

Trenton ficou tenso, como se fosse fazer algum movimento, mas respirou fundo. Seus olhos se encheram de lágrimas, e o sentimento de traição substituiu a raiva.

— Você mentiu pra gente? Ele estava vivo esse tempo todo, e você mentiu pra gente? A saúde do papai foi pelo ralo. Como você pôde fazer isso?

Travis trincou o maxilar e soltou Trenton.

— Eu não queria. Se tivesse algum outro jeito, não teríamos feito isso. Não tivemos escolha, Trenton. Os Carlisi nos deixaram em paz por tempo suficiente para bolar um plano, e funcionou. Montamos uma armadilha e fizemos uma batida. Prendemos todos eles. Quem não está na prisão, sem direito a fiança, está morto. Nossa família está em segurança agora.

Trenton balançou a cabeça, depois foi até a sala de estar, esperando Thomas e Liis terminarem seu momento.

Thomas olhou para Trenton.

— Espero que um dia você me perdoe. Nos perdoe. Sinto muito, mesmo, pelo que fiz vocês passarem.

Trenton foi até o irmão, pisando duro, e o abraçou com força. Depois saiu irritado pela porta em direção à caminhonete. Camille ainda estava parada no meio da sala, surpresa. Ela foi até ele, encostou em seu rosto com delicadeza e recuou, lhe dando um tapa forte. Thomas fechou os olhos por um segundo e depois encontrou o olhar dela.

— Eu mereço isso — disse ele.

— Merece, sim — ela respondeu, indo até Travis.

Eu me coloquei entre os dois.

— Não importa se ele merece. Se você bater no meu marido, vou te estapear durante uma semana.

Camille olhou furiosa para mim, depois para Travis e seguiu o marido até o lado de fora, batendo a porta ao sair. Stella choramingou e, assim que Liis virou para pegá-la, Thomas levantou a mão.

— Eu faço isso.

Nós o seguimos até o quarto de bebê, observando da porta. Liis estava poucos passos à nossa frente, ainda secando as lágrimas do rosto.

— Oi — disse Thomas, com a voz tranquilizadora e sussurrada.

Stella parou imediatamente de chorar e olhou para o pai.

— Você se lembra de mim? — ele perguntou. — Posso te pegar no colo? — Ele estendeu as mãos e a levantou, olhando para ela enquanto ela o encarava. — Você cresceu tanto. Está praticamente uma mocinha — disse ele, abraçando-a. Ele fungou uma vez, e Liis abraçou os dois.

Travis fechou a porta e beijou minha testa.

— Devemos seguir o Trenton? — Val indagou. — Garantir que ele não conte para a família?

Travis balançou a cabeça e me abraçou de lado.

— Ele não vai contar. Ele sabe que não devia estar aqui.

Val hesitou.

— Você acha que a Giada não vai fazer algo drástico quando descobrir que o Thomas não morreu? Ela vai vir atrás dele. Ela vai vir atrás de todos vocês.

— Vamos estar preparados — disse Travis.

Val apertou os olhos.

— Seu filho da puta maluco. Você fez a sua família passar por tudo isso e agora está usando o Thomas como isca?

Olhei furiosa para ela.

— Essa acusação é absurda. — Encarei meu marido, esperando que ele negasse, mas ele não negou. — Travis. Me diz que isso não é verdade.

— Você não conseguiu uma acusação direta contra a Giada nem contra as noras dela, por isso está atraindo as mulheres pra cá. Você está esperando que elas deem outro tiro no Thomas? Ou na Liis? Você está maluco, porra? — Val fervilhou.

— Travis — falei, incapaz de dizer mais nada.

— Eu... — ele começou, mas dei meia-volta para procurar alguma coisa para limpar na cozinha. A decisão já tinha sido tomada. Dava para ouvi-lo me seguindo de perto. — Baby — disse ele. Parei na pia, e ele agarrou meu braço.

— Encenar a morte do Thomas foi suficiente, você não acha? Agora você está intencionalmente colocando todos nós em risco de novo? E se eles não forem atrás do Thomas? Ou da Liis? E se eles vierem atrás de você? E se eles vierem atrás do James ou da Jess? — repreendi.

— Eles não vão fazer isso.

— Como você sabe, Travis?

— Eu... Beija-Flor, por favor, confia em mim.

— Como eu posso confiar se você não está sendo sincero? — Abri a torneira e fechei novamente, virando para encará-lo. — Quando você ia me contar? Depois que a nossa casa fosse cravejada de tiros?

— Não — disse ele, tropeçando nas palavras. Eu não sentia raiva dele havia muito tempo, e ele não estava preparado para minha reação. — Mas eu sei quem vai ser o alvo delas. Só precisamos descobrir quando, e deve ser logo.

— Seu pai perdeu o Thomas uma vez. O que você acha que vai acontecer se ele o perder de novo?

— Ele não vai perdê-lo.

— Como você sabe? — gritei, jogando no chão o prato que eu estava segurando. Ele se quebrou, fazendo Val, Hyde, Thomas e Liis virem correndo.

Travis estava ofegante. Ele olhou de relance para Thomas e depois para mim. Ele estava se controlando, guardando segredos que não tinha escolhido guardar. Dava para ver a agonia e o conflito em seus olhos.

— A ideia foi minha — Thomas soltou. — Era um jeito de voltar mais cedo pra casa e atrair Giada e as noras ao mesmo tempo.

— Se alguma coisa der errado... — comecei.

— Não vai dar — disse Travis.

— Não fala comigo — gritei, fechando os olhos. Então os abri e olhei furiosa para o meu marido. — Nem mais uma palavra, a menos que seja a pura verdade.

Travis abriu a boca para falar, mas depois a fechou, pensando melhor. Isso só me deixou com mais raiva, e eu virei para pegar a vassoura, enquanto Thomas, Liis e as agentes saíam da cozinha.

— Eu te amo, Abby. Você precisa saber disso. A segurança da nossa família é a minha prioridade. — Ele pegou a vassoura e a pá da minha mão. O vidro arranhou o piso enquanto ele limpava minha bagunça.

— Você sabe que eu sempre te apoio, mas, Travis... esse plano é péssimo. Parece feito às pressas, só porque o Thomas queria vir pra casa.

— Não foi feito às pressas, confie em mim — ele resmungou, se abaixando para varrer os cacos de vidro em direção à pá. — Eles estão trabalhando nisso desde que o Thomas ficou bem o suficiente para se manter em pé.

— Até a Liis?

— Até a Liis.

— Mesmo correndo o risco de parecer uma criança insolente, eu vou perguntar. Por que a Liis pode saber dessas coisas e eu não?

Travis se endireitou e jogou os cacos de vidro na lata de lixo.

— Ela tem um nível de autorização de segurança mais alto que o seu.

Franzi o cenho.

— Quer dizer que agora a sinceridade com a sua mulher se baseia no nível de autorização de segurança? Tá brincando comigo, porra?

— Baby — disse ele, estendendo as mãos para mim.

Dei um passo para trás.

Ele deixou os braços caírem na lateral, frustrado.

— Isso está quase acabando. Você consegue ser paciente só mais um tempinho?

— E depois? Você vai mentir pra mim sobre o próximo caso?

Travis suspirou, se afastando e depois voltando.

— Desculpa. Desculpa por essa ser a nossa vida. A alternativa é pior.

— Você pelo menos perguntou pra eles, Travis? Pediu pra eles te liberarem? Você já cumpriu o que tinha que cumprir. Você ajudou esses caras a fecharem um dos maiores casos da história do FBI. Agora chega. Não é uma sentença perpétua. — Travis me encarou, sem conseguir responder. — Você não quer sair.

— Eu amo o meu trabalho, Beija-Flor. Quando penso em voltar a ser personal trainer ou ter um emprego das nove às cinco num escritório, chego a ficar enjoado.

— Você ama o seu trabalho? Mais do que a sua mulher? Seus filhos? Seus irmãos? Seu pai? Quantas vezes você mentiu na minha cara? Quantas vezes você nos colocou em perigo? Eu ignorei tudo isso porque fazia parte de um acordo que te impediria de ir para a cadeia, mas você não pode pelo menos *pedir*?

— Agora eu percebo como o meu pai deve ter se sentido quando a minha mãe pediu pra ele sair da polícia.

Arqueei uma sobrancelha.

— Mas ele saiu.

— Ela estava no leito de morte, Beija-Flor — disse ele, de um jeito indiferente.

Estendi a mão para agarrar sua camisa.

— Se alguma coisa acontecer com os nossos filhos por causa da sua necessidade de brincar de polícia e ladrão, que Deus me ajude, Travis.

— O quê? Você vai embora? Vai me deixar porque eu amo o meu trabalho?

— Não é isso, e você sabe! Não ouse deturpar minhas palavras! — Discutir com ele era quase uma experiência extrassensorial. Não brigávamos assim desde a faculdade.

— Não estou deturpando suas palavras! Estou com medo, Beija-Flor. Você me deixou antes por um motivo bem parecido.

— E olha só, você foi lá e fez isso mesmo assim. Funcionou pra você. E agora você espera que eu continue me fazendo de cega, mas eu não vou fazer isso. A Liis escolheu isso, mas a gente não. *Eu* não! Não quero mais isso pros nossos filhos. Não quero criar o Carter sozinha enquanto você está por aí combatendo crimes em vez de agir como pai.

Ele apontou para o chão.

— Eu sou um bom pai, Abby.

— Você é. Mas está escolhendo continuar em um trabalho que te afasta dos seus filhos, às vezes durante semanas.

— Tudo bem — disse ele, perdido em pensamentos. — E se eu trabalhar em uma unidade aqui? No Illinois?

— Longe da glamorosa unidade do crime organizado?

— Eu posso pedir transferência. A Liis tem contatos no escritório de Chicago.

— Sem trabalhos como agente infiltrado?

— Só a velha e boa investigação.

Pensei durante alguns instantes.

— Depois que isso acabar, você promete que vai pedir transferência?

— Prometo.

Assenti devagar, ainda sem saber qual seria minha decisão.

Travis se aproximou e me envolveu em seus braços, beijando meus cabelos.

— Não briga comigo. Eu fico apavorado, porra.

Pressionei o rosto em seu peito, me perguntando se o que tinha acabado de acontecer era um acordo ou uma desistência.

23

America

— *Você pode mexer o molho pra mim, baby?* — Shepley perguntou, calçando as luvas térmicas.

Com uma colher de pau, mexi o líquido marrom na panela, virando para sorrir para Jim, Jack e Deana. Os pais de Shepley visitavam Jim todos os dias desde o funeral; às vezes ficavam para jantar, às vezes não. Quando Shepley não estava exausto depois do trabalho, nós nos juntávamos a eles. Esta noite, Shepley estava fazendo seu famoso bolo de carne, receita de Deana — que também era, é claro, de sua falecida irmã, Diane. Comer era reconfortante, principalmente quando o prato fazia Jim se lembrar da comida da esposa.

Shepley fechou o forno.

— Quase pronto.

— O cheiro está bom — Jim gritou da sala de jantar.

Meu celular zumbiu, e eu o peguei no bolso traseiro do short. Era uma mensagem de Abby.

Vamos pra casa do Jim daqui a pouco. Encontre a gente lá.

Digitei uma resposta:

Já estamos aqui. Fazendo o jantar.

Ah, ótimo. Me avisa quando terminar. Vamos esperar.

Esperar o quê?

Ela demorou um pouco para responder.

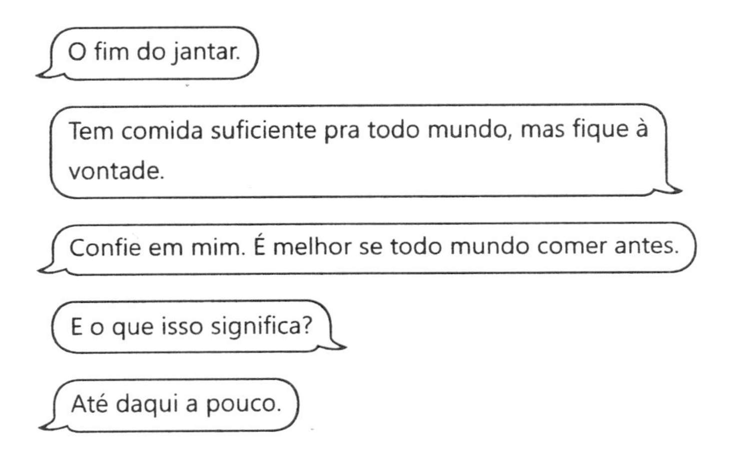

Bufei, guardando o celular no bolso.

Shepley se aproximou rapidamente, pegou meu celular e o colocou sobre o balcão.

— Quantas vezes eu já te falei? Celulares emitem radiação. Você quer ter câncer no intestino? Não coloca no bolso.

— Alguém *quer* ter câncer no intestino? Que tipo de pergunta é essa? Primeiro eu não posso comer Cheetos, depois tenho que substituir as garrafas de água por recipientes de vidro porque as garrafas de plástico aquecidas no carro provocam câncer, e agora não posso colocar o celular no bolso. Você sabe que o sol dá câncer, né? Será que devíamos ir morar em cavernas?

— É por isso que eu sempre compro aquele filtro solar orgânico pra você — disse Shepley, beijando meu rosto.

— Você realmente é uma mãe exemplar — resmunguei.

— Eu aceito o cargo — disse ele, me deixando e indo para a mesa da sala de jantar.

Eu o provoquei, mas sabia que ele tinha medo de passar pela mesma coisa que seu tio Jim e sua mãe passaram quando perderam Diane.

Depois que tivemos Ezra, ele começou a ler sobre tudo o que poderia nos matar e nos proibiu de comer certas coisas. Ele fazia isso por amor e, é claro, estava certo, mas fingir ficar irritada aliviava a realidade assustadora. Estávamos ficando mais velhos, e alguns amigos nossos já tinham sido diagnosticados com câncer. Às vezes, parecia que o mundo todo estava morrendo.

A porta da frente se abriu e Taylor entrou, com um filho em cada braço. Falyn vinha atrás, carregando as malas.

— Oi! — Shepley, Jim e Jack disseram em uníssono. Shepley ajudou Jim a se levantar e eles deram um abraço de urso em Taylor e nas crianças, depois em Falyn, seguida de Tyler, Ellie e Gavin logo atrás.

— Meu Deus! — Taylor gritou. — O cheiro está maravilhoso!

Diminuí a temperatura do forno e limpei a mão no avental, saindo da cozinha para abraçar a família. Depois que todo mundo se cumprimentou, Jim olhou ao redor.

— Cadê o Trenton?

Tyler deu de ombros.

— Ele não passou aqui hoje? Achei que ele estaria aqui. Foi o que ele disse mais cedo.

— Vou mandar uma mensagem pra ele — disse Taylor, tirando o celular do bolso traseiro.

Sorri para Shepley, apontando para Taylor, e ele revirou os olhos.

— Eu não sou casado com o Taylor, sou? — ele disse.

Todo mundo virou para o meu marido, e eu bufei.

Taylor ergueu uma sobrancelha.

— Hã?

— Nada — Shepley resmungou.

Falyn olhou ao redor.

— A Olive não vem jantar?

— Eles estão de férias esta semana — disse Jim.

O rosto dela desabou.

— Ah.

Jim olhou para o relógio.

— Mas eles devem voltar hoje, mais tarde.

Os olhos de Falyn se iluminaram.

— Ah! Isso é... fico muito feliz. Estou com saudade dela.

Jim anuiu de maneira compreensiva. Todos nós sabíamos que Falyn ficava ansiosa para encontrar Olive quando estava na cidade, apesar de a menina não ter a menor ideia de que era, de fato, parte da família, e não apenas a melhor amiga de Trenton.

Conversamos sobre o voo deles vindo do Colorado e sobre o novo emprego de Taylor e Tyler na seguradora State Farm. Shepley não conseguiu resistir e fez piada sobre o comercial da calça cáqui da State Farm. Ellie relembrou seu trabalho para a revista *Opinião das Montanhas*, em Estes, e Falyn e as crianças tinham acabado de abrir a última caixa da mudança, depois de voltarem a morar com Taylor.

A porta do forno gemeu quando Shepley a abriu para pegar a travessa do bolo de carne. Terminei o purê de batata, e Ellie e Falyn arrumaram a mesa de jogos para as crianças. As cadeiras da mesa de jantar arranharam o chão conforme os adultos se sentavam para comer.

Jim olhou ao redor.

— O Trenton ainda não voltou pra casa? O Travis ainda está viajando?

Encostei no braço dele.

— Mandamos uma mensagem pro Trent. E eu tenho quase certeza que o Travis está voltando pra casa hoje.

Jim se mexeu no assento, desconfortável.

Jack deu um tapinha no braço do irmão.

— Eles estão bem, Jim.

Tentei não fazer careta. A morte de Thomas tinha cobrado um preço de Jim. Suas roupas estavam largas, olheiras roxas surgiram sob seus olhos cansados, e ele parecia mais frágil do que nunca. Estava sempre perguntando sobre os meninos, ligando para cada um todos os dias para ver como estavam, se eles não ligassem antes. A maioria já sabia que tinha de ligar durante o horário de almoço para acalmá-lo.

Taylor verificou o celular, mastigando.

— Ele respondeu. Está em casa. Não consegue vir jantar hoje.

— Sério? — comentei, surpresa. Isso não era típico de Trenton. Ele jantava na casa de Jim quase todas as noites, mesmo antes do funeral.

O agente Wren se aproximou da mesa.

— Wren — disse Tyler, entre uma garfada e outra. — Senta aí. Come um pedaço de bolo de carne. É receita da minha mãe, o melhor bolo de carne que você já comeu, juro.

— Não sei por que estamos cozinhando — disse Falyn. — Ainda tem pilhas de travessas no freezer.

— Porque o seu sogro queria o bolo de carne da Diane — disse Shepley. — E o que o Jim quer o Jim consegue.

Jim conseguiu dar um sorriso, ajeitando os óculos no nariz. Camille tinha comprado suspensórios para ele alguns dias antes e, apesar de ele não ser muito fã, eu achava que ficava um charme.

O agente Wren mexeu no fone de ouvido.

— Sim.

— Sim o quê? — perguntei. — Quem é?

Ele me ignorou, voltando para seu posto na sala de estar. Olhei furiosa para ele, mais que irritada com o segredo. *O que mais a gente não sabia?* Olhei de relance para meu marido.

— Por que ele ainda está aqui?

— Quem? O Wren? — Shepley perguntou.

— O que foi isso? Nós... — olhei para as crianças atrás de mim e depois me aproximei dele — ... ainda estamos em perigo? Tem alguma notícia sobre a evolução do Travis no caso Carlisi?

Jim balançou a cabeça, mexendo no prato.

— Sem fome? — Deana indagou.

— Está muito bom — Jim elogiou, parecendo pedir desculpas. — Eu fico cheio bem rápido ultimamente. Falta de apetite, eu acho.

— Come mais um pouco — disse Deana. — É a receita da Diane — cantarolou. — Meu Deus, como eu sinto saudade dela. Acho que ela conseguiria te animar.

— Conseguiria, sim — Jim concordou com uma risadinha curta, que logo desapareceu. — Ela agora está com o Tommy.

Terminamos o jantar e eu servi a sobremesa — um bolo simples com cobertura de chocolate. As crianças fizeram os últimos pedaços desaparecerem.

A porta da frente se abriu.

— Olá, família Maddox! — disse Olive, aparecendo na entrada do corredor com seu sorriso iluminado. Ela estava bronzeada por causa da viagem, o que fazia seus dentes parecerem mais brancos e as sardas ficarem menos evidentes. O cabelo estava ainda mais loiro que antes, e Falyn ficou radiante no instante em que pousou os olhos sobre ela.

— Olive! — disse Falyn, correndo para abraçá-la e a segurando à distância de um braço. — Caramba, você está linda. Como foram as férias?

— Foram ótimas. Meio tristes. Minha mãe acha que é a nossa última juntas. Eu falo que teremos muitas outras, mas ela está arrasada.

Olive puxou as franjas do shorts jeans. Ela usava uma regata branca e uma blusa leve de mangas curtas, parecida com um kimono. Coitados dos garotos da Eastern que prestassem atenção nela — os Maddox os devorariam no almoço. Ela já tinha desistido, no ensino médio, de levar garotos para Trenton conhecer. Ele simplesmente era assustador demais para qualquer adolescente.

Os gêmeos e suas mulheres tinham acabado de tirar a mesa, e Jessica, James e Ezra estavam quase terminando de encher a lava-louça quando todos ficaram em silêncio. As crianças mais novas estavam nos perturbando para brincar lá fora com os irrigadores quando Wren começou a olhar pela janela e a falar em tons sussurrados no fone de ouvido.

— Mantenha as crianças dentro de casa por enquanto — ele disse para Shepley.

Eu o ajudei a conduzir as crianças para a cozinha, longe das janelas que davam para a rua.

— O Trenton mudou de ideia? — Taylor perguntou, franzindo o cenho. Ele verificou o celular de novo e o colocou sobre o balcão.

Um motor de carro rosnou mais alto lá fora, e puxei Eli e Emerson para perto.

— Recebi instruções para pedir a todos vocês que fiquem calmos — disse Wren, e olhou para Jessica e James. — Alguém está chegando.

— Que raios significa isso? — perguntou Shepley.

— O Travis e a Liis estão aí na frente — respondeu Wren, irritado por ter que explicar.

Todos nós relaxamos, esperando um sinal de Wren. Nenhum de nós sabia o que estava acontecendo, mas estávamos tão acostumados a ficar no escuro que não parecia mais tão fora do comum esperar alguma coisa acontecer.

A porta da frente se abriu, e Travis, Abby e Liis entraram, seguidos da agente Hyde e de Val. A porta se fechou, e, no instante em que Travis entrou na cozinha, já começou a pedir desculpas.

— Por favor, simplesmente me escutem. No começo vai ser difícil, vocês não vão entender nada, mas depois tudo vai fazer sentido.

— O que está acontecendo, Trav... — Shepley começou, então Thomas saiu de trás da agente Hyde.

Um suspiro coletivo encheu o ambiente.

Jim começou imediatamente a chorar baixinho, depois cambaleou até o filho, caindo nos braços de Thomas. As crianças começaram a choramingar e Hollis correu para perto, abraçando o vovô e o tio Thomas. Ellie e Falyn cobriram a boca, o rosto molhado de lágrimas.

— Você mentiu pra gente? — Shepley gritou, consolando os pais.

— Por quê? — Tyler perguntou, numa voz sufocada.

— Não me importa por quê — disse Taylor, correndo para abraçar o irmão. Tyler fez a mesma coisa, e todos nos amontoamos ao redor de Thomas, abraçando-o e soluçando.

A sala de estar estava quieta, exceto pelo sussurro do ventilador de teto e o assobio dos irrigadores lá fora. Consolamos as crianças, prometemos que explicaríamos mais tarde e as mandamos brincar no andar de cima. Elas hesitaram, mas sabiam que os adultos precisavam entender o que estava acontecendo.

Olive ficou no andar de baixo, em pé no canto, embalando e dando tapinhas nas costas de Stella, que estava agitada. Falyn estava parada ao lado dela, tentando ajudar. O resto de nós estava no sofá ou em cadeiras tiradas da mesa de jantar. Os olhos de todos estavam vermelhos e inchados de tanto chorar; Deana fungava, pegando lenços de papel na caixa.

Thomas estava sentado numa cadeira ao lado do pai, segurando sua mão. Jim sorria, aliviado. O choque e o alívio dos outros haviam desaparecido, e os irmãos agora estavam confusos e bravos. Thomas parecia preparado para tudo, e, antes mesmo de ele dizer uma palavra, eu percebi que ele sentia muito pela dor que havia causado.

— Você sabia? — Shepley perguntou para Travis.

— Sabia.

— Quem mais? — Taylor indagou.

— Eu — disse Liis.

O rosto dos irmãos se contorceu de raiva. Tyler ficou vermelho, um dos olhos semicerrado.

— Você olhou nos olhos do meu pai, sabendo o estado de saúde dele, e disse que o filho dele tinha morrido?

Liis assentiu.

— Ela não queria fazer isso — Travis tentou apaziguar. — Não tivemos escolha. Havia pessoas demais que poderiam cometer um erro, e nós estávamos sendo vigiados. De perto.

— Tinha que ter outro jeito — disse Ellie.

— Não tinha — Thomas respondeu, apertando a mão de Jim. — Eu queria que tivesse. Queria não ter perdido o primeiro mês de vida da Stella, mas sabíamos que, se encenássemos a minha morte, se a Liis anunciasse que não ia mais trabalhar no caso e que o Mick tinha desaparecido, eles poderiam recuar.

— Vocês fizeram tudo isso por uma *possibilidade?* — Tyler estava fumegando.

— Tínhamos que agir rápido. Assassinos de aluguel estavam a caminho da minha casa. Eles já tinham jogado o Travis para fora da estrada achando que era a Abby. Precisávamos ganhar tempo. Talvez, se tivéssemos mais tempo para bolar um plano melhor, poderíamos ter pensado em outra coisa. Talvez levar todo mundo para um esconderijo... mas não tínhamos tempo. Eles estavam prestes a matar todos vocês. Quando souberam da minha morte, recuaram.

— Por que vocês não simularam a morte do Travis? — perguntei.

Abby me lançou um olhar.

— Porque ele matou os homens que vieram atrás dele e escapou diante de uma multidão.

— Você também sabia, não sabia? — falei, espumando. Eu nunca tinha sentido tanta raiva da Abby.

— Sim — Thomas respondeu. — Assim como os agentes que usamos para segurança e o diretor. Só eles. Mais ninguém.

Todos nos entreolhamos, balançando a cabeça, sem acreditar. Ninguém parecia saber como se sentir — se ficávamos felizes porque Thomas estava vivo ou com raiva porque eles tinham nos feito passar por aquele inferno.

Wren levou a mão ao fone de ouvido e olhou pela janela.

— Senhor — começou. Thomas se levantou e sorriu. — São o Trent e a Cami. — Ele ajudou Jim a se levantar, e eles foram até lá fora cumprimentar os dois. O restante de nós foi atrás.

Cami estava parada ao lado da porta do passageiro de seu Toyota Tacoma, segurando-a aberta e se inclinando para dentro, tentando convencer Trenton a sair. Ela fez uma pausa, virando e vendo que todos nós estávamos os encarando. Então foi até Thomas e o abraçou, fechando os olhos. Olhei de relance para Liis. Atrás dela estava Olive, ainda segurando Stella. Não era difícil entender a situação esquisita dos dois, mas, faça-me o favor, eu esperava que Camille fosse um pouco mais comedida.

— Tudo bem — falei, me aproximando deles. Empurrei Thomas para trás, e ele pareceu aliviado. — Você nos deve uma explicação melhor. Você nos deve um pedido de desculpas. Todos vocês — falei, apontando para Travis, Abby, Liis e os agentes.

Thomas fez um gesto para os colegas.

— Vocês podem nos dar um minuto?

— Senhor... — Wren começou.

— Por favor — disse Thomas. Não era um pedido, e os agentes entenderam e obedeceram.

Camille ajeitou o cabelo prateado atrás da orelha.

— Ele... Eu levei muito tempo pra convencê-lo a vir até aqui. O único motivo para ele concordar foi a gente dar uma olhada no papai.

Thomas assentiu, e Travis trouxe Jim. Trenton saiu da caminhonete e se aproximou, tentando ao máximo não olhar para ninguém, exceto para o pai.

— Você está bem? — perguntou.

Jim estendeu a mão para Trenton. Depois que conseguiu agarrar bem sua camisa, ele o puxou para um abraço.

— Pode parar com isso. Ele é seu irmão. Você pode não entender por que ele fez isso, e nem precisa. Não é isso que importa. — Então soltou Trenton e olhou ao redor, para a família. — O que importa é que vocês têm uns aos outros. Já falei isso um milhão de vezes, caramba. Juntos, vocês são capazes de tudo. Mas não podem deixar esses canalhas nos separarem. Foi isso que eles tentaram fazer com armas. Não deixem que façam isso com mentiras.

Trenton não conseguia tirar os olhos do chão. Jim envolveu o braço no pescoço dele.

— Eu estou bem, agora que sei que ele está bem. Mas preciso saber que todos vocês estão bem. Abrace o seu irmão. Diga que o ama.

Trenton não se mexeu.

— Agora, maldição — Jim ordenou.

Trenton piscou, e seus olhos foram do chão até Thomas.

— Eu sinto muito mesmo — disse Thomas, os olhos ficando vidrados. — Vocês precisam acreditar que eu nunca magoaria nenhum de vocês de propósito. Eu tive que levar um tiro e deixar minha filha recém-nascida durante cinco semanas para manter todo mundo em segurança e, graças a Deus, eu consegui. Porque eu amo vocês. Sinto muito por ter me metido nisso. Se eu pudesse voltar atrás e mudar tudo, eu mudaria.

Trenton encarou o irmão durante um tempo e depois olhou para Travis.

— Trent — disse Travis, balançando a cabeça e estendendo as mãos. — Desculpa, cara. Se tivéssemos outra opção, eu teria aceitado.

Trenton tropeçou alguns passos e abraçou os irmãos. Os gêmeos se juntaram a eles. Uma lágrima escorreu no rosto de Jim, e as mulheres também choraram. Um braço saiu do grupo e agarrou Shepley, puxando-o. Cobri a boca, sem saber se ria ou se chorava.

No instante seguinte, um deles rosnou, e Thomas saiu voando para fora do grupo, segurando o abdome. Travis e os gêmeos se separaram, e Trenton foi em direção ao irmão mais velho.

— Não! — Camille gritou. — Trenton, para!

— Essa foi a sua vez — disse Thomas, desviando de um segundo soco de Trenton.

Os gêmeos se entreolharam e sorriram, flanqueando Thomas e atacando. Travis se jogou no meio para afastar os gêmeos do irmão mais velho, e a pilha de Maddox que antes se abraçava agora trocava socos e sangrava, com sorrisos no rosto.

— Ah! Senhor! — disse Deana, desviando o olhar.

Shepley levantou as mãos, tentando fazê-los parar enquanto se esgueirava dos socos e desviava dos punhos.

— Parem! — Ellie gritou.

— Taylor! Para com isso! — disse Falyn.

Taylor olhou para a mulher por meio segundo, só para ser atingido no maxilar por Travis.

Falyn levou a mão à boca, e Abby balançou a cabeça, sem acreditar.

— Vocês são uns idiotas — ela resmungou.

Tyler atacou e socou Travis bem na boca, e o sangue salpicou Abby da testa até a cintura. No mesmo instante ela saltou, fechou os olhos e levantou as mãos espalmadas.

Travis olhou para o irmão.

— Essa foi a sua vez. — Ele lambeu o sangue dos lábios, desabotoou a camisa e a entregou à esposa. — Como nos velhos tempos.

Revirei os olhos.

— Ai, que nojo.

Os irmãos finalmente pararam, com as mãos na cintura, ofegantes.

Jim balançou a cabeça e Abby riu, secando o sangue do rosto.

— Ah, esses Maddox...

24

Thomas

Um lado da minha camisa social tinha se soltado durante a briga, e eu puxei a bainha e sequei o sangue dos nós dos dedos antes de estender a mão para meu pai. Segurei seu rosto e olhei em seus olhos. Ele tinha chorado lágrimas de alegria desde que eu entrara em casa, e, agora, estávamos no gramado da frente.

Meus irmãos e eu estávamos cobertos de sangue, terra e grama, como quando éramos crianças e brincávamos ao ar livre, lutando com outras pessoas ou entre nós.

— Desculpa por ter feito você passar por isso — falei.

Meu pai soltou a respiração.

— Você não me deve desculpas, filho. Você fez o que achou que era melhor para a família. — Colocou a mão em meu ombro. — Estou feliz por você estar em casa.

Eu o puxei para um abraço, surpreso ao notar como ele havia emagrecido desde a última vez em que eu o vira. Ele tossiu e respirou com dificuldade, me soltando para cobrir a boca.

— Maddox — disse Val, correndo em minha direção. — O pessoal da sede acabou de ligar. Eles encontraram a Lena. Ela está morta.

— O quê?! — Abby soltou um grito agudo. Lágrimas escorreram pelo seu rosto, e ela agarrou a camisa de Travis. — A nossa Lena? — Ela o soltou e deu um passo para trás.

Travis segurou a mulher.

— Ela estava infiltrada — disse ele, entorpecido. — Acontece.

— *Acontece?* — Abby se irritou. — Ela está morta, Travis! O que aconteceu? — Seus olhos dançavam enquanto ela juntava as informações que tinha. — O nome completo dela. Cocolina — sussurrou. Ela olhou para Travis com olhos enfurecidos. — A Lena é a Coco? Aquela que você disse outro dia que tinha perdido o rastro?

— Precisávamos de informações — disse Travis, ainda processando a notícia. Ele olhou para Val. — Ela morreu rápido?

— Traumatismo craniano e um tiro na cabeça — disse Val. Depois olhou para Abby e continuou, falando apenas comigo. — Temos motivos para acreditar que foi a Chiara.

— Chiara é a guarda-costas da sra. Carlisi, certo? Gi... Giada? — perguntou Abby. — Por que você mandou a Lena para os Carlisi, Travis?

A expressão dele desabou.

— Era a nova missão dela.

— Você fez a Lena se casar com aquele monstro? — Abby gritou.

Travis olhou para mim, desesperado. Assenti e ele falou:

— A missão dela era atrair a atenção de Angelo Carlisi e se infiltrar na família. Foi assim que soubemos que ficaríamos em segurança depois que o Thomas voltasse pra casa. Ela estava acompanhando os caras.

A boca de Abby se abriu.

— A Lena era a nova mulher dele? Você está louco? Ele é um animal!

— Era um animal — corrigi. — Ele está morto.

Abby se afastou de Travis; ele estendeu a mão para ela, mas ela não se moveu. Ele suspirou.

— Ela era o tipo dele, Abby. Ela falava o idioma. Era a pessoa certa.

— Bom, e agora ela está morta — Abby rosnou, olhando para baixo e desviando o olhar, sem conseguir encarar Travis.

— Vocês me ouviram? — soltou Val. — A Giada e a Chiara foram vistas em Eakins. Vocês precisam entrar.

Concordei com a cabeça.

— Vamos. Todo mundo pra...

Meu pai apertou os olhos, olhou para a rua e depois se jogou em cima de mim.

— Abaixem!

Uma rajada de balas atingiu a frente da casa e os veículos, estilhaçando as janelas. Wren já estava do lado de fora, mirando a arma no Lincoln preto que passava. Hyde estava ao lado dele, esvaziando o pente da pistola semiautomática, antes de se ajoelhar para recarregar.

Vasculhei o jardim, vendo minha família no chão.

— Todo mundo bem? — gritei. Olhei para o meu pai, e ele fez que sim com a cabeça. Dei um tapinha em seu ombro. — Uma vez policial...

— Sempre policial — ele resmungou, se levantando do chão.

Stella começou a choramingar, e Liis deu um gritinho.

— Olive? — Ela tirou nossa filha do arco que a garota tinha feito entre seu corpo e o chão.

Falyn gritou e veio correndo, caindo de joelhos e segurando o corpo mole de Olive.

— Olive?

Um lado do rosto e do corpo de Stella estava ensopado da poça vermelha em que ela estava deitada no chão. Estendi a mão para tocar o pescoço de Olive e senti a pulsação fraca, enfraquecendo a cada segundo. Abracei minha mulher e minha filha, olhando para Val e Wren, que estavam em alerta.

— Oó? — disse Trenton, engatinhando até ela.

— A Stella está bem? — Olive sussurrou.

— Claro que sim, baby, você a salvou — disse Trenton. — É isso que os Maddox fazem.

Olive conseguiu dar um pequeno sorriso, e seu rosto relaxou, como se ela tivesse dormido.

Falyn a sacudiu.

— Olive! — ela gritou e chorou.

Trenton se apoiou sobre os joelhos, levando a mão à testa. Olhou para mim e, quando balancei a cabeça, ele caiu para a frente, segurando os tornozelos de Olive.

— Ah, meu Deus, não. Por favor, não. Por favor, não!

Camille sentou ao lado do marido, com lágrimas escorrendo pelo rosto. Tocou as costas dele, sem saber o que fazer.

— Alguém chame a porra de uma ambulância! — Falyn gritou. — Por que vocês estão aí parados? Façam alguma coisa!

— Ela se foi — disse Liis, fungando.

Taylor sentou atrás de Falyn, segurando a mulher enquanto ela embalava Olive e penteava o cabelo manchado da filha. Ela soltou uma combinação de gemido, rosnado e grito, um som de ira e desespero absolutos, que eu tinha certeza que só uma mãe que perdera a filha poderia emitir.

Ellie cobriu a boca e correu para dentro. Tyler a seguiu.

Fiz um gesto para Val.

— Dá uma olhada nas crianças.

Ela anuiu e saltou os degraus até a varanda, abriu a porta e correu para dentro.

— Todo mundo pra dentro! — gritou Wren. — Elas estão voltando!

Liis entrou correndo com Stella, levando Abby consigo.

— Travis! — gritou Abby, mas ele ficou ao meu lado, pegou a arma no coldre e se posicionou.

— Não! — Falyn chorou quando Taylor tentou puxá-la para longe. — *Não!* — Ele se esforçou para pegar a mulher e o corpo sem vida de Olive, tentando carregar as duas para dentro.

— Deixe ela — ordenei.

— Vai se foder! — Falyn cuspiu.

— Eu fico — disse Trenton, olhando para sua melhor amiga.

Camille fez que sim com a cabeça, segurou a mão de Trenton e depois a de Olive. Então fechou os olhos da menina, suas lágrimas caindo no rosto dela.

Taylor finalmente conseguiu puxar Falyn para longe, enquanto ela chutava e se debatia, tentando alcançar a filha.

O Lincoln veio correndo na nossa direção. Chiara estava sentada no banco do passageiro, mirando um rifle semiautomático. Vittoria, agora viúva, estava ao volante. Quando o carro se aproximou, procurei minha arma no coldre, mas ela não estava lá. Meu pai apareceu na minha frente, segurando minha arma e mirando no Lincoln.

— Pai, abaixa! — gritei no instante em que Chiara apertou o gatilho.

Tiros atingiram o jardim e a casa novamente, mas meu pai continuou em frente, atirando no Lincoln uma, duas, três vezes. Uma das balas atingiu o pneu e o Lincoln girou, bateu no canal de drenagem e capotou em direção a uma caminhonete na frente da casa vizinha, do outro lado da rua. O motor pegou fogo e ficamos parados, vendo-o queimar.

Meu pai caiu de joelhos, e Travis e eu gritamos o nome dele ao mesmo tempo. Conforme o fogo queimava ao fundo, ajudamos nosso pai a deitar. Pressionei as mãos nos círculos vermelhos que ficavam maiores que minha palma e se espalhavam pela camisa. Ele tinha sido atingido duas vezes no peito e uma no abdome.

Meu olhar encontrou o de Travis. Ele parecia tão apavorado quanto eu.

O restante da família se aproximou devagar, observando o caos, sem acreditar. Trenton engatinhou até meu pai, e eu percebi que ele tinha sido atingido na panturrilha. Falyn caiu de joelhos ao lado de Olive, segurando-a nos braços mais uma vez, seus gritos cortando o ar enquanto ela sofria uma dor insuportável. Camille soluçava ao lado de Trenton, de Travis e de mim. Os gêmeos saíram e vieram correndo.

Val estava no rádio, relatando a cena e solicitando ambulâncias e carros de bombeiro. Hyde correu até o Lincoln, mas o calor a fez recuar. Foi até a casa do vizinho para ver se alguém tinha se machucado e logo saiu acenando as duas mãos, sinalizando que a casa estava vazia.

— A ambulância está vindo, pai, aguenta firme — consegui dizer.

Ele sorriu.

— Estou muito cansado. E gostaria tanto de ver a sua mãe.

Travis soltou a respiração, o queixo tremendo. Trenton usou a base da mão para secar os olhos, e os gêmeos ficaram por perto, chorando baixinho.

Meu pai estendeu a mão para tocar meu rosto.

— Fiquem juntos. Se amem. Estou falando sério, caramba.

Um dos lados da minha boca se curvou para cima, e senti uma lágrima quente escorrer pelos lábios e o maxilar.

— Nós te amamos, pai.

— Nós te amamos — disse Travis.

— Te amo — Trenton choramingou.

— Nós te amamos — disseram os gêmeos em uníssono.

— Eu te amo — chorou Camille.

— Obrigada por ser nosso pai — disse Abby, conseguindo dar um sorriso.

O olhar dele passou por cada um de nós, depois ele sussurrou:

— Meu coração está completo. — Uma única lágrima se formou no canto de seu olho e caiu, escorrendo pela têmpora e se acumulando na orelha. Ele expirou pela última vez e encarou o vazio.

A brisa de verão carregou a nuvem de fumaça preta que subia do Lincoln dos Carlisi, enchendo a vizinhança. Sirenes soaram, combinando com os gritos de Falyn, mas o rugido do fogo abafava as duas coisas. O calor dançava nas chamas, criando ondas no ar, como uma tarde sob o sol do deserto. O cenário parecia mais uma zona de guerra que a casa onde passei minha infância, a grama sugando o sangue dos velhos e dos jovens.

Camille rasgou um pedaço da camisa e o amarrou na perna de Trenton, mas ele mal notou, levando a mão do nosso pai aos lábios.

— Ele se foi?

Olhei para baixo, soltando um soluço, e meus irmãos fizeram o mesmo. Meus dedos ensanguentados pressionaram o punho de meu pai, e a ausência de pulsação era a única imobilidade em meio ao caos que nos cercava. Ele estava morto.

25

Jim

— *Jim? — Diane chamou da cozinha. Ela estava segurando a porta* da geladeira aberta, franzindo a testa, linda num suéter preto e saia de camurça marrom com grandes botões pretos. — Acho... acho que vamos ter que chamar um técnico.

Não consegui evitar de sorrir, observando as duas rugas entre suas sobrancelhas se aprofundarem.

— Por que você diz isso, meu amor?

— Bem, não está resfriando muito e... — Ela abriu o leite, cheirou e fez careta. — É. Está estragado.

Dei uma risadinha.

— Não é engraçado! Acabamos de comprar esta casa. Como vamos pagar um técnico? E se ele disser que precisamos de uma geladeira nova?

— Eu faço hora extra e compramos uma geladeira nova.

Ela fechou a porta e suspirou, apoiando a mão no quadril.

— James — disse. Ela só me chamava assim quando estava zangada comigo. — Você não pode simplesmente fazer hora extra e comprar uma geladeira nova. Custa pelo menos duzentos e cinquenta e...

— Querida — falei, atravessando a cozinha para pegá-la em meus braços. — Eu cuido disso.

— Que bom, porque tem mais uma coisa.

Ergui uma sobrancelha.

— Estou grávida.

Eu a abracei com força, provavelmente força demais, sentindo lágrimas de felicidade se acumularem nos olhos.

— Tudo bem? — ela perguntou perto do meu ouvido.

Eu a soltei, dando uma risadinha e secando os olhos.

— Se está *tudo bem*? Como se pudéssemos desfazer alguma coisa?

Ela fez biquinho.

— Sra. Maddox — falei, balançando lentamente a cabeça. — Um bebê é muito melhor que uma geladeira quebrada.

Sentei na última fileira do auditório, vendo meus filhos se prepararem para se despedir de mim. O funeral de Olive tinha sido no dia anterior, e todos pareciam esgotados e inconsoláveis. Eu não queria nada além de abraçá-los e ajudá-los a passar por esse sofrimento, mas essa era a única vez em que eu não podia estar ali por eles.

Thomas deu um passo à frente, entrelaçando as mãos diante de si depois de ajeitar a gravata preta. *Claro que ele decorou,* pensei, sorrindo. Depois que ele se formou na Eastern, eu sabia que tinha se mudado para a costa Leste para se juntar a uma agência governamental antes de mudar para a Califórnia. Só quando conheci Liis é que percebi que era o FBI. Nunca fiquei bravo. Fazia sentido Thomas querer proteger todo mundo. Meu único arrependimento foi não ter deixado claro que ele não precisava esconder isso de mim, mas, na época, eu queria que ele me contasse quando estivesse preparado, em seus próprios termos.

— Eu conheci Jim Maddox quando ele tinha apenas vinte e um anos. Os detalhes são meio confusos para mim, mas ele me falou mais de uma vez que tinha sido o segundo melhor dia da vida dele... só perdia para o dia em que ele se casou com a minha mãe. Eu aprendi muitas coisas com meu pai. Como ser um bom marido, um bom pai e que, não importa quantas vezes eu cometa um erro, nunca é tarde demais para recomeçar. Ele me deixou acreditar que eu o estava protegendo, mas, na verdade, ele é que estava me protegendo. Sempre podíamos contar com ele para nos salvar, mesmo quando ele pegava no nosso pé para não sermos bárbaros completos. Tínhamos um respeito absurdo pelo nosso pai, porque ele se dava ao respeito. Nós o amávamos porque ele transmitia amor. Ele era um homem realizado, um homem pacífico e nosso herói, até os últimos segundos de vida, e posso dizer com certeza absoluta — Thomas pigarreou — que nunca houve um momento em que eu não me sentisse amado por ele.

Ele deu um passo atrás para ficar ao lado dos irmãos e de Shepley e se empertigou, os pés separados à mesma distância dos ombros, as mãos entrelaçadas diante de si, um agente especial do FBI mesmo enquanto as lágrimas escorriam em seu rosto.

Liis, Falyn, Ellie, Camille e Abby estavam sentadas na primeira fileira com America, um assento vazio entre cada uma delas. Jack e Deana estavam na fileira de trás, com mais duas fileiras de membros do departamento de polícia, vestidos de uniforme azul.

O restante dos assentos estava ocupado por parentes e amigos, vizinhos e meus companheiros da Kappa Sigma que ainda restavam. Pessoas que tinham passado pela minha vida por diferentes motivos, em diferentes épocas. Todos tinham deixado uma marca em minha vida, e eu as carregaria comigo para a eternidade.

Diane entrou na sala de estar, segurando a mão de Thomas, a barriga inchada com nossos gêmeos. Seus olhos brilhavam de empolgação.

— Está sentindo esse cheiro, Tommy?

— Eca — disse ele, franzindo o nariz.

Eu me levantei da poltrona reclinável e atravessei a sala de meias, me inclinando para pegá-lo no colo.

— *Eca?* Como assim, eca? — rosnei, fazendo cócegas nele. Ele arqueou as costas, gargalhando e se debatendo para escapar. — O papai trabalhou o fim de semana todo na pintura e no carpete! — Finalmente o soltei. Achei que ele fosse fugir e estava preparado para persegui-lo, mas, em vez disso, ele abraçou minha perna. Dei um tapinha em suas costas enquanto Diane inspirava fundo pelo nariz.

Ela balançou a cabeça, olhando fascinada para o meu trabalho árduo.

— Você é demais, sr. Maddox.

— Geladeira nova, sofá novo... agora carpete e pintura novos? Teremos uma casa totalmente nova quando estivermos prontos para vendê-la.

Diane me deu uma cotovelada de brincadeira.

— Nós nunca vamos vender esta casa.

Thomas fez um drama, balançando a mão gordinha na frente do nariz.

— Porque ela é fedorenta.

— Não, ela é maravilhosa. Esse é o cheiro da nova pintura e do novo carpete, e o papai... — ela parou enquanto eu me abaixava para dar um beijinho em seus lábios — ... até colocou os móveis no lugar enquanto estávamos no mercado.

— Ah! — falei, indo para a entrada de carros num pulo. Abri o porta-malas e enchi os braços com sacolas de papel marrom, levando-as para dentro de casa. Quando entrei na cozinha, soprei a ponta das folhas de aipo que estavam saindo por cima e fazendo cócegas no meu rosto. Diane deu uma risadinha das minhas caretas enquanto eu colocava as compras em cima do balcão. Ela enfiou as mãos nas sacolas para pegar os vegetais frescos. — Mais duas — falei, dando uma corridinha até o carro. Peguei as sacolas restantes, fechei o porta-malas e voltei para dentro, assobiando. Eu estava feliz por ter acabado a pintura e o carpete, para podermos curtir minha última noite antes do trabalho. Eu tinha acabado de completar dois anos de serviço no departamento de polícia de Eakins. Não tínhamos muitas noites de domingo juntos, e agora podíamos relaxar em nossa sala de estar praticamente nova.

Atravessei a passagem do corredor para a cozinha, congelando no meio de um passo. Thomas e Diane encaravam, assustados, a poça sobre o linóleo.

Durante meio segundo, fiquei preocupado que algum vidro tivesse se quebrado, mas logo percebi que a bolsa havia estourado. No parto de Thomas, isso acontecera pelas mãos do médico, por isso eu estava surpreso de vê-la parada ali, descalça, mexendo os dedos dos pés e enojada com o líquido no chão. Ela nem tinha reclamado de contrações.

Diane gemeu e seus joelhos cederam. Ela estendeu a mão para a geladeira a fim de se apoiar.

— Jim? — disse ela, com uma voz estridente.

— Tudo bem. Os bebês estão chegando. Não entre em pânico. Vou pegar a mala e já volto. — Corri escada acima e, assim que segurei a alça da mala, ouvi Diane gemer. Desci a escada três degraus de cada vez, quase quebrando o tornozelo quando cheguei lá embaixo.

— Ah! — ela gritou, estendendo a mão livre.

Thomas estava secando o chão com uma toalha.

— Bom trabalho, filho. Está preparado para conhecer seus novos irmãos ou irmãs?

Ele abriu um largo sorriso quando o peguei com um dos braços. Apoiei o peso de Diane, segurando-a ao lado com o braço livre, e inclinei a cabeça para ela poder pendurar o cotovelo atrás do meu pescoço. Andei até o carro, ajudando Diane a entrar. Thomas ficou em pé no meio do banco, acariciando o cabelo da mãe enquanto ela respirava com dificuldade.

— Merda! As chaves!

— Na mesa de jantar — disse ela, com a voz baixa e controlada. Ela começou a executar as técnicas de respiração que havia aprendido, e eu dei meia-volta, correndo para dentro de casa, pegando as chaves e voltando para o carro. Deslizei atrás do volante do nosso Chevelle 1970 verde e coloquei o carro em marcha à ré. Estendi o braço sobre o topo do banco, atrás de Thomas e Diane, e virei para olhar para trás enquanto apertava o acelerador.

Diane segurou Thomas quando ele foi lançado para a frente no momento em que pisei no freio, e me encarou com os olhos arregalados.

— Queremos chegar inteiros, papai — disse ela.

Assenti, um pouco envergonhado. Eu era um policial. O pânico não deveria ser compreensível no meu caso, mas eu estava nervoso havia quatro meses e meio, sabendo que Diane teria gêmeos. Tanta coisa podia dar errado no nascimento de um filho, quanto mais no de dois.

Diane se inclinou para a frente, segurou a barriga com as duas mãos e gemeu.

Engatei a primeira e disparamos para o hospital.

Thomas passou o braço ao redor dos ombros de Trenton enquanto Taylor ficava atrás do irmão gêmeo no palanque. Tyler reposicionou o fino pedestal prateado do microfone, dando um tapinha na capa de espuma antes de fazer um gesto para Taylor começar. Ele lançou um olhar para o irmão, como se aquilo não fosse o combinado, mas deu um passo à frente e se abaixou.

— Meu pai era o melhor assistente de treinador da liga. Ele tinha uma agenda cheia, com horários estranhos, mas não lembro de ele ter perdido um jogo sequer. Na verdade ele mais carregava as sacolas de bolas para a minha mãe e torcia no banco de reservas. Todo mundo dizia que nós tínhamos os melhores pais. Quando a minha mãe morreu, ninguém mais disse isso, mas, pra gente, eles ainda eram perfeitos. Quando meu pai deixou de sentir tanta saudade da minha mãe, ele voltou ao ponto onde tinha parado. Treinou o nosso time — ele fez uma pausa, soltando uma risadinha —, não ganhamos tantos jogos — a congregação riu —, mas nós o amávamos, e ele nos levava para tomar sorvete depois de todos os jogos, ganhando ou perdendo. Ele embalava nossos lanches, nos levava até o treino de futebol e assistia a todos os jogos. Quando meu pai estava por perto, eu nunca tinha medo, seja porque ele sabia a coisa certa a fazer ou porque cuidava de mim. Ele foi o homem mais durão que eu conheci, e olha que meus irmãos são bem durões. Sei que, se ele pudesse escolher, ia querer morrer protegendo a família. — Taylor levou o nó do dedo à ponta do nariz. — Não poderíamos ter tido um pai melhor, essa é a verdade. O mesmo vale para as nossas mulheres. E os meus filhos não poderiam ter tido um vovô melhor. Eu queria que morássemos mais perto, para eles poderem ter se conhecido melhor, mas ele fazia o tempo que passava com os netos valer a pena. É isso que eu quero que todos se lembrem em relação a Jim Maddox. Ele fez sua vida valer a pena.

Tyler abraçou o irmão, depois abriu um pedaço de papel. Seu queixo tremeu, e ele olhou para a multidão e depois para o papel, antes de falar. Pigarreou e respirou fundo. Taylor colocou a mão em seu ombro, e Thomas fez o mesmo, depois Travis e Trenton também deram força para o irmão.

Os lábios de Tyler formaram um O, e ele expirou.

— Eu amo o meu pai — disse ele, com a voz falhando. Então engoliu em seco e balançou a cabeça. Thomas deu um tapinha em seu ombro para encorajá-lo. — Ele precisava dividir seu tempo entre cinco filhos e a esposa, mas eu nunca senti que tinha que esperar para receber sua atenção. Não éramos ricos, mas não me lembro de desejar nada. Lembro que, quando minha mãe morreu, eu me perguntei se ele ia se casar de novo, porque ele sempre dizia que nunca haveria outra mulher como a nossa mãe. Quando o Travis saiu de casa, perguntei se ele ia reconsiderar isso, pensando que talvez ele estivesse apenas se concentrando nos filhos. Ele disse que a única mulher que ele amaria estava esperando por ele no céu. Eu só... Eu amo o meu pai e estou triste por ele ter morrido, mas também estou feliz porque agora eles estão juntos. Eles esperaram muito tempo para ficar juntos de novo, e meu coração se consola ao saber que eles estão em algum lugar neste exato momento, se agarrando, chocando todos os nossos amigos e parentes que já faleceram, como faziam conosco. — A multidão deu uma risadinha. — Eles nunca passaram mais do que um turno de trabalho separados, desde quando se conheceram até a minha mãe morrer, e eu sei que o meu pai nunca superou a morte dela. Então, pai, estou feliz... estou muito feliz por você estar com a mamãe agora. Sei que ela vai te dizer que está orgulhosa de como você cuidou bem de nós, porque foi isso que você fez.

— Corre! — gritou Diane, tirando o boné branco com aba azul da cabeça, acenando-o num grande círculo e pulando para o lado em direção à primeira base. — Corre, corre, corre, corre!

Taylor soltou o bastão e disparou, correndo o mais rápido que suas pernas curtas conseguiam. Ele finalmente alcançou o quadrado branco, pulando quando percebeu que tinha chegado ali antes da bola.

Diane pulou com ele, gritando, berrando e correndo, cumprimentando-o com um "toca aqui". Taylor ficou radiante, como se aquele fosse o melhor dia da sua vida. Diane fez uma substituição, batendo palmas enquanto corria até o próximo rebatedor. Thomas jogou uma nova bola para ela do banco de reservas, e ela a colocou no apoio, falando para Craig Porter ficar de olho na bola e rebater. Era nossa última jogada, nosso último tempo, e estávamos perdendo por dois home runs. Craig recuou e, quando rebateu, Diane se inclinou para trás, escapando por pouco de levar um golpe do bastão no rosto. A bola saiu quicando do apoio, mal chegando a meio caminho entre a base principal e o monte do lançador, mas ela gritou para ele ir:

— Corre! Isso! Corre, Craigers! Corre até perder o fôlego! Taylor, vai! — disse ela quando percebeu que o próprio filho ainda não tinha começado a correr.

Taylor disparou, mas o jogador entre a segunda e a terceira base tinha pegado a bola e jogado para a segunda base. Sem pensar, Taylor se jogou em cima dele e continuou correndo, parando na base e tirando o boné, como se fosse o deus do beisebol.

— Isso! Esses são os meus garotos! — comemorou ela, apontando para os dois na base. — É isso aí!

Tyler subiu na base do rebatedor, parecendo malvado e intimidador, apesar de ser só ele e o apoio da bola.

— Muito bem, filho — disse Diane, se inclinando para segurar os joelhos. Ela tinha um chiclete cor-de-rosa na boca e o mastigava como se estivesse com raiva. — Vamos lá. Relaxa. Encare a bola e rebata com o coração. — Ela bateu palmas três vezes, dando alguns passos para trás. Tyler era nosso melhor rebatedor.

Ele respirou fundo, balançou os quadris e rebateu. Atingiu o apoio, e a bola quicou para trás dele. Então franziu o cenho, decepcionado consigo mesmo.

Diane deu um tapinha em suas costas.

— Vamos lá, nada disso. Rebata com tudo. É agora. Dessa vez você vai conseguir.

Tyler fez que sim com a cabeça e bateu com o bastão em seus tênis. Ele se inclinou para a frente, se posicionou e rebateu, lançando a bola depois do monte do lançador. Ela quicou, parando entre a segunda e a terceira base, e o jogador que ficava ali correu atrás dela.

— Vai, vai, vai! — disse Diane, acenando com o boné. — Vai pra segunda! — Quando Taylor parou na terceira, ela fez um sinal para que ele fosse até ela. — Base principal, baby! Principal, principal, principal! Continua, Craig, não para! Vai pra base principal, Taylor!

Taylor deslizou na base principal e se levantou. Diane o agarrou e apertou, gritando para Craig, que passou correndo pela base principal segundos depois. O jogador da terceira base pegou a bola, depois a jogou para o receptor.

— Pega, Maddox! — Diane gritou.

Tyler acelerou e deslizou para a base principal. Quando a poeira baixou, o juiz cruzou os braços e depois os estendeu para os lados.

— Salvo!

Gritei, correndo em direção à base principal, e o time me seguiu. Nós nos amontoamos ao redor de Diane, todo mundo a abraçando, comemorando e rindo. Os pais se levantaram, batendo palmas para os Little Dodgers de Diane. Ela soltou um gritinho agudo e caiu no chão, abraçando os meninos e gargalhando enquanto eles se empilhavam sobre ela.

Depois que acabou a comemoração por eles terem vencido o último torneio e os meninos e seus pais se despediram, abracei minha mulher com força.

— Você é fera — falei. — Os Mustangs do Matt nem viram o que os atingiu.

Ela deu um sorrisinho, arqueando uma sobrancelha.

— Eu disse que eles iam me subestimar.

— Foi isso mesmo. Você lidou muito bem com o time todo, treinadora. Excelente temporada.

— Obrigada — disse ela, dando um beijinho no meu rosto. Em seguida passou os nós dos dedos no meu bigode. — Espero que você goste da ideia de ter um time de meninos comigo.

Dei uma risadinha, confuso.

— Como assim?

Ela pegou a sacola de bolas e jogou por sobre o ombro.

— Estou grávida.

Fiquei parado, com a boca aberta, enquanto ela seguia até o carro. Olhei para os gêmeos.

— Sério?

— Sério! — gritou ela, colocando o polegar e o mindinho na boca e dando um assobio ensurdecedor. — Todos pro carro!

Thomas, Taylor e Tyler correram atrás da mãe.

Soltei a respiração, enchendo as bochechas e soprando o ar. Fiz que sim com a cabeça uma vez.

— Está bem, então. — Os meninos carregaram seus bastões e luvas e eu carreguei o resto, ajeitando meu boné dos Little Dodgers. — Lá vamos nós mais uma vez.

Trenton se afastou dos irmãos e do primo, mancando até o palanque para sua vez. Era o terceiro funeral da nossa família em seis semanas, e suas olheiras e os ombros encolhidos contavam uma história de sofrimento e noites sem dormir. O papel estalou quando ele desdobrou as palavras que tinha escrito pouco tempo depois de eu tê-lo deixado. Estava cheio de marcas de borracha, manchas de lápis e lágrimas secas.

— Pai. — Ele suspirou. — Quando sentei para escrever esta carta, tentei pensar nos muitos momentos em que você foi um bom pai e nas centenas de vezes em que rimos juntos ou em que você simplesmente se destacou para mim, mas tudo o que consigo pensar é... que estou muito triste por você ter ido embora e em como vou sentir sua falta. Vou sentir falta dos seus conselhos. Você sabia tudo sobre tudo e sempre tinha as palavras certas para dizer, quer eu estivesse sofrendo ou tentando tomar uma decisão. Mesmo quando eu estava tomando uma decisão errada, você nunca — ele balançou a cabeça e pressionou os lábios, tentando conter as lágrimas — nos julgou. Você nos aceitou e nos amou como somos, mesmo quando éramos difíceis de amar. E você era assim com todo mundo. Nossas mulheres te chamavam de pai, e isso era real para elas. A Olive... te chamava de vovô, e era sincero, e estou feliz de saber que, onde quer que vocês estejam, estão juntos. Vou sentir falta de você contando histórias sobre a mamãe. Eu me sentia mais perto dela, não importava quantos anos tivessem se passado, porque, quando você falava dela, era como se ela ainda estivesse aqui. Estou feliz porque você finalmente vai poder estar com ela de novo. Vou sentir falta de muitas coisas em você, pai. Não consigo citar todas. Mas todos nós temos sorte por ter passado esse tempo com você. Todos aqueles que cruzaram o seu caminho se tornaram pessoas melhores por isso, e foram mudados para sempre. E, agora, seremos mudados para sempre porque você não está mais aqui.

— Fiquem longe da rua — disse Thomas para seus irmãos idênticos.

Os carros de bombeiro de brinquedo dos gêmeos voavam a um metro e vinte de altura sobre a calçada, a dois quarteirões da nossa casa, às vezes batendo um no outro sem fugir do controle. A mãozinha de Trenton estava na minha enquanto ele cambaleava ao meu lado, a fralda enrugando conforme ele andava, mesmo sob a calça do pijama e uma calça de veludo. Ele estava agasalhado como um esquimó, o nariz e as bochechas vermelhos por causa do vento gelado. Thomas conduziu os gêmeos de volta para o meio da calçada, puxando o gorro de tricô de Taylor sobre as orelhas.

Fechei o zíper do casaco, tremendo sob três camadas de roupa, me perguntando como Diane me arrastava tão feliz pela mão, usando apenas um suéter esticado e uma calça jeans desbotada de grávida. Seu nariz inchado estava vermelho, mas ela insistia que estava quase suando.

— É na próxima rua! — disse ela, encorajando os meninos a não pararem na nossa frente. — Trenton, não consigo te ver quando você está embaixo de mim, então, se você parar na frente da mamãe, nós dois vamos cair juntos — ela explicou, enxotando-o com as mãos. — Ali! — Ela apontou para uma longa entrada de carros. — Três mil e setecentos! Dá para acreditar?

Uma van praticamente nova tinha uma placa de "Vende-se" no para-brisa, a lataria vermelha quase invisível sob um metro de neve.

Engoli em seco. Nossa van atual, em que mal cabia nossa família de seis, ainda não estava totalmente paga.

— Parece nova. Tem certeza que esse é o preço certo?

Ela bateu palmas.

— Eu sei! É como se o céu a tivesse colocado na nossa frente!

Seu sorriso perfeito e a covinha profunda na bochecha esquerda me faziam derreter todas as vezes, tornando impossível dizer a ela qualquer coisa que não fosse "sim".

— Bem, vamos pegar o telefone deles e eu marco um dia para fazer um test drive.

Diane bateu palmas uma vez, colocando as mãos no peito.

— Sério?

Assenti.

— Se é isso que você quer.

Ela deu um pulinho, depois segurou a barriga, olhando para baixo.

— Viu? Eu não disse? Vai dar tudo certo, meu pequeno T.

— Mamãe — disse Trenton, puxando sua calça jeans.

Diane manobrou lentamente o corpo para se abaixar, ficando no nível do olhar do filho que queria sua atenção. Trenton estava segurando o dedo indicador da mãe, e ela o levou até a boca, beijando a mão rechonchuda dele.

— Sim, rapazinho.

— Eu gostei do carro.

— Você gostou do carro? — ela perguntou e olhou para mim. — Ouviu isso, papai? O Trenton quer o carro.

— Então vamos ter que comprar — falei, dando de ombros.

Trenton e Diane deram sorrisos iguais, com covinhas iguais.

— Ouviu isso? — ela gritou, animada. — O papai vai comprar o carro pra você! Ótima escolha, Trenton!

Ele jogou os braços ao redor do pescoço da mãe e apertou.

— Te amo, mamãe.

— E eu te amo. — Diane deu um beijo molhado na bochecha de anjo de Trenton, e ele o limpou, apesar de estar radiante por ter ganhado um beijo da mãe. Ela era uma deusa aos olhos deles, capaz de qualquer coisa. Eu passava a maior parte dos dias tentando ao máximo merecê-la.

Eu a ajudei a se levantar, observando-a se inclinar, meio desequilibrada.

— Calma. — Peguei seu queixo delicadamente entre o polegar e o dedo indicador. — Não sei o que eu faria sem você.

Ela piscou.

— Continue dizendo sim e você nunca vai precisar descobrir.

Os meninos se abraçaram e, depois de alguma negociação, Travis deu um passo à frente. Segurou os dois lados do palanque e olhou para baixo. Ele levou muito tempo para falar. Mesmo lá de trás, pude ver Abby cobrindo a boca, sofrendo pelos dois. Meu caçula trincou os dentes, e seus olhos vasculharam a multidão.

— Pensei muito no que iria dizer. Eu realmente... não sei o que dizer, porque não existem palavras para este momento. Nenhuma. O Thomas está certo. Você sempre fez com que nos sentíssemos amados, pai. Mesmo quando não merecíamos ser. O Taylor e o Tyler estão certos. Você era o mais forte de nós. Você sempre fez com que nos sentíssemos seguros. E, como o Trent disse... você falava tanto da mamãe que não consigo evitar de ficar feliz por você finalmente estar com ela de novo. Você queria isso mais do que a vida, mas nos amava o suficiente para ficar por aqui o tempo que ficou, e sou muito grato por isso. Algumas pessoas achavam que você era um tolo por se agarrar a alguém que nunca mais ia voltar, mas você era mais esperto. Você sabia que voltaria para ela. Eu... — Ele suspirou. — Meus irmãos me contaram histórias sobre outras crianças dizerem que queriam ter os nossos pais. Se eu pudesse escolher viver tudo de novo ou ter pais diferentes pelo resto da vida, eu escolheria você. Eu escolheria a mamãe. Só pra poder passar com vocês o tempo que passei. — Uma única lágrima caiu, e ele fungou uma vez. — Eu faria isso, e não existem palavras para expressar quanto isso significa pra mim. Não existem palavras para expressar como o amor de vocês era bonito e o efeito que ele teve sobre seus filhos muito tempo depois de a mamãe morrer. O amor que vocês nos mostraram vai ficar com a gente pelo resto da vida.

Minhas sobrancelhas se uniram, e eu me mexi desconfortável na poltrona ao lado do leito de hospital da minha mulher, que compramos no mesmo dia em que contratamos a enfermeira. Diane estava segurando Travis nos braços, com tubos saindo da mão, abraçando-o pela última vez. Ela segurou as lágrimas até Thomas levá-lo para o corredor.

Depois cobriu a boca, e seus olhos inchados e cansados me olharam em busca de respostas que eu não tinha.

— Ele não vai se lembrar de mim — sussurrou com a voz falha. Seu corpo estava desgastado pela quimioterapia e pela radiação, e um lenço cobria a cabeça careca. Ela havia lutado enquanto pôde, dizendo "basta" apenas quando os médicos afirmaram que ela só tinha mais alguns dias com os meninos.

— Ele vai lembrar. Não vou deixá-lo esquecer.

Seu queixo tremeu e ela cobriu os olhos, anuindo.

— Eu lamento tanto...

Peguei sua mão e encostei os lábios nos nós de seus dedos ossudos.

— Não tem motivo para isso, meu amor. Você fez tudo o que podia.

Ela fechou os olhos.

— Estou com medo.

— Pode ter medo. Vou te abraçar até isso acabar.

— Não quero que acabe.

— Eu sei. — Deitei na cama ao seu lado e deixei que ela apoiasse a cabeça em meu peito. Ela se acalmou. Precisei de todas as minhas forças para me manter forte por ela. Diane tinha sido forte pelos meninos e por mim durante todos aqueles anos. Eu devia isso a ela.

Ela meneou a cabeça e, com lágrimas escorrendo no rosto, apoiou a bochecha em meu peito.

— Eu te amo, Diane. Eu te amo. Eu te amo. Eu te amo. — Abracei minha mulher até sua respiração se acalmar, depois encostei o rosto em sua testa, quando suas inspirações ficaram mais espaçadas. — Eu te amo — sussurrei. — Eu te amo. Eu te amo. Eu te amo.

Quando ela expirou pela última vez, observei a enfermeira, Becky, verificar o pulso de Diane e usar o estetoscópio. Becky tirou o aparelho das orelhas e me deu um sorriso triste.

— Ela se foi, Jim.

Inspirei e chorei. Eu sabia que meus filhos estavam do outro lado da porta, mas nunca havia sentido tanta dor na vida e não era forte o suficiente para segurar as pontas. Peguei o rosto de Diane com delicadeza entre as mãos e beijei sua bochecha.

— Eu te amo. — Eu a beijei de novo, minhas lágrimas molhando suas faces. — Eu te amo. Eu te amo. Eu te amo. — Enterrei o rosto em seu pescoço e solucei.

Travis saiu do palanque, e os meninos se abraçaram antes de deixar o palco numa fileira encabeçada por Thomas. A música que Diane e eu dançamos no nosso casamento começou a tocar enquanto os meninos ocupavam os assentos ao lado de suas esposas. Trenton se dobrou, completamente trêmulo. Camille e Taylor esfregaram as costas dele. Camille sussurrou em seu ouvido, e ele apoiou a cabeça no queixo dela.

Parte de mim queria ficar, para cuidar deles e orientá-los, mas algo forte demais para ignorar me puxava — algo que eu não tinha conseguido esquecer em mais de quatro décadas. Uma mão delicada encostou em meu ombro e eu me virei, vendo o rosto da minha amada esposa. Ela sentou ao meu lado e pegou minhas mãos.

Meus olhos ficaram vidrados.

— Eu estava te esperando.

Ela observou o pastor falar durante alguns instantes e virou para mim, com um sorriso tranquilo no rosto e lágrimas nos olhos.

— Eu também.

— Fiz o melhor que pude.

Entrelacei os dedos nos dela, e ela apertou minha mão.

— Você foi perfeito. Eu sabia que você conseguiria.

Levei sua mão aos lábios e fechei os olhos. Uma paz imensa me tomou. Uma paz que eu não sentia desde antes de ela morrer. Ela se levantou e me puxou em direção às portas duplas nos fundos do auditório.

— Eu te amo. Eu te amo. Eu te amo — disse ela, estendendo a mão para trás. Em seguida empurrou a porta, com aquele sorriso pelo qual eu tinha me apaixonado, andando de costas. Ela estava como era antes de ficar doente: a mulher feliz, durona e absurdamente linda da qual eu me lembrava. Eu não conseguia tirar os olhos dela, da mesma maneira que não conseguia naquela época. Eu sentia falta de encará-la abertamente, então olhei pela última vez por sobre o ombro para os nossos filhos.

Diane envolveu meu braço e apoiou a cabeça em meu ombro.

— Eles vão ficar bem.

— Eu sei.

Beijei sua têmpora e saímos porta afora. Nosso passado era agora, e o agora estava no passado. Como ela prometera, estávamos juntos novamente, sem nenhuma doença ou sofrimento — só amor. E, quando o amor é real, a eternidade também é.

Fim

AGRADECIMENTOS

Belo funeral provavelmente é o livro mais difícil que eu já escrevi. Não apenas por ter sido emocionante, mas também por ter de retratar corretamente os diversos membros da família e suas cronologias, além de incorporar todas as suas carreiras e personalidades. Muitas pessoas contribuíram para me ajudar a tornar este livro o que ele é.

Jessica Landers é a administradora do MacPack, um grupo de fãs no Facebook. Ela não só o mantém interessante, positivo e divertido para todos como também me ajudou na pesquisa para cada personagem e sua cronologia, além de se oferecer quando precisei de uma assistente temporária. Obrigada por tudo o que você faz, Jess, mas principalmente por ser uma amiga leal há mais de dois anos. Pessoas vêm e vão, mas você permanece. Estamos juntas, amiga.

Agradeço a Michelle Chu por ter sido a leitora beta de uma versão muito inicial de *Belo funeral* e por fazer perguntas que eu sei que todos os fãs gostariam de ver respondidas.

Agradeço a Nina Moore por usar seu tempo para fazer teasers e imagens incríveis para o marketing. Seu trabalho é fantástico, e eu sou muito grata a você!

A embalagem do livro é muito importante para mim, e eu sabia que a capa teria de ser excepcionalmente linda para aliviar a ansiedade do título. Hang Le conseguiu transmitir do jeito mais perfeito a "beleza tranquila" que eu solicitei. Obrigada, Hang, por criar esta capa maravilhosa, que fez todo mundo suspirar tanto quanto com o título — tarefa difícil.

Agradeço a Ben Creech e Fiona Lorne por me ajudarem com as informações sobre combate a incêndios, e a Georgia Cates pela ajuda com as informações sobre obstetrícia e bebês prematuros.

Um agradecimento especial a Fiona Lorne, Jenny Sims e Pam Huff por atenderem ao meu pedido de ajuda e editarem este livro quando eu tive problemas de agenda. Obrigada a Jovana Shirley por editar a sinopse imediatamente e pela formatação.

Agradeço à minha agente, Kevan Lyon, por estar ao meu lado nesse primeiro ano especialmente instável da minha volta à autopublicação. O lado bom é que nossas muitas conversas proporcionaram uma introdução direta e reta, e você é uma das mulheres mais pacientes e profissionais desse mercado! Sou grata também à minha agente internacional, Taryn Fagerness, por todo o seu trabalho árduo durante esse ano.

Agradeço ao meu marido e aos meus filhos por sempre me perdoarem quando eu trabalho demais ou até muito tarde e durmo muitas horas.

Obrigada à escritora Andrea Joan, por me ajudar a manter a sanidade enquanto escrevia este livro, por ser uma amiga fiel e confiável, consultora, confidente e comediante. Não tenho certeza de quando isso aconteceu, mas você é uma das minhas melhores amigas, e eu a estimo demais.

Um agradecimento especial à minha assistente, Deanna Pyles, e à sua família. Deanna não só torceu por *Belo funeral* e o leu diversas vezes em suas muitas formas, mas também me manteve hidratada e alimentada enquanto eu editava este livro. Ela também fez sua família se mudar para um lugar a dezesseis horas de sua cidade natal para ajudar meu marido e eu a tocar nossos negócios. Isso é amor, e eu te amo por ser tão corajosa e leal.

Impresso no Brasil pelo Sistema Cameron da Divisão Gráfica da
DISTRIBUIDORA RECORD DE SERVIÇOS DE IMPRENSA S.A.